LE DUC MALHONNÊTE

DARCY BURKE

Traduction par
WELL READ TRANSLATIONS

ZEALOUS QUILL PRESS

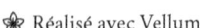

LE DUC MALHONNÊTE

Après cinq années passées sur le Marché du Mariage, Miss Aquilla Knox se résigne à devenir vieille fille quand une bienfaitrice lui propose son aide dans la quête d'un époux. Mais Aquilla ne souhaite pas réellement se marier, son échec est volontaire. Quand le comte qu'elle a surnommé le Duc Malhonnête jette son dévolu sur elle, elle refuse de céder à son attirance pour lui. S'il y a bien une chose dont elle est certaine, c'est qu'un gentilhomme a toujours une face cachée.

Edward Bishop, comte de Sutton, est tristement célèbre pour courtiser les demoiselles avant de les abandonner sans scrupules. Cela lui vaut une réputation de goujat qu'il ne peut réfuter, car il abrite des secrets et ferait n'importe quoi, tromperait n'importe qui, pour éviter qu'ils ne soient révélés. À mesure qu'il apprend à connaître la charmante Miss Knox, sa résolution faiblit. Néanmoins, la confiance a un prix et Ned n'est pas prêt à y laisser son cœur.

Pour mon père, avec qui je n'ai eu la chance de passer que seize ans.
Et pour mon beau-père, avec qui j'ai passé deux fois plus de temps.
Vous me manquez tous les deux.

CHAPITRE 1

Londres, Mai 1816

— *J*e n'ai eu vent d'aucune rumeur concernant les récents déboires de ta compagnie de transport maritime.

Edward Bishop, neuvième comte de Sutton, regarda sa tante, Mrs. Susannah Greville, qui se tenait derrière lui près de la porte entrouverte de la salle de bal. À l'extérieur, la pluie tambourinait sur la véranda et un vent frais faisait voler ses cheveux.

— Excellent, répondit-il.

La nouvelle était totalement fausse et son propos était de découvrir si une certaine personne, en l'occurrence la jeune femme qu'il envisageait d'épouser, divulguerait l'information qui lui avait été confiée sous le sceau du secret. Elle n'en avait apparemment rien fait, ce qui était tout à son honneur.

— Vous en êtes certaine ?

Tante Susannah acquiesça avec raideur.

— Bien sûr. J'ai toutes les relations nécessaires, mon garçon. C'est bien le but de cette opération, n'est-ce pas ? Si je ne peux pas établir que l'on parle dans ton dos, je ne te suis d'aucune utilité.

Ned tourna la tête, un sourire aux lèvres.

— Vous m'êtes d'une très grande utilité mais, par-dessus tout, vous êtes ma tante bien-aimée.

Des rides profondes se creusèrent autour de ses yeux quand elle lui sourit en retour et tapota son bras.

— Bien entendu. Vas-tu donc passer à l'étape suivante ?

— Oui.

Il ressentit un peu de soulagement. La quête d'une épouse était une tâche fastidieuse, plus encore après sept années d'échecs retentissants.

— Lundi, je rencontrerai Mrs. Forth-Hodges à la réunion concernant le refuge pour les jeunes orphelines. Je ferai plus ample connaissance avec elle et j'essaierai d'en apprendre autant que possible sur leur famille.

— Très bien. Et vérifiez qu'ils seront présents au dîner de Lady Durant ce soir-là, s'il vous plaît.

— Naturellement. Te rends-tu comptes que, si Miss Forth-Hodges franchit cette nouvelle étape, elle sera seulement la deuxième jeune femme à atteindre la phase finale ?

Les yeux de tante Susannah pétillaient. Personne ne souhaitait le voir se marier plus qu'elle.

Ned soupira.

— J'apprécie votre enthousiasme, mais n'allons pas trop vite en besogne. Je dois être absolument convaincu de sa discrétion et de sa fiabilité, ainsi que de sa bonté.

Tante Susannah plissa ses yeux bleus un bref instant.

— Oui, c'est pourquoi nous faisons autant d'efforts. Il m'arrive de me demander si cette procédure n'est pas un peu excessive, puis je me souviens de la raison qui t'y force.

Sa voix s'était adoucie quand elle toucha de nouveau son bras.

— Tu es le meilleur des hommes, Ned.

Ned aurait voulu réfuter cette affirmation, mais il ne souhaitait pas discuter avec elle en sachant d'avance qu'il n'aurait pas le dernier mot. Tante Susannah était une force de la nature, surtout quand elle défendait sa famille.

— Te rends-tu à ton club ou dois-tu encore danser avec Miss Forth-Hodges ? demanda-t-elle.

Ned avait déjà accompli son devoir en dansant avec la jeune femme qu'il envisageait d'épouser.

— Je vais bientôt partir pour mon club. Je ferai revenir le carrosse ici pour vous ramener à la maison plus tard.

— Merci, mon garçon. Passe une bonne soirée.

Elle lui adressa un dernier sourire affectueux avant de le quitter.

Le regard de Ned se posa sur Miss Forth-Hodges qui dansait. Elle était élégante, dotée d'un long cou gracieux et de cheveux blond pâle dont les boucles encadraient un visage de porcelaine. Elle se déplaçait avec fluidité et le bas de sa robe rosée effleurait ses souliers. Son partenaire n'avait pas son talent et il faillit provoquer une collision en manquant un pas.

Miss Forth-Hodges sourit à son cavalier, mais Ned devina de l'irritation dans le pli de sa bouche. Elle était calme et respectueuse quand ils conversaient, mais Ned avait commencé à percevoir chez elle une tendance à l'impatience. Il ne savait pas si c'était dirigé uniquement contre lui, ce qui pouvait très bien être le cas. Il n'avait pas demandé à la courtiser officiellement mais elle l'espérait. Plus que deux obstacles et elle pourrait être la prochaine comtesse de Sutton.

— Pstt !

Le léger bruit provenait de la porte derrière Ned. Il pivota et écouta, se demandant s'il avait imaginé le son au milieu du bourdonnement constant de la pluie.

— Psssst.

Le son résonna plus fortement.

— Excusez-moi, puis-je vous demander une faveur ?

Ned se tourna complètement vers la voix féminine qui provenait de la véranda obscure. Il ouvrit davantage la porte.

— Entrez.

— Non.

Elle se tenait dehors. Ned pouvait seulement distinguer sa forme.

— Je ne peux pas passer par la salle de bal. Je dois trouver une autre entrée et me rendre à la salle de repos. J'ai bien peur d'avoir été surprise par la pluie et…

Sa voix s'éteignit. Ned s'efforça de discerner ses traits mais il faisait sombre et elle était trop loin de la lumière de la salle.

— Je crois qu'il y a une autre porte plus loin sur la terrasse.

Il lui indiqua un point derrière elle. Il avait visité Middle-grove House quelques fois et connaissait un peu les lieux.

— Oui mais elle est verrouillée. C'est pour cela que j'ai besoin d'une faveur. Est-ce que vous pourriez aller chercher Lady Satterfield et lui demander de me l'ouvrir ?

Lady Satterfield et non Lady Middlegrove ? Il tourna son regard vers la salle bondée et douta de pouvoir trouver l'une ou l'autre, surtout rapidement.

— Êtes-vous dehors sous la pluie sans protection ?

Elle devait être gelée. C'était une nuit glaciale par un printemps particulièrement froid.

— Euh… oui.

Elle semblait résignée.

— Ce n'était pas ma plus riche idée.

Son ton calme véhiculait une touche d'humour que Ned

trouva intrigante. Il pensait que la plupart des femmes auraient été secouées par une situation aussi embarrassante. Elle était de toute évidence seule et il se demanda ce qu'elle faisait dehors sans escorte. Cela avait toutefois peu d'importance car elle attendait toujours, probablement grelottante.

— Allez à la porte et je m'assurerai de la faire ouvrir immédiatement.

Elle expira brusquement, vibrante de soulagement.

— Mer.. merci.

Oui, elle grelottait. Il envisagea de lui tendre son manteau par la porte ouverte mais cela attirerait une attention malvenue et provoquerait un scandale, ce que Ned évitait toujours avec soin.

— Je me dépêche.

Il quitta son poste d'observation et coupa l'angle de la salle de bal en direction de la salle de jeux. Il ne savait pas exactement dans où donnait la porte fermée de la terrasse, mais il soupçonnait que c'était dans la pièce contiguë à celle-ci.

Il aurait dû quérir Lady Middlegrove, un domestique ou même Lady Satterfield, puisque la jeune femme avait mentionné son nom, mais il était trop anxieux de la faire rentrer au plus vite. Et comme il n'apercevait aucune de ces personnes, il décida de l'aider lui-même.

Il sortit de la salle de jeux et jeta un coup d'œil circulaire pour vérifier si quelqu'un lui prêtait attention. Convaincu d'être seul et d'avoir échappé aux regards, il passa dans la salle suivante – le bureau de Lord Middlegrove, apparemment, où un faible feu couvait dans l'âtre – et ferma résolument la porte derrière lui. Il marcha rapidement vers la porte extérieure, la déverrouilla et l'ouvrit en grand.

Une jeune femme se tenait sur le seuil, trempée comme une soupe, le visage blême et les yeux écarquillés. Elle fit un pas à l'intérieur, les bras serrés autour de sa taille. Il la prit

gentiment par le bras et la fit entrer plus avant dans la pièce
avant de refermer vivement la porte derrière elle.

— Venez près du feu.

Sa robe couleur pêche ruisselait et des mèches mouillées
étaient plaquées sur ses tempes et ses joues. Une goutte de
pluie coula le long de son nez.

— Me... merci-i-i.

Le mot sortit de sa bouche en tremblotant comme un
poulain nouveau-né. Elle se déplaça jusqu'à la cheminée et
étendit ses mains devant le feu pour réchauffer ses paumes.

— Donnez-les moi.

Il saisit sa main gauche et lui ôta le gant humide, avant de
répéter l'opération avec le droit. Il hésita un instant avant de
les poser sur la tablette. Elle le regarda, puis parcourut la
pièce du regard.

— Où est L-lady Satterfield ?

— Je ne l'ai pas vue. J'ai jugé qu'il était plus prudent de
vous faire rentrer le plus vite possible.

Elle écarquilla brièvement les yeux avant de les plisser
pour l'examiner minutieusement.

— N-nous sommes seuls ici ?

— Hélas, oui. Mais personne ne m'a vu et personne ne
l'apprendra.

Il retourna à la porte par laquelle il était entré et la
verrouilla.

— Est-ce mieux ? demanda-t-il en revenant à son côté.

— N-non, je n'en suis vraiment pas sûre. Main-mainte-
nant nous s-sommes enfermés ensemble dans cette pièce.

Elle lui lança un regard dubitatif avant de reporter son
attention sur le feu. Elle s'en approcha encore et retourna ses
mains pour en réchauffer le dos.

— Que faisiez-vous donc sur la terrasse ?

Elle ferma brièvement les yeux avant de pencher la tête
pour lui jeter un coup d'œil.

— J'essayais d'être discrète ? Ma robe a un accroc et je voulais rejoindre la salle de repos sans avoir à traverser la salle de bal. J'ai cru que la terrasse serait un raccourci. Malheureusement il pleuvait, bien que légèrement, et je me suis hâtée. M-mais la porte était fermée et les cieux ont décidé de sanctionner ma stupidité en provoquant un déluge.

— Vous n'avez pas été stupide.

Elle lui adressa un regard lourd de signification.

— Je vous remercie de prendre ma défense, mais j'ai vraiment été idiote.

— Vous ne saviez pas que la porte serait fermée à clef ou qu'il allait tomber des hallebardes. Vous tentiez d'être pratique.

Elle émit un petit rire qui s'acheva dans un frisson et elle se recroquevilla. Ned ôta son manteau et lui posa sur les épaules. Elle tourna vivement la tête et lui adressa un autre regard médusé.

— Au point où nous en sommes... dit-il. Gardez mon manteau quelques minutes pendant que j'échafaude un plan pour vous faire sortir de la maison et rentrer chez vous.

— O-oui, ce serait parfait.

Elle ne semblait pas déçue le moins du monde. En fait, elle semblait ravie. Et même enthousiaste, s'il en croyait le sourire qui étirait ses lèvres. Son attitude était peut-être due à son embarras. Quel genre de jeune femme était heureuse de quitter le bal de Lady Middlegrove ? Et n'était pas complètement accablée d'avoir été surprise par la pluie dans sa robe de bal ?

Le genre qui éveillait son intérêt. Elle se tourna vers lui pour lui demander :

— Monsieur, comment proposez-vous de me faire quitter la maison discrètement ?

Ses frissons paraissaient avoir diminué et il en fut heureux.

— Vous savez qui je suis.

Sa déclaration contenait une once d'interrogation.

— Bien entendu !

En revanche, lui ne savait pas qui elle était. Il l'examina soigneusement, à la recherche de traits qu'il reconnaîtrait. Sa peau était pâle, rendue presque translucide par le froid, et son visage alliait courbes douces et lignes sculptées. Son nez se retroussait délicieusement à l'extrémité et ses lèvres étaient pleines et pulpeuses. Mais, plus que tout le reste, ses yeux exigeaient son attention. Ils étaient d'un bleu si vif qu'ils étincelaient comme des pierres précieuses et ses cils, fournis et presque noirs, voilaient les fenêtres de son âme. La poésie qu'il lisait souvent pour George lui embrumait manifestement l'esprit.

Ramené à la réalité, il se souvint qu'il ignorait son identité.

— J'ai bien peur d'être désavantagé.

Elle se retourna vers le foyer.

— Nous n'avons pas été présentés, et je ne crois pas que nous le serons jamais.

Il ressentit un curieux sentiment de consternation.

— Et pourquoi cela ?

Elle resserra le manteau autour de son corps.

— Vous êtes *vous* et je suis *moi*. Vous êtes un Insaisissable, répondit-elle en lui jetant un bref coup d'œil.

— Grands Dieux, mais de quoi parlez vous ?

Le titre lui paraissait plutôt repoussant.

— Quelqu'un tellement au-dessus de ma condition qu'il est peu probable que nous soyons jamais présentés.

Son ton était chargé d'ironie. Il se rembrunit, pas du tout sûr d'apprécier la manière dont elle décrivait leur différence de statut, ni convaincu que cette différence soit aussi flagrante qu'elle l'énonçait. Cependant, comme elle le connaissait, ce dont il ne pouvait pas se vanter, il dut admettre qu'il y avait au moins une part de vérité dans ses affirmations.

— Je n'apprendrai donc jamais votre nom ?

Elle leva le menton.

— Je suis Miss Aquilla Knox.

La lumière des flammes dansait sur son visage, donnant à sa peau des reflets dorés et à ses yeux l'apparence de lapis-lazuli.

— Je suis enchanté de faire votre connaissance, Miss Knox.

Elle le fixa un moment avant d'être parcourue d'un nouveau frisson. Il se maudit silencieusement d'avoir traîné, mais quelque chose en elle l'avait mis en confiance. Ou l'avait séduit. Ou, plus inquiétant, les deux.

— J'attends toujours que vous m'expliquiez votre plan, dit-elle.

Il n'avait pas de plan. Il s'éloigna de quelques pas avant de faire demi-tour pour revenir vers elle. Elle soupira.

— Connaissez-vous Lord Satterfield ? Je mettrais ma main à couper qu'il est dans la salle de jeux. Vous pourriez lui demander d'informer Lady Satterfield que je suis ici et que j'ai besoin de partir… discrètement. Je crois que c'est de la plus haute importance.

Ned s'arrêta net et cligna des yeux. Elle était douée. Très douée. S'il accostait directement Lady Satterfield, on pourrait le remarquer. Mais une conversation entre gentils-hommes dans la salle de jeux n'attirerait pas l'attention.

— Vous aviez votre propre plan depuis le départ.

Elle haussa les épaules.

— Pas vraiment. Si vous vous souvenez bien, ma stratégie initiale était de me faufiler dans la salle de repos pour réparer ma robe.

— Eh bien, ce nouveau plan est excellent.

Sa bouche s'incurva en un sourire séduisant.

— Au moins je m'améliore.

Il rit doucement de son autodérision. Cette femme se connaissait et ne se cachait pas derrière ce qu'on attendait d'elle. Maintenant qu'il avait un plan, il était censé le mettre en œuvre de toute urgence. Ses tremblements avaient diminué mais elle devait toujours quitter les lieux.

— J'ai bien peur d'avoir besoin de mon manteau.

Elle grimaça quand elle l'ôta de ses épaules.

— L'intérieur est un peu humide, maintenant. Toutes mes excuses.

Il saisit le vêtement.

— Elles ne sont pas nécessaires. Je vous donnerais mon manteau sans hésiter si vous en aviez de nouveau besoin.

— C'est chevaleresque et en même temps si scandaleux, murmura-t-elle.

Ses mots provoquèrent en lui une chaleur inexplicable. Ou peut-être était-ce dû au feu.

— Bien involontairement. Je n'ai aucun goût pour le scandale ou la renommée, Miss Knox.

Elle éclata d'un rire fort et franc qui se logea dans sa poitrine.

— Comme tout le monde.

Il enfila le manteau et réprima à son tour un frisson causé par l'humidité dont le vêtement était imprégné.

— Certains apprécient la célébrité.

Elle se pencha de nouveau vers le feu et lui ôta la chance de se délecter de son magnifique regard.

— Oui, je suppose. Mais votre réputation n'est pas de cette nature.

— Et de quelle nature est-elle ?

Allait-elle encore débiter des âneries sur sa condition d'insaisissable ? Elle se retourna vers lui et il tomba sous le charme de l'intensité de son regard.

— Souhaitez-vous réellement le savoir ?

Plus que tout.

— Oui.

— Mes amies et moi vous appelons le Duc Malhonnête.

L'intimité de leur situation et l'aisance de leur conversation lui avaient donné un faux sentiment de confort, qui disparut subitement. Il fut remplacé par une angoisse teintée de peur.

— Le *quoi* ?

— Oh, nous avons bien conscience que vous n'êtes pas duc, mais pour nous, c'est tout comme.

Elle agita une main, inconsciente de l'appréhension qui raidissait le corps de son interlocuteur.

— C'est cette histoire d'Insaisissable. Et pour ce qui est de votre surnom... eh bien…

Elle détourna le regard en rougissant, ce qui apporta une coloration bienvenue à son visage.

— Oui, dites-moi en quoi je me montre indélicat.

Il prononça ces mots sèchement, sans chercher à adoucir son ton ou son expression.

— Vous avez dit que vous vouliez savoir.

Elle carra les épaules.

— Très bien. Il s'agit du caractère versatile de votre cœur. De votre manière de donner de faux espoirs à des jeunes femmes et de les abandonner aussitôt qu'elles s'attendent à une demande en mariage.

Le soulagement qu'il ressentit fit ralentir son cœur et disparaître sa peur. Il aurait dû s'y attendre. Leur surnom ridicule ne pouvait découler que de sa conduite. Personne ne connaissait la nature de son véritable mensonge et, par la grâce de Dieu, personne ne l'apprendrait jamais.

— Je ne leur mens pas. Je ne leur fais aucune promesse. *Jamais.*

— Je ne suis pas responsable si elles attendent quelque chose qui n'a pas été proposé et ne le sera jamais.

Elle cilla, bouche bée.

— Vous affirmez que vous n'avez jamais eu l'intention d'en épouser aucune ? Vous n'avez même pas essayé de déterminer si vous pourriez vous entendre ?

— Oui j'ai essayé, mais non. Nous ne nous entendions pas.

Il savait qu'il avait la réputation de décevoir les jeunes femmes, mais c'était le cas de nombreux gentilshommes de la Société.

— Pourquoi ne pas m'avoir surnommé le Comte des Mensonges ?

— C'est loin d'être aussi fluide ou raffiné que le Duc Malhonnête, ne pensez-vous pas ?

— Tout cela est ridicule.

Malheureusement, le titre lui seyait comme un gant, pour des raisons que Miss Knox et la Société ne comprendraient jamais. S'ils voulaient concentrer leur attention sur sa « versatilité », il leur était reconnaissant de ne pas creuser davantage dans sa vie.

—Je ne voulais pas vous offenser, dit-elle. Vous devriez aller trouver Lord Satterfield.

Oui. Il se redressa et la doublure humide de son manteau adhéra aux manches de sa chemise et à son gilet.

— Pourquoi les Satterfield ?

— Lady Satterfield me parraine. Je réside chez elle pour la Saison.

Ned connaissait les Satterfield et leur beau-fils, le duc de Kendal. Le parrainage de Lady Satterfield conférait à Miss Knox un statut plus élevé qu'elle ne paraissait l'imaginer.

— Miss Knox, il n'y a aucune raison pour que nous ne soyons pas présentés à un moment ou à un autre. Grâce à votre relation avec les Satterfield, je ne suis pas aussi « insaisissable » que vous le dites. Est-il envisageable que vous ayez simplement une mauvaise opinion de vous-même ?

Cela le surprendrait, étant donné sa franchise et son comportement général ; elle affichait une indéniable confiance, même dans l'adversité.

— Je ne pense pas. Il est vrai que je fais tapisserie mais je suis loin d'être timide et effacée. Je suppose que je pourrais être extravertie et avoir peu d'estime pour moi-même, mais ce n'est pas le cas. Je crois.

Elle pencha la tête sur le côté.

— Cela mérite réflexion.

Elle prévoyait de réfléchir sur ce qu'elle pensait d'elle-même ? Ned secoua la tête.

— Je suis un peu confus.

— Ce n'est pas surprenant. C'est un risque lorsque l'on passe trop de temps en ma compagnie. Maintenant, je dois vraiment insister pour que vous trouviez Lord Satterfield. J'ai très froid.

Bon sang. Il avait été complètement absorbé par leur discussion.

— J'y vais de suite. Verrouillez la porte derrière moi. Je dirai à Lord Satterfield de demander à la comtesse de frapper trois fois.

Elle sourit largement.

— Comme dans un roman. Je dois vous remercier, Monsieur, d'avoir rendu ma soirée un peu plus excitante.

Il s'inclina.

— Tout le plaisir était pour moi.

En réalité, elle avait aussi égayé la sienne. Il se rendit à la porte et, après l'avoir déverrouillée, se retourna. À sa grande surprise, elle l'avait suivi. Il ne l'avait pas entendue.

— Allez-y, dit-elle. Je dois fermer la porte à clef pour pouvoir retourner près du feu.

— Bien entendu.

Il se glissa dehors et ferma la porte derrière lui. Le verrou se mit en place et Ned se dirigea vers la salle de jeux. Il dut attendre quelques minutes que Satterfield finisse sa partie de cartes. Heureusement, celui-ci se leva ensuite et Ned put attirer son attention.

Il lui relata les ennuis de Miss Knox, lui indiqua l'endroit où la trouver et expliqua que la comtesse devrait frapper trois fois pour se faire reconnaître. Satterfield, un homme de taille moyenne légèrement dégarni, plissa le front en regardant Ned :

— Comment êtes-vous entré en possession de ces informations ?

— C'est, disons, un peu compliqué. Personne d'autre n'est au courant de sa... situation.

Le front de Satterfield se creusa de sillons si profonds qu'il évoqua pour Ned les champs de Sutton Park avant que les métayers fassent les semailles.

— Si j'apprends quoi que ce soit d'inconvenant...

Ned l'interrompit d'un regard glacial.

— Je vais faire comme si vous n'aviez rien dit. Allez vous occuper de Miss Knox avant qu'elle ne prenne froid.

Il eut l'impression de se contredire en pressant Satterfield alors qu'il avait musardé avec elle dans le bureau. Tant pis.

— Très bien.

Satterfield lui adressa un regard franc.

— Je ne voulais pas vous manquer de respect. C'est une jeune femme et j'en suis responsable. Merci pour votre aide.

Ned hocha la tête.

— Bonne soirée.

Satterfield s'en fut et Ned dut se retenir de le suivre. Dieu seul savait pourquoi, il souhaitait s'assurer que Miss Knox rentrerait chez elle saine et sauve. Il s'en voudrait terriblement si elle tombait malade. Il n'aurait jamais dû s'attarder aussi longtemps avec elle. Pour toutes sortes de raisons.

Un autre frisson le parcourut, lui rappelant que son manteau était humide. Lui aussi ferait mieux de quitter les lieux. Il se mit en quête de sa tante pour voir si elle était prête à partir, décidé à la raccompagner.

Après presque un quart d'heure de recherche et de plus en plus frigorifié, Ned trouva tante Susannah un peu à l'écart de la salle de bal. Elle venait de se lever de sa chaise et le questionnait maintenant du regard. Elle ne prononça qu'un seul mot, mais il comprit qu'elle était surprise de le voir car elle pensait qu'ils s'étaient déjà dit bonsoir :

— Sutton ?

Il inclina la tête dans sa direction et salua les autres dames assises alentour.

— J'ai pensé que je pourrais vous raccompagner à la maison, si vous êtes prête.

— Oui, merci.

Elle se tourna vers ses amies pour leur souhaiter une bonne nuit et Ned la conduisit hors de la salle de bal. Alors qu'ils se dirigeaient vers l'entrée pour attendre leur carrosse, elle lui demanda:

— Tu ne te rends pas à ton club ?

— Je dois retourner à la maison pour changer de manteau. Il y a un accroc à la doublure et c'est ennuyeux.

Il ne désirait pas lui expliquer la vraie raison. Il protégerait la réputation de Miss Knox, même vis-à-vis de sa tante.

— C'est agaçant pour toi mais profitable pour moi, puisque je vais avoir le plaisir de ta compagnie sur le chemin du retour.

Elle lui sourit.

Ils n'eurent pas à patienter longtemps et furent bientôt installés confortablement dans le carrosse de Ned, pour les dix minutes que durerait leur trajet jusqu'à Sutton House. Ce temps très court lui convenait car Ned avait hâte de se débarrasser de son manteau, qui s'était pourtant un peu réchauffé au contact de son corps. Mais maintenant, le reste de ses vêtements était humide et il lui faudrait se changer entièrement s'il voulait repartir pour son club. Il n'était pas sûr d'en avoir envie, d'autant plus qu'il prévoyait de se lever tôt le lendemain matin pour effectuer un rapide déplacement à Sutton Park, son domaine à la périphérie sud de Londres.

— À quelle heure comptes-tu partir pour Sutton Park ? demanda tante Susannah. J'avais dans l'idée de t'accompagner si tu ne projettes pas de voyager dès l'aube.

— J'ai un rendez-vous avec le Dr Paget à dix heures, donc je comptais partir vers huit heures.

Elle agita une main en gloussant.

— Tant pis. J'irai avec toi la semaine prochaine comme prévu.

Ils se rendaient régulièrement à Sutton Park pendant la Saison, jusqu'à deux fois par semaine à l'occasion. Ned aimait garder un œil sur son domaine et il fallait s'occuper de George.

— S'agit-il d'un rendez-vous ordinaire ou bien y a-t-il un problème ?

— J'ai reçu dans la journée une lettre m'indiquant que George ne mange de nouveau plus que des gâteaux.

Ned étendit ses jambes, attentif à ne pas empiéter sur l'espace de sa tante, qui était assise en face de lui.

— Je suis certain que ce n'est rien, juste une autre de ses lubies.

George décidait de temps en temps qu'il ne pouvait se nourrir que de gâteaux, pour une raison fantaisiste. Mais c'était George. Il était très inventif et son esprit regorgeait de délires, le plus souvent sans danger. Cependant, ils n'étaient pas toujours inoffensifs et Ned avait une connaissance approfondie de ces crises.

Lors d'un de ces épisodes, George avait avalé tant de gâteaux en une seule fois qu'il était tombé malade. Cela s'était produit avant que le Dr Paget ne devienne son soignant et, depuis lors, George bénéficiait d'une meilleure surveillance. Le personnel de Ned faisait ce qu'il pouvait mais George nécessitait une attention constante. C'était bien triste pour un adulte, mais c'était néanmoins nécessaire. Tante Susannah le couva d'un regard rempli de fierté et d'amour.

— George a beaucoup de chance que tu aies décidé de t'occuper de lui.

Ned lui fut reconnaissant pour l'intention mais pas pour la formulation.

— Il n'y avait pas d'autre choix possible.

Son regard ne perdit rien de sa chaleur.

— Tu avais le choix. Tu l'as toujours mais, Dieu merci, tu as pris la bonne décision en lui assurant une vie agréable. J'aime bien le Dr Paget. Son approche a l'air d'être efficace.

Elle l'était. Ned l'avait débauché d'un asile à Amsterdam après avoir lu un article sur ses méthodes pour traiter les personnes comme George. Des personnes avec une imagination débordante et incapables de s'occuper d'elles-mêmes. Le Dr Paget n'était avec eux que depuis trois mois mais les périodes de pure démence de George avaient déjà diminué.

— Jusqu'ici, ses résultats me donnent confiance.

Tante Susannah hocha vigoureusement la tête.

— À moi aussi. Je pense vraiment que tout s'arrange enfin pour toi. Je crois que Miss Forth-Hodges pourrait mettre fin à ta quête d'une épouse et, avec George en bonne voie, que tu seras en mesure de te concentrer sur ta propre vie, sur ton *bonheur*.

Ned se tourna vers la fenêtre pour qu'elle ne voie pas sa réaction. Il était déjà satisfait et il était fatigué qu'elle le pousse vers une sorte d'état extatique qui n'existait sans doute pas. Il ne cherchait pas une épouse pour être heureux, il le faisait parce que c'était ce qu'on attendait de lui. Tout ce qu'il cherchait à accomplir dans cette vie, c'était offrir à George les meilleurs soins possibles et transmettre le comté dans un meilleur état qu'il ne l'avait reçu. Il prendrait une femme, engendrerait un héritier et, avec un peu de chance, trouverait un peu de ce bonheur dont tante Susannah parlait tant.

Il songea à Miss Forth-Hodges et, presque immédiatement, son image fut remplacée dans son esprit par celle de Miss Knox. Il se demanda où elle se trouvait à présent et si elle allait bien. Il lui faudrait trouver un moyen de se renseigner. Et pourquoi donc ?

Il n'avait aucun intérêt pour elle, aucune raison de s'inquiéter de son bien-être. Néanmoins, il souhaitait s'en assurer. Il en avait besoin. Il avait pris en charge sa situation embarrassante et il se sentait responsable. Oui, ce devait être la raison. Il trouverait un moyen de s'assurer qu'elle allait bien et ensuite il serait capable de l'oublier et de se concentrer sur Miss Forth-Hodges.

Et sur l'éternité qui s'étirait devant lui.

CHAPITRE 2

*E*n chemin pour le dîner de Lady Durant, Aquilla Knox replaça une mèche qui chatouillait sa tempe au rythme des cahots du carrosse. Lady Satterfield regarda son époux, qui était assis en face d'elles, dos à la route.

— Je vois que ce carrosse n'est toujours pas réparé.

Lord Satterfield fronça les sourcils.

— Non, il est encore un peu instable, n'est-ce pas ? Je crains qu'il ne soit temps d'envisager l'acquisition d'un nouveau véhicule.

Il ne semblait pas le moins du monde contrarié. Ceci étant, Aquilla savait qu'il avait hâte d'acheter un nouveau carrosse ; il attendait juste que sa femme donne son accord. Aquilla glissa un regard vers sa bienfaitrice, Lady Satterfield, une femme d'une gentillesse infinie. Un léger sourire incurvait ses lèvres alors qu'elle contemplait son mari.

— Très bien, dit-elle doucement. Nous en discuterons plus avant demain.

Les yeux du comte étincelèrent.

— J'attendrai cette conversation avec impatience.

Lady Satterfield tourna la tête vers Aquilla, tout en vérifiant d'une main l'arrangement de ses cheveux relevés. Bien qu'elle soit largement quinquagénaire, sa chevelure conservait en grande partie sa couleur sombre.

— Êtes-vous excitée par ce dîner ?

Pas spécialement.

— Oui.

Le mensonge la fit grimacer intérieurement. Et pourquoi mentait-elle ? Parce que révéler la vérité à Lady Satterfield, lui avouer que ses efforts matrimoniaux étaient inutiles, reviendrait à admettre qu'Aquilla était un imposteur de la pire espèce.

Non, ce n'était pas tout à fait exact. Elle ne voulait pas décevoir la comtesse, qui l'avait prise sous son aile et lui avait offert le foyer le plus accueillant qu'elle ait jamais connu. Lady Satterfield pencha la tête sur le côté et observa Aquilla avec inquiétude.

— Êtes-vous sûre de vous sentir assez bien ? Je pensais que deux jours suffiraient pour vous remettre mais nous aurions peut-être dû rester à la maison ce soir.

Aquilla s'empressa de la rassurer.

— Non, je vais bien.

En fait, elle se portait très bien. Avait-elle profité un peu de son coup de froid de l'autre nuit pour échapper un temps aux exigences de la Société ? Oui. Mais pour être honnête, elle s'était réellement sentie un peu patraque la veille, suite au bal des Middlegrove. Elle avait passé la journée entière au lit, ce qui lui avait donné tout le temps de revivre son intermède avec Lord Sutton.

Intermède.

Elle n'en appréciait pas du tout la connotation. Ce mot déclenchait chez elle des frissons et des bouffées de chaleur.

— Si vous en êtes certaine, ma chère.

Lady Satterfield se détendit contre le dossier de son siège.

— Je sais bien que je vous l'ai déjà dit, mais cela mérite

d'être répété : je suis infiniment reconnaissante à Lord Sutton de vous avoir ouvert cette porte, même si cela a créé une situation regrettable.

Aquilla réprima une soudaine envie de rire. Fallait-il qualifier cet incident d'intermède ou de situation regrettable ? Aucun des deux, mais la divergence des perspectives était amusante.

— En effet, acquiesça Lord Satterfield.

Il avait questionné Aquilla sur le chemin du retour cette nuit-là, s'assurant que Sutton s'était conduit de manière appropriée. Ce qu'il avait fait, bien sûr, mais dans le cas contraire ? Elle avait évité de se poser cette question, par crainte de la réponse. Est-ce que les Satterfield auraient insisté pour qu'ils se marient même si personne n'était au courant de leur... regrettable intermède ? Aquilla décida qu'elle préférait cette appellation.

Elle leur avait affirmé qu'il avait agi avec la plus grande bienséance. Elle n'était pas entrée dans les détails, le comte et la comtesse n'avaient pas besoin de savoir combien de temps ils avaient discuté ni qu'il lui avait prêté son manteau. Non, surtout ce dernier point. Cela élèverait l'événement au stade de désastre absolu. Cette fois, elle ne put empêcher l'apparition d'un sourire.

— Qu'y a-t-il d'amusant, ma chère ? demanda Lady Satterfield.

— Rien. J'attends simplement ce dîner avec impatience.

Elle *s'efforcerait* d'en avoir envie.

— Je suppose que vous vous attendez à être placée à côté de Lord Lindsell ?

Aquilla tourna la tête vers la fenêtre de crainte que Lady Satterfield ne voie sa réaction. Le baron serait présent ? Elle n'en avait pas eu connaissance. Ou elle avait simplement oublié. Il était parfois plus opportun d'occulter les choses désagréables.

Lindsell n'était pas exactement désagréable, il était simplement *empressé*. Il l'avait invitée à danser deux fois déjà, ce qui était plus que tout autre gentilhomme cette Saison. Il était clair qu'elle devrait faire plus d'efforts pour le décourager. Elle se força à sourire et se retourna vers Lady Satterfield.

— J'avais oublié qu'il participerait au dîner, en fait. Je serai ravie quel que soit mon voisin.

— Vous êtes une jeune femme si plaisante.

La comtesse fit claquer sa langue avec exaspération.

— J'ai du mal à saisir pourquoi vous n'avez eu aucun prétendant au cours des cinq dernières années.

Aquilla, quant à elle, comprenait très bien : elle n'en voulait pas. Oh, elle l'aurait souhaité, il fut un temps. Avant d'apprendre à quel point le mariage pouvait être horrible. Son objectif principal lors de cette Saison était de prendre des contacts qui lui permettraient de trouver un emploi de dame de compagnie, comme son amie Ivy Breckenridge.

— Les hommes sont stupides, lança Satterfield.

Lady Satterfield éclata de rire.

— Nombre d'entre eux, oui. Mais pas toi, mon chéri.

Il inclina courtoisement la tête.

— Merci. Avec un peu de chance, Lindsell aura plus de bon sens que la moyenne.

— Je suis optimiste, répondit-elle. Vous l'aimez bien, n'est-ce pas, Aquilla ?

— Je ne pense pas le connaître assez pour en juger. C'est un bon danseur.

Elle pouvait au moins lui accorder cela.

— Eh bien, vous serez en mesure de vous forger une opinion ce soir.

Les lèvres de Lady Satterfield s'étirèrent en un large sourire et elle fit un clin d'œil à Aquilla.

— Il se pourrait que j'aie intrigué afin que vous soyez assise à côté de lui.

Dans ces conditions, Aquilla serait bien obligée de se faire une opinion. Grands Dieux, combien de temps allait-elle continuer cette mascarade ? Elle devrait avouer à Lady Satterfield qu'elle ne cherchait pas de mari. Bien entendu, elle serait choquée, de même que tous les autres, y compris Ivy et Lucy, ses deux meilleures amies. Lucy, qui les avait tous surpris en devenant comtesse de Dartford le mois précédent. La seule personne qui était encore plus opposée au mariage qu'Aquilla, à l'exception d'Ivy, bien sûr. Jusqu'à ce qu'elle tombe inexplicablement et irrémédiablement amoureuse.

La poitrine d'Aquilla se gonfla de tendresse en songeant au bonheur de son amie. Elle savait que cela pouvait se produire… tout comme elle savait que cela pouvait changer du jour au lendemain. C'était un pari qu'elle n'était pas sûre de vouloir prendre.

Leur arrivée chez les Durant lui évita de continuer la discussion. Le cocher ouvrit la porte et ils descendirent du véhicule dans la fraîcheur du début de soirée. Le temps était encore froid, mais au moins la journée avait été sèche.

À l'intérieur, ils furent conduits vers le petit salon où les invités se rassemblaient en attendant de passer à table. Aquilla se prépara mentalement, comme à chaque fois qu'elle assistait à un événement mondain. Elle afficha un sourire radieux et suivit les Satterfield dans la pièce, prête à endurer la soirée. Elle parcourut les invités du regard et sursauta quand son regard rencontra celui de quelqu'un qu'elle ne s'attendait pas à voir : Lord Sutton.

Ses yeux gris, dont elle avait remarqué la couleur cette nuit-là, étaient fixés sur elle. Ils étaient résolus, presque inquisiteurs, et son front plissé par la concentration. Il avait d'épais cheveux blonds qui ondulaient à partir de ses tempes.

Ses traits, dont la dureté résidait dans l'angle de son menton et le raffinement dans l'arc de ses pommettes, formaient un séduisant ensemble que n'aurait pas renié Joshua Reynolds. Il avait l'air austère, comme tout Insaisissable, mais également un peu sauvage, comme s'il réprimait un côté barbare. C'était peut-être à cause de sa silhouette extrêmement athlétique. Il était renommé pour ses talents de cavalier et son penchant pour le club de boxe de Gentleman Jackson.

— Aquilla ?

La discrète question de Lady Satterfield tira Aquilla de son évaluation fantaisiste de Lord Sutton.

— Oui ?

— Vous aviez l'air dans la lune…

Elle n'ajouta rien mais la fin de sa phrase aurait été, *et Lord Lindsell vient vers nous,* car de fait, il s'approchait d'elles.

Lord Lindsell n'était pas athlétique. Il était plutôt mince, de taille moyenne, avec des cheveux bouclés brun foncé assez semblables à ceux d'Aquilla. Elle peinait à dompter sa propre chevelure et pouvait à peine imaginer à quel point celle de leur enfant serait frisée.

Leur enfant? Elle bannit cette pensée immédiatement.

— Bonsoir, Lord et Lady Satterfield.

Lindsell salua le comte et la comtesse avant de se tourner avec plaisir vers Aquilla. Il lui sourit en découvrant ses dents dont la rangée du bas était irrégulière, ce qu'il tentait générale-ment de masquer derrière sa lèvre inférieure mais quelque-fois, comme à cet instant, il échouait.

— Vous êtes fort jolie ce soir, Miss Knox.

Il s'inclina plus profondément devant elle et elle dut admettre que c'était charmant. Elle plongea dans une révérence.

— Bonsoir Monsieur.

Leurs hôtes les rejoignirent et leur souhaitèrent la bienve-nue, puis s'éloignèrent. Un moment plus tard, le majordome annonça qu'il était temps de passer dans la salle à manger. Lady Durant se dirigea vers la porte avec son mari et dit :

— J'ai organisé un plan de table particulier pour ce soir.

Elle sourit, les yeux brillants d'enthousiasme.

— Asseyez-vous à la place qui porte votre nom, s'il vous plaît. Nous allons tellement nous amuser !

Elle jeta un regard à son époux, qui répondit d'un simple hochement de tête. Il donnait l'impression d'avoir envie de s'asseoir n'importe où ailleurs, si on en croyait l'air affligé que dépeignaient les plis autour de sa bouche et de ses yeux. Aquilla partageait le mécontentement de Lord Durant, si c'était bien ce qu'il ressentait. Lady Satterfield ayant apparemment émis le souhait qu'elle soit assise à côté de Lord Lindsell, Aquilla s'y était résignée.

Lindsell lui offrit son bras et ils se rendirent dans la salle à manger en suivant les autres invités. Chacun examina la table pour découvrir où il devait s'asseoir et la prévision d'Aquilla fut confirmée, elle était placée à la droite de Lindsell à quelques sièges de l'extrémité de la table occupée par Lady Durant. La plupart des invités non mariés semblaient se trouver près de leur hôtesse, sans doute parce que son fils célibataire était assis immédiatement à sa droite.

Aquilla regarda la carte à sa droite et cessa de respirer. Lord Sutton. Elle tourna la tête et vit qu'il s'approchait d'elle. Il escortait une jeune femme qu'Aquilla connaissait vaguement. Miss Emmaline Forth-Hodges était plus jeune qu'elle de plusieurs années et une bien meilleure candidate au Marché du Mariage. Elle en était à sa deuxième Saison, d'après ses souvenirs, et ne prendrait probablement pas part à une troisième. En fait, elle était peut-être la dernière proie de Sutton. Aquilla le saurait si elle faisait plus attention aux ragots.

Sa proie ? Voyait-elle Sutton comme un prédateur ?

Elle lui jeta un regard en s'asseyant. Sa façon de bouger

évoquait le danger. Ou peut-être était-ce la manière dont il l'avait regardée l'autre nuit dans le bureau de Lord Middle-grove, comme s'il l'avait acculée. Mais non, c'était absurde. Il avait été gentil et serviable, même s'il n'avait pas réfléchi à un plan avant de la secourir.

Gentil et serviable... Apparaîtrait-il ainsi à Miss Forth-Hodges une fois lassé d'elle, ce qui était inévitable ?

Aquilla se surprit à regarder Sutton d'un œil noir. Elle ne connaissait même pas Miss Forth-Hodges, pourtant elle se sentit désolée pour elle étant donné la réputation du comte. Ceci dit, la jeune femme devait en avoir conscience. C'était une chose qu'Aquilla ne comprenait pas. Si ces femmes *savaient* qu'il ne les épouserait sans doute pas, et c'était forcé-ment le cas, pourquoi s'intéresser à lui malgré tout ?

Parce qu'il était comte et, de plus, fortuné. Un jour, l'une d'entre elles deviendrait sa comtesse, à moins qu'il ait réelle-ment décidé de ne jamais se marier. Dans ce cas, à quel jeu cruel jouait-il ? Elle eut subitement envie de lui poser la question. Elle ne le ferait pas, bien sûr. Et même si elle le faisait, elle n'attendrait pas de lui une réponse honnête.

Il apparut soudain à Aquilla qu'elle pourrait bien mériter le surnom de Duchesse Malhonnête, puisqu'elle avait passé quatre Saisons et demie à faire semblant de chercher un mari. Elle n'avait absolument aucun droit de juger Sutton.

Quand ils furent tous installés à table, les valets de pied débutèrent le service, en commençant par les dames de plus hauts rangs. Lord Lindsell s'adressa à Aquilla :

— Vous m'avez manqué ces dernières soirées. J'espère que tout allait bien.

Mon Dieu, il l'avait cherchée. Heureusement, il ne lui avait pas rendu visite. Pas encore, du moins.

— Oui.

Elle fit une moue exagérée.

— En fait, ce n'est pas tout à fait vrai. Je me sentais un peu mal. Un horrible mucus verdâtre coulait de mon nez et mes broches étaient encombrées.

Elle fit exprès de tousser.

— Mes excuses, Monsieur. J'aurais peut-être encore dû rester à la maison ce soir.

Il la fixa un moment et elle se félicita intérieurement d'avoir réussi à provoquer son dégoût. Avec un peu de chance, cela durerait. Il lui adressa un sourire qui semblait un peu forcé.

— Je suis heureux que ce ne soit pas le cas.

— Oh, moi aussi. Je m'ennuie affreusement quand je n'ai personne à qui parler. Il est certes très agréable de discuter avec Lady Satterfield, mais vous comprenez certainement ce que je veux dire. J'aime tellement parler, et vous ?

Elle lui fit un sourire éclatant. Il émit un léger rire.

— J'imagine. Oui.

Aquilla continua son assaut.

— Racontez-moi ce que j'ai manqué. Une rumeur ou un nouveau scandale ?

Le valet se présenta à côté d'elle et lui proposa un bol de soupe. De la tortue. Ce n'était pas la saveur préférée d'Aquilla et elle n'en prit que quelques petites cuillerées. Lindsell parut un peu déconcerté.

— Je dois bien admettre que je n'en ai aucune idée. Vous trouvez ce genre de choses divertissant ?

— Oh oui. Cela vous plairait aussi. Avez-vous essayé ?

Elle parlait d'un ton léger et désinvolte. Lindsell cilla, sa cuillère immobilisée au-dessus de son bol.

— Essayé quoi ?

Elle pencha la tête sur le côté et ouvrit de grands yeux.

— Les commérages.

Il la fixa un peu plus longtemps avant de reporter son attention sur sa soupe sans dire un mot. Satisfaite de l'avancée de son entreprise de sabotage, elle se concentra avec joie sur son propre bol et fit semblant d'avaler plusieurs cuillerées de soupe. En réalité, elle inclinait sa cuillère légèrement pour que personne ne s'aperçoive qu'elle remettait la soupe dans l'assiette.

Heureusement, la jeune femme assise de l'autre côté de Lindsell lui parlait maintenant. Aquilla espérait bénéficier d'un petit répit.

— Vous n'aimez pas la soupe de tortue ?

La discrète interrogation provenait de sa droite, de Sutton. De sa position, il pouvait évidemment voir qu'elle ne mangeait pas réellement. S'il l'observait. Et, apparemment, il l'observait.

— Non.

Elle jeta un regard sur son bol, qui était encore plein.

— Vous non plus, semble-t-il.

— Non. Je déteste la soupe de tortue.

Il ne s'était même pas donné la peine de simuler, il n'avait pas touché à la cuillère qui reposait à côté de son bol. Elle lui fit un petit sourire rapide.

— Je la supporte, mais si j'avais eu la possibilité de la haïr, je l'aurais fait.

Sa mère avait été intraitable concernant leurs habitudes alimentaires. La nourrice avait obligé Aquilla et ses frères à manger un peu de chaque plat qu'on leur servait. Le prétexte de Mère était qu'ils devaient apprendre à tout apprécier de crainte de se rendre ridicules dans des occasions comme celle-ci. Aquilla avait depuis lors compris qu'elle racontait des balivernes. Les gens mangeaient bien ce qui leur plaisait, ou pas, comme le démontrait présentement Sutton, et tout le monde s'en moquait.

— Quelque chose vous en empêche-t-il maintenant ? demanda-t-il, toujours à voix basse. Pourquoi ne pas vous abandonner à votre haine ?

Sa question lui donna envie de pouffer de rire, seule une

enfant de cinq ans se conduirait ainsi. Mais en réalité, pour-quoi ne pourrait-elle pas cesser de manger cette soupe de tortue ? Surtout quand ses parents n'étaient pas là pour examiner le moindre de ses gestes.

— Ce n'est pas un mauvais conseil, répondit-elle à voix tout aussi basse. Je le prendrai en considération.

Toutefois, faire semblant de manger fournissait égale-ment l'opportunité d'éviter les conversations indésirables, bien que celle-ci ne le soit pas. Il se pencha vers elle de manière imperceptible.

— Vous ai-je entendu dire que vous étiez malade ? J'ai tenté de m'enquérir de votre santé suite à votre… regrettable situation, mais je n'ai pu que constater que vous ne sortiez pas.

Elle tourna brusquement la tête vers lui à la mention de sa « regrettable situation ». Elle faillit de nouveau rire mais elle se contenta de sourire.

— Je préfère y penser comme un regrettable *intermède*.

Elle reporta son regard sur son bol et posa sa cuillère, plus qu'heureuse d'en avoir terminé avec la soupe de tortue pour ce soir et peut-être pour toujours. Le coin des lèvres du comte se retroussa.

— Je vois. J'aimerais revenir sur mon utilisation du mot regrettable, car j'ai trouvé notre intermède des plus diver-tissants.

— N'est-ce pas, Lord Sutton ?

La question s'éleva de sa droite, l'obligeant à tourner la tête de l'autre côté.

Aquilla aurait pu tenter d'écouter la conversation qui s'en-suivit, mais le valet de pied choisit cet instant pour desservir sa soupe et Lindsell en profita pour la divertir avec le récit de l'averse qui l'avait surpris à cheval l'autre soir. Aquilla se raidit intérieurement, se demandant s'il avait par hasard eu connaissance de son propre embarras. Mais comment l'au-

rait-il su ? Personne n'était au courant, pas même Lord et
Lady Middlegrove. Lady Satterfield l'avait promptement faite
sortir de la maison en empruntant les escaliers arrière et l'entrée de service. Aquilla devait admettre qu'un ou deux servi-
teurs les avaient vues, et les domestiques n'étaient pas
discrets, mais jusque-là rien n'avait transpiré. Et même si l'affaire s'ébruitait, personne ne s'en soucierait. Elle n'était, après
tout, qu'une inconnue, une laissée-pour-compte et quasiment
une vieille fille. Bien sûr, si quiconque apprenait qu'elle était
restée seule avec Lord Sutton, la donne changerait du tout au
tout. Heureusement, personne n'en savait rien.

— Miss Knox ?

Entendre Lindsell l'interpeler tira Aquilla de ses pensées.
Elle n'avait pas écouté un mot de ce qu'il avait dit. Mais
plutôt que de lui demander de recommencer, elle sourit
simplement et hocha la tête.

— Oh oui, bien sûr.

Il plissa les yeux avec étonnement et elle comprit que sa
réponse n'avait ni queue ni tête. Parfait.

— Dites-moi, Monsieur, que pensez-vous des papillons ?
demanda-t-elle. Je les adore mais, avec ce printemps si froid,
je n'en ai pas encore vu un seul. Ils sont plutôt rares à
Londres, pas comme à la maison, mais je réussis à en apercevoir de temps en temps. J'aime particulièrement les jaunes.

— Les papillons ? Oui.

Ses sourcils masquèrent presque ses yeux alors que le
valet lui servait le mouton et les légumes.

— Les jaunes sont très jolis. Je ne suis pas sûr d'en avoir
vu beaucoup dans l'Essex.

Son domaine était à plus ou moins quatre-vingts kilomètres de la maison du père d'Aquilla dans le Bedfordshire.
Elle battit des cils et adopta le ton de la réprimande.

— Vous ne devez pas regarder avec assez d'attention. Je

suis certaine que vous avez des milliers de papillons jaunes à Chelmer Green.

— J'imagine qu'il vous faudrait venir sur place, avec votre famille ou les Satterfield, pour me les montrer.

Rahh. Elle était tombée en plein dans le piège. Lindsell semblait s'intéresser à elle pour le long terme.

— Avez-vous des chèvres, Monsieur ?

Le morceau de mouton s'arrêta à l'entrée de sa bouche.

— Des chèvres ?

— Oui. J'adore particulièrement les chevreaux.

Elle abaissa dramatiquement sa voix comme pour lui murmurer un secret.

— J'aime les habiller comme des petites personnes. C'est si drôle !

Il gloussa en mâchant sa viande, puis il déglutit avant de dire :

— Je suppose que cela vous a causé des ennuis dans votre jeunesse.

— Dans ma jeunesse ? Je le fais toujours. En fait, quand je viens à Londres, j'achète toujours quelques articles pour ma collection. Hier, par exemple, j'ai trouvé le plus charmant des petits chapeaux. Ils sont parfois difficiles à maintenir en place sur la tête de la chèvre, mais j'ai tout un assortiment de rubans destiné à cet usage.

Elle poursuivit encore quelques minutes, décrivant les caractéristiques du nouveau chapeau avant de brosser un tableau détaillé de son déguisement préféré, qui n'existait même pas.

Lorsque le plat fut débarrassé et la salade servie, Lindsell conversait de nouveau avec la jeune femme assise à sa gauche. Aquilla se concentra sur son assiette et se félicita de sa performance. Elle finirait par le rendre fou.

— Je n'ai pas eu l'occasion de vous demander comment

vous vous sentez, dit Sutton, avec ce même ton discret qu'il avait utilisé précédemment.

Elle remarqua qu'ils ne se tournaient pas l'un vers l'autre et qu'ils ne se regardaient pas non plus, du moins pas en même temps. C'était comme s'ils continuaient leur tête-à-tête de l'autre nuit.

— Avez-vous vraiment été malade ?

— J'ai bien peur d'avoir pris un peu froid.

Il fronça les sourcils.

— Je n'aurais pas dû passer autant de temps à discuter avec vous. J'implore votre pardon.

Elle entendit le regret sincère dans sa voix et chercha à atténuer sa culpabilité.

— Il n'y a rien à pardonner. Sans votre aide, je serais encore sur cette terrasse.

Elle fit cette dernière déclaration avec une touche d'humour. Il tourna les yeux vers elle et leurs regards se rencontrèrent brièvement. Elle ressentit un choc, semblable à la secousse qu'elle subissait parfois l'hiver quand elle ouvrait une porte.

— Alors c'est une bonne chose que je me sois tenu près de cette porte.

— En effet.

Elle tenta d'imaginer ce qu'elle aurait fait si cela avait été quelqu'un d'autre, Lindsell par exemple. Elle frémit intérieurement à cette pensée. Alors qu'elle attendait sur cette terrasse, elle avait soigneusement réfléchi avant d'appeler Sutton. Il parlait avec une autre personne, une femme plus âgée qu'elle pensait être sa tante. Le regard d'Aquilla survola la table pour se poser sur la dame en question. Oui, c'était bien sa tante. Aquilla n'avait pas voulu les interrompre et avait espéré qu'il serait celui qui partirait, lui laissant la possibilité de demander plutôt de l'aide à cette femme à l'air aimable. Quand elle avait quitté la pièce, Aquilla, qui était gelée jusqu'à l'os, avait fait fi de toute prudence et avait réclamé l'aide du comte.

Elle avait pris un risque mais, heureusement pour elle, il s'était comporté en gentilhomme. Elle se sentit soudain honteuse de l'avoir surnommé le Duc Malhonnête.

Mais ensuite la mise en garde de sa mère résonna dans son esprit : *Ne fais confiance à aucun homme. Jamais. Il révélera toujours sa vraie nature.* Et, d'après sa mère et tout ce dont Aquilla avait été témoin, cette vraie nature était sombre et exécrable.

Un valet de pied remarqua que le verre à vin d'Aquilla était vide et l'emplit de madère. Lindsell se tourna vers elle une fois encore, les lèvres pincées.

— Un second verre ?

Aquilla cilla. Elle ne l'avait pas réclamé mais il venait à point nommé. Lindsell avait-il un problème avec les femmes qui buvaient plus d'un seul verre de vin ? Elle constata que lui-même avait presque terminé son deuxième. Elle attrapa son verre et en prit une gorgée.

— C'est tout à fait délicieux.

Elle en rajouta en buvant une autre longue rasade avant de reposer le verre sur la table. Baissant la voix, elle le fixa avec insistance.

— J'aime le vin. Presque autant que j'aime parler. Je ne suis pas sûre que je pourrais choisir entre les deux si on me le demandait.

Elle leva les yeux pour examiner le plafond comme si elle réfléchissait à cet important sujet.

— J'espère que vous plaisantez. Si vous buvez autant que vous parlez…

Il se tut rapidement mais Aquilla ramena vivement son regard sur lui, les yeux écarquillés. Puis elle pouffa, une main devant sa bouche.

— Oh, cela serait un vrai problème, n'est-ce pas ? Disons alors que le vin est ma deuxième préférence.

Elle gloussa de nouveau et prit une autre gorgée de vin pour faire bonne mesure. Lindsell grimaça en la regardant boire et elle s'aperçut qu'il était mal à l'aise.

— Puis-je vous conseiller de boire un peu moins de vin, surtout en bonne société.

Même si elle n'était pas encline à se saouler, surtout en société, elle acquiesça avec enthousiasme.

— Bien entendu. Je ne me laisse aller qu'à la maison. Et j'aime aussi les douceurs. On pourrait même dire que je suis une *gloutonne*.

Elle chuchota le dernier mot et produisit une mimique horrifiée avant de recommencer à glousser. Il jeta un coup d'œil très rapide à sa taille, mais elle eut le temps de le voir.

— Je suis choqué de l'entendre. Vous êtes restée trop longtemps sans époux. Cela pourrait changer dans un futur proche.

Il lui adressa un sourire chargé de sens, les yeux étincelant à la lueur des chandelles suspendues au-dessus d'eux. Aquilla serra les dents. Bien sûr. Un mari, peut-être même lui si c'était ce qu'il sous-entendait, la guérirait de ses défauts. Elle lui offrit son sourire le plus mielleux.

— Ne pas avoir de mari n'est pas un tel désastre.

Ses yeux s'arrondirent brièvement et les coins de sa bouche s'affaissèrent en signe de désapprobation.

— Vous parlez comme quelqu'un qui a simplement besoin d'un joug aimant.

Aquilla faillit s'étrangler. Heureusement, le valet se présenta pour retirer leurs assiettes et servir le plat suivant. Elle saisit cette opportunité pour se laisser captiver par sa nourriture. Elle révisa également son opinion de Lindsell : il était absolument répugnant.

— Le faisan est plus à votre goût ? lui demanda Sutton.

— Oui.

Même si elle aurait avalé tout ce qu'on lui présentait pour éviter d'avoir à discuter avec l'exaspérant Lindsell. Avoir appris à manger de tout n'était peut-être finalement pas si inutile.

— Comment trouvez-vous votre autre voisin de table ?

Il indiqua Lindsell d'un mouvement de tête. Elle ravala sa réponse spontanée.

— Agréable.

— Vous courtise-t-il ?

Elle tourna la tête et le regarda avec étonnement. Il n'était pas d'usage de poser des questions aussi directes. Elle n'avait rien contre.

— Pas formellement, non.

Elle pencha la tête sur le côté.

— Et Miss Forth-Hodges ? Appréciez-vous sa compagnie.

Il ne répondit pas immédiatement, mais serra plutôt ses lèvres.

— Elle est agréable.

Aquilla faillit rire de son commentaire similaire.

— Et la courtisez-vous ?

Elle abaissa sa voix jusqu'à chuchoter :

— Dois-je la prévenir que vous êtes le Duc Malhonnête ?

Il plissa les yeux.

— Vous n'oseriez pas.

Elle comprit qu'elle l'avait vexé.

— Certainement pas. Quoi qu'il en soit, elle est forcément consciente de votre réputation.

À moins d'être une idiote finie, auquel cas elle espérait qu'il resterait à l'écart.

— Toutes mes excuses, Monsieur. Je vous taquinais.

Il expira et ses traits prirent une expression plus sereine.

— J'aurais dû m'en apercevoir.

— Comment ? Nous ne nous connaissons pas vraiment.

Il prit un morceau d'asperge avec sa fourchette.

— Je suppose que vous avez raison.

Sa voix exprimait-elle un peu de déception ? Souhaitait-il mieux la connaître ? C'était absurde. Il courtisait probablement Miss Forth-Hodges et il faisait partie des Insaisissables. En d'autres mots, il n'avait absolument aucune raison de vouloir faire plus ample connaissance avec elle. Seules la politesse et leur proximité l'obligeaient à discuter avec elle.

Lindsell se pencha légèrement vers elle.

— Miss Knox, ce veau n'est-il pas délicieux ?

Aquilla prit une grande inspiration et se prépara à lui livrer bataille une fois encore. Tout en se demandant si ce n'était pas elle qui était déçue de ne pas mieux connaître Sutton.

CHAPITRE 3

*D*ieu merci, le dîner se terminait enfin. Ned était plus que pressé de se retirer. Il s'était senti piégé à côté de Miss Forth-Hodges et heureux de la présence de Miss Knox.

Il jeta un regard vers cette dernière. Des boucles brunes effleuraient ses tempes et une autre ondulait derrière le bord délicat de son oreille. La ligne de sa mâchoire était élégante bien que forte. Il avait passé beaucoup trop de temps à l'étudier ce soir. Il espérait que personne ne l'avait remarqué. Il laissa son regard errer jusqu'à sa tante, qui était assise à quelques sièges de l'autre côté de la table. Elle l'observait avec intérêt. Au temps pour son espoir d'être passé inaperçu.

Les femmes quittèrent la salle à manger pour laisser les hommes à leur porto. Ned n'avait pas vraiment envie de rester mais il ne pouvait pas partir non plus. Il devait passer du temps à discuter avec Mr. Forth-Hodges, pendant que tante Susannah ferait de même avec son épouse et sa fille dans le petit salon. C'était l'avant-dernier test. Si la famille de Miss Forth-Hodges correspondait à ses attentes, celle-ci serait confrontée au dernier obstacle. Une seule autre femme était allée aussi loin et, à ce stade, Ned avait eu une assez bonne idée de sa capacité à franchir ce palier. Elle n'avait pas réussi, ce qui ne l'avait pas surpris. Rétrospectivement, il se dit qu'il avait été cruel de la soumettre à cette épreuve, mais cela avait été nécessaire. Aucune femme sans volonté ou facilement désemparée ne pouvait prétendre l'épouser.

Avant que Ned ne puisse se rapprocher de Mr. Forth-Hodges, celui-ci se leva et vint occuper le siège laissé vacant par sa fille. Un valet de pied servit le porto aux convives.

— Bonsoir, Monsieur, dit Mr. Forth-Hodges. Je crois que votre repas s'est déroulé agréablement. Mon Emmaline donnait l'impression de s'amuser.

Son sourire fit remonter ses bajoues. Ned ramassa son verre et sirota son porto.

— J'ai particulièrement apprécié le faisan.

Mr. Forth-Hodges prit une gorgée du sien puis le posa sur la table, en gardant toutefois la main autour du pied du verre.

— Moi aussi, moi aussi.

De sa main libre, il flatta son abdomen rebondi.

— Quoique je n'ai jamais rencontré un faisan, un cabillaud ou un mouton que je n'apprécie pas.

Il se mit à rire mais s'arrêta rapidement en voyant que Ned ne le suivait pas.

— Je crois comprendre que vous êtes plus du genre athlétique.

Ned inclina la tête.

— Oui.

Mr. Forth-Hodges hocha la tête.

— Emmaline a une excellente assiette. Elle monte à cheval depuis l'âge de quatre ans. Elle a fait une chute et s'est cassé le bras à huit ans. J'ai cru que sa mère allait faire une crise d'apoplexie.

Ned sourit.

— Les chutes font partie de l'apprentissage de l'équitation. Je suis tombé de nombreuses fois, même si j'ai eu la chance de ne rien me casser.

— Cela n'a pas arrêté notre petite. Elle est remontée sur son cheval quelques mois plus tard.

Il rayonnait de fierté. Ned fut content d'apprendre qu'elle possédait une telle force de caractère. Elle pourrait peut-être remplir ses critères. Pourquoi se sentait-il alors un rien déçu ? Parce qu'il n'était pas très enthousiaste à son sujet, s'aperçut-il. Il l'aimait bien, mais de là à en faire sa femme… la mettre dans son lit… Il ne ressentait aucune attirance pour elle.

— Est-ce que vos autres filles sont aussi intrépides ? demanda Ned.

Mr. Forth-Hodges avait trois filles et un fils, tous plus vieux qu'Emmaline et déjà mariés. Tante Susannah avait glané de nombreuses informations au cours de la réunion à laquelle elle avait participé plus tôt avec Mrs. Forth-Hodges. Mr. Forth-Hodges secoua la tête.

— Non, non. La naissance d'Emmaline nous a causé une petite surprise, elle est beaucoup plus jeune que ses frères et sœurs. Elle est plutôt indépendante.

Il jeta à Ned un regard inquiet, craignant que ce trait de caractère ne le rebute. Ce n'était pas le cas. En fait, il préférait une épouse qui quitterait sa famille pour se consacrer entièrement à son nouveau rôle de comtesse. Il ne pouvait pas risquer d'épouser une femme dont la loyauté ne lui serait pas acquise. Sa vie était trop compliquée et il avait trop à perdre.

Mr. Forth-Hodges toussota.

— Je devrais ajouter que ma fille est une jeune femme plaisante et docile. Comme c'est notre petite dernière, elle et ma femme sont très proches.

Cela fit réfléchir Ned. Cette observation n'émanait que de

Mr. Forth-Hodges et, bien sûr, il pouvait exagérer. Ned devrait s'en remettre à tante Susannah pour la corroborer.

La grosse voix de Lord Lighton s'éleva depuis l'autre côté de la table.

— Harold, venez ici pour arbitrer notre différend concernant le meilleur producteur de whisky.

Mr. Forth-Hodges, Harold, tourna la tête en riant.

— J'arrive.

Il s'adressa ensuite à Ned :

— Excusez-moi, je vous prie.

Ned, satisfait d'avoir appris ce qu'il voulait, du moins pour ce soir, acquiesça.

— Bien entendu.

Après une saine rasade de porto, Ned se demanda combien de temps ils devraient encore rester assis ici. Dès qu'ils se rendraient au salon, Ned pourrait retrouver sa tante et quitter les lieux.

Lindsell, un gentilhomme un peu plus jeune que Ned mais qui paraissait à peine adulte, s'approcha de lui et s'assit sur la chaise que Miss Knox avait occupée.

— Bonsoir Sutton, dit-il avant de déguster son porto.

— Bonsoir Lindsell.

Le baron leva son verre et scruta le liquide rubis.

— Excellent porto.

Ned ne répondit pas, se demandant si l'homme se contentait de faire des commentaires ineptes ou s'il envisageait de débuter une vraie conversation. Il avait essayé d'écouter les échanges entre lui et Miss Knox mais n'avait pu saisir que quelques mots, insuffisants pour en comprendre le sens. Elle avait dit qu'il ne la courtisait pas mais il était possible que Lindsell ait une autre opinion à ce sujet. Y serait-elle favorable ?

Bon sang, pourquoi s'en inquiéterait-il ? Parce qu'il la

trouvait intrigante. Bien plus que toutes celles qu'il avait soumis à son test.

Lindsell posa son verre et se pencha vers Ned. Il parla à voix basse en conservant son regard fixé sur Mr. Forth-Hodges qui était désormais assis de l'autre côté de la table.

— Il semblerait que vos vues se portent sur Miss Forth-Hodges. Vous pensez qu'elle fera l'affaire ?

Ned avait l'habitude que certains gentilshommes le questionnent sur ses intentions matrimoniales, mais Lindsell n'en avait jamais fait partie. Il se doutait bien que l'on parlait de lui car c'était dans la nature de la Société mais, même s'il trouvait cela ennuyeux, il ne pouvait rien y faire. À part éviter de prêter le flanc aux ragots, ce qu'il tentait de faire en sélectionnant méticuleusement son épouse, même si cela semblait défier la logique. Elle devrait être capable d'accepter George et de le protéger des regards de la Société, car les malades mentaux n'étaient généralement pas compris, ou même tolérés.

— Nous ne sommes pas engagés officiellement, répondit Ned.

Il prenait toujours soin de ne faire aucune déclaration formelle pendant qu'il procédait à ses évaluations.

— D'accord, mais il est évident qu'elle vous intéresse toujours. Eh bien, j'espère pour vous que Miss Forth-Hodges sera la bonne.

Il reprit une gorgée de porto.

— Pour ma part, j'ai des vues sur Miss Knox. Elle est un peu excentrique mais elle est sur le marché depuis longtemps. Je suppose qu'elle sera plus que favorable à une union.

Était-elle excentrique ? Il faudrait qu'il s'en assure par lui-même. Il se doutait qu'elle sortait un peu de l'ordinaire étant donné la mésaventure qui avait conduit à leur rencontre, mais il appréciait qu'elle soit unique.

— Je peux passer outre ses extravagances si je me concentre sur sa beauté.

Lindsell but de nouveau, finissant presque son verre avant de le reposer sur la table avec assez de force pour que le fond de liquide en éclabousse les bords.

— Mon Dieu qu'elle est belle ! Je n'arrive pas à croire qu'aucun homme ne l'ait épousée malgré sa propension à vous ennuyer à mourir avec son bavardage sans queue ni tête.

Ned résista à l'envie d'envoyer son poing dans la lamentable bouche de Lindsell. À l'évidence, il avait un peu trop bu ; sinon Ned n'aurait pas retenu sa main. Il ne supportait pas les hommes qui insultaient les femmes. Avec une moue de dégoût, il désigna le verre de Lindsell.

— Il semblerait que vous ayez eu votre dose pour ce soir.

— Hein ? répondit celui-ci en regardant son porto d'un œil noir. Goûteux. Je dois féliciter Durant.

Il avala ce qu'il restait de son verre et se leva, puis se dirigea à grands pas vers l'extrémité de la table où Durant conversait avec Lord Isley. Ned fusilla son dos du regard.

— Bonsoir, Sutton.

Ned tourna la tête pour découvrir que Lord Satterfield se tenait à côté de sa chaise.

— Bonsoir Satterfield.

— Puis-je m'asseoir ? demanda-t-il en désignant la chaise libérée par Lindsell.

— Je vous en prie.

Ned le regarda avec méfiance, s'interrogeant sur ce qu'il avait fait pour attirer l'attention du comte. Ils ne se connaissaient que superficiellement et la seule raison que Satterfield aurait de l'interpeler était sa protégée, Miss Knox.

— Fameux dîner, dit-il en se laissant tomber sur la chaise, son porto à la main.

— Oui.

Ned termina son verre et le posa sur la table. Il était plus que prêt à rejoindre le salon.

— Vous étiez assis à côté de Miss Knox. Vous devez savoir qu'elle est sous notre garde. Nous nous sommes pris d'affection pour elle, cette Saison.

Ned brûlait de demander pourquoi ils la parrainaient. Était-il arrivé quelque chose à ses parents ?

— C'est une jeune femme charmante.

Satterfield contempla son verre un moment avant de parler d'une voix basse et bourrue.

— Je voulais m'assurer que rien de négatif ne découlerait des événements de l'autre nuit. Nous vous sommes redevables de votre aide.

Il dévisagea Ned avec plus d'interrogation que d'estime. Ned voulut le rassurer.

— Vous n'avez pas besoin de vous inquiéter. Le bien-être de Miss Knox était, et demeure, ma priorité. Je ne cherchais qu'à la tirer d'une situation désespérée. Je pense que nous y avons fait face du mieux possible.

Il mettait d'ailleurs le comte au défi d'obtenir un meilleur résultat. Personne n'était au courant de rien. Il se demanda subitement ce que Satterfield savait. Miss Knox leur avait-elle raconté la longueur de leur conversation ou qu'il lui avait prêté son manteau ? Il espérait que ce n'était pas le cas. Mais c'était peut-être ce qui poussait le comte à exprimer ses inquiétudes.

— Oui, je suis d'accord, rétorqua-t-il. Vous avez agit rapidement, merci.

Il secoua la tête et sourit avant de boire une gorgée de porto.

— Je ne comprends pas à quoi elle songeait en s'esquivant ainsi de la salle de bal.

Ned retint la défense qui lui monta aux lèvres avant de révéler combien de temps exactement il avait passé avec elle.

— Je suis certain qu'elle avait une bonne raison.

— Sans doute. Ça a dû lui rappeler sa jeunesse, je suppose. Il soupira.

— Elle est gentille. J'espère que nous la verrons établie avant la fin de la Saison. Il semblerait que Lindsell puisse faire l'affaire, ce qui serait une aubaine pour elle.

Certainement pas ! Ned ne pouvait laisser passer ce commentaire sans réagir.

— Je suis sûr qu'elle pourrait trouver mieux. Lindsell est un imbécile et je parie qu'il n'aurait pas secouru Miss Knox aussi discrètement que moi.

Les sourcils de Satterfield se rassemblèrent et il dévisagea Ned sévèrement.

— Vraiment ? Je n'ai rien entendu de fâcheux concernant sa réputation.

— Je ne crois pas que ce soit de notoriété publique.

Ned n'aurait pas fait cette réflexion si ce crétin n'avait pas insulté Miss Knox quelques minutes plus tôt.

— Je ne suis pas sûr que son opinion sur les femmes soit tolérable. Ce n'est pas une rumeur mais ma propre déduction après la conversation que nous avons eue.

— Grand Dieu, je suis heureux que vous l'ayez mentionné. Je vais en tenir compte, merci.

Finalement, Lord Durant se leva et annonça qu'il était temps de se rendre au salon. Ned soupira de soulagement.

— J'ai été ravi de discuter avec vous, déclara Lord Satterfield en se remettant sur ses pieds.

— De même.

Ned se leva, ajusta son manteau et fit signe à Satterfield de le précéder.

Ils quittèrent la pièce et gagnèrent le petit salon, où les femmes étaient assises par petits groupes. Le regard de Ned se porta immédiatement sur un canapé d'angle qui n'accueillait ni sa tante, ni Miss Forth-Hodges, mais bien Miss Knox. Elle choisit cet instant précis pour lever la tête vers la porte et leurs yeux s'accrochèrent. Elle parut un peu surprise et il ressentit cette même émotion, celle d'avoir reçu un cadeau qu'il n'avait pas réclamé mais qu'il acceptait malgré tout avec plaisir.

Très étrange.

Il chercha sa tante et la trouva dans un autre groupe en compagnie de Miss et Mrs. Forth-Hodges. Le regard de tante Susannah croisa le sien et elle hocha imperceptiblement la tête avant de s'excuser et de se lever. Ned traversa la pièce en direction d'un endroit désert à proximité de la fenêtre qui donnait sur le jardin arrière. Tante Susannah le rejoignit, l'air un peu sombre.

— Tu parais contrarié.

— Vraiment ?

Il l'était, mais n'avait pas eu l'intention de le montrer. Cette soirée l'avait mis mal à l'aise. Ned passa une main sur son visage.

— Je suis désolé. J'ai bien peur que Lindsell ne m'ait irrité après le repas.

— Ah oui ! Comment cela ?

— Il a insulté une des jeunes femmes. Je ne peux pas le supporter.

— Non, en effet. Était-ce Miss Forth-Hodges ? Je comprendrais que cela te trouble.

Son regard dériva vers Miss Knox.

— Non, ce n'était pas elle.

Il saisit l'opportunité de poursuivre sur ce sujet.

— Comment s'est déroulée votre conversation avec elle et sa mère ?

— Plutôt bien. C'est une jeune femme absolument délicieuse, la meilleure candidate jusqu'ici. Je crois que tu pourrais avoir trouvé chaussure à ton pied.

— En réalité, je pense qu'il est temps de terminer l'évaluation.

Les yeux bleus de tante Susannah étincelèrent de joie.

— C'est merveilleux. Je suis ravie pour toi.

— Je crois que vous vous méprenez, mon intérêt pour Miss Forth-Hodges a pris fin.

Son regard s'éteignit et elle resta un instant bouche bée avant de pincer les lèvres.

— Je suis désolée de l'entendre. Ne désires-tu pas savoir ce que j'ai appris de leur relation ?

— Cela n'a plus d'importance. J'ai parlé avec son père et, même si j'apprécie son charme et son courage, je crains qu'elle ne soit trop proche de sa mère. Je ne peux pas risquer de voir Miss Forth-Hodges partager la vérité sur George avec elle. Je ne peux pas être certain qu'elle gardera notre secret.

— Je comprends bien tes réserves. Tu dois être totalement à l'aise avec la situation familiale de ta future femme.

Elle paraissait cependant bien déçue. Ned regarda autour d'eux.

— Nous ne pouvons pas en discuter ici.

Par ailleurs, ils avaient épuisé le sujet au fil des ans. Tante Susannah portait le fardeau du secret familial avec une certaine facilité. Ceci étant, cela ne l'affectait pas autant que lui. Un valet de pied les approcha, l'expression sérieuse.

— Excusez-moi. Lord Sutton ?

— Oui ? répondit Ned en se tournant vers lui.

Le domestique lui tendit un parchemin plié.

— Ceci vient d'arriver pour vous. C'est urgent.

Le cœur de Ned s'emballa immédiatement et le sang rugit à ses oreilles, le rendant sourd un instant.

— Merci.

Il réussit à prononcer le mot calmement en dépit de la tempête qui faisait rage en lui. Il déplia la missive, inquiet de son contenu. Si son majordome avait fait suivre le courrier jusqu'ici, les nouvelles devaient être mauvaises. Il lut le court message et ferma brièvement les yeux, son pouls revenant presque à la normale.

— Que se passe-t-il ?

Le ton de tante Susannah faisait écho à sa propre détresse.

— George croit que la maison est assiégée. Le Dr Paget fait de son mieux mais il a demandé que j'y aille sans tarder.

Elle posa une main sur son bras.

— As-tu besoin que je vienne avec toi ?

Ned secoua la tête.

— Je vais partir tout de suite et je vous ferai parvenir un mot dès que j'en saurai plus. Vous pourrez venir demain si c'est nécessaire. Je renverrai le carrosse vous chercher ici un peu plus tard ce soir.

— Merci.

Elle lui adressa un regard rempli d'amour et de sollicitude.

— Tout ira bien.

Ned caressa son bras affectueusement avant de trouver Lord Durant pour lui présenter ses respects. En chemin vers la porte, il regarda une fois encore vers Miss Knox. Elle était en grande conversation avec une autre femme. Il aurait souhaité qu'elle tourne la tête. Non, il aurait souhaité pouvoir lui dire bonsoir. À contrecœur, il se détourna et quitta la maison. Un peu plus tard, après avoir échangé le carrosse contre son cheval, il galopait vers le sud et Sutton Park.

La situation ne semblait pas inquiétante et n'était certainement pas aussi terrible que ce que George pouvait inventer. Cela faisait bien plus de dix ans qu'il avait mis le feu à la maison, bouleversant irrémédiablement leurs vies. Ned ne

savait pas ce qu'il ferait si cela se reproduisait. Il ne permettrait jamais qu'il soit renvoyé à Bedlam.

À son anxiété concernant George se mêlait un sentiment
d'impatience. En temps normal, il attendrait avant de prêter
attention à une autre jeune femme, mais Miss Knox était là.
Elle était jolie, sans pareille et Satterfield avait mentionné
qu'elle devait trouver un mari cette Saison. Ned ne pouvait
pas laisser Lindsell l'épouser. Était-ce la raison de son intérêt ? Le désir de la sauver de Lindsell ?

Peut-être, mais seulement en partie. Elle l'avait intrigué
cette nuit-là. Il appréciait son absence de malice et son esprit
vif. Il savait déjà qu'elle remplissait ses premiers critères : elle
avait plus de vingt-et-un ans et ce n'était pas sa première
Saison. Il avait bon espoir qu'elle possède assez d'expérience
et de maturité pour être discrète et prendre des décisions
raisonnables.

Pour la première fois depuis des lustres, peut-être même
depuis le début, il avait hâte de mettre le processus en
marche. Et il espérait sincèrement que Miss Knox représen-
terait l'aboutissement de ses efforts.

～

*L*e vent précipitait la pluie contre la fenêtre,
détournant momentanément l'attention d'Aquilla de
la lettre qu'elle tenait. Elle jeta un regard noir au
mauvais temps, puis revint à la missive et dévora rapidement
les derniers mots écrits par sa chère amie Lucy. Elle était plus
qu'heureuse dans sa nouvelle vie de femme mariée mais
Aquilla et leur autre amie, Ivy, lui manquaient. Elle manquait
aussi à Aquilla mais celle-ci trouvait du réconfort auprès
d'Ivy, qui arriverait incessamment si cette tempête ne la
retardait pas.

Lady Satterfield fit son entrée dans le salon et posa son

regard sur Aquilla, qui était assise près de la fenêtre sur sa chaise à haut dossier préférée.

— Vous êtes ici, ma chère. N'attendiez-vous pas de visite ?

— Si, Ivy devrait arriver bientôt.

La comtesse sourit.

— Très bien.

Elle regarda par la fenêtre et secoua la tête.

— Quel affreux printemps ! Est-ce juste mon impression ou cela a-t-il empiré ces deux dernières semaines ?

— Non, ce n'est pas une impression, répondit Aquilla. Je suis tout à fait d'accord avec vous.

Elles avaient dû annuler plusieurs excursions dont un pique-nique et un pèlerinage à Hampton Court. Lady Satterfield s'assit sur le bord du canapé, tournée vers Aquilla.

— Je voulais vous parler du dîner d'hier soir. Vous êtes-vous amusée ?

— Oui, merci.

Ce n'était pas exactement un mensonge, elle avait passé une soirée pour la plupart agréable, surtout si elle tenait compte du temps passé à discuter avec Lord Sutton.

Il y eut un moment de silence pendant lequel Lady Satterfield parut choisir ses mots.

— Était-ce dû à la présence de Lord Lindsell ?

Les plis autour de sa bouche laissaient soupçonner une petite grimace qui amena Aquilla à penser que la comtesse avait peut-être développé une opinion négative de Lindsell. Elle pouvait toujours l'espérer.

— Pas spécialement.

Lady Satterfield souffla.

— Je suis heureuse de l'apprendre. Lord Satterfield a entendu dire que Lindsell ne serait pas particulièrement… élogieux quand il s'agit du beau sexe.

— Si vous voulez dire que c'est un imbécile, oui, c'est vrai.

Elle faillit plaquer sa main sur sa bouche mais décida que

la comtesse la connaissait suffisamment maintenant pour lui permettre d'exprimer sa pensée. Et elle *devrait* se montrer honnête. À tous points de vue. Sa gorge se serra. Elle se devait de dire la vérité à Lady Satterfield, lui expliquer qu'elle ne cherchait pas à se marier. Mais dans ce cas, elle devrait rentrer chez elle et Dieu sait qu'elle préférait aller n'importe où plutôt qu'à Henlow House.

Elle n'aurait pas à y retourner si elle trouvait une place de dame de compagnie comme Ivy. Aujourd'hui, elle avait prévu de lui demander son aide. Entre-temps, il lui faudrait continuer sa comédie, jusqu'à ce qu'elle ait un plan. Malgré tout, elle détestait mentir à Lady Satterfield, qui ne méritait pas un tel traitement après avoir fait preuve de tant de gentillesse et de générosité envers Aquilla. Toutefois, elle craignait plus de la décevoir que de lui mentir.

Lady Satterfield sourit de sa description de Lindsell.

— Oui, un imbécile. Nous allons changer notre fusil d'épaule. Il y a beaucoup d'autres gentilshommes célibataires.

C'était l'occasion idéale… Aquilla ouvrit la bouche au moment où Harley, le majordome, pénétrait dans la pièce pour annoncer l'arrivée d'Ivy. Il s'effaça et Ivy entra d'un pas décidé. Elle ralentit en voyant Lady Satterfield et plongea dans une courte révérence.

— Bonjour Madame.

— Bonjour Ivy, c'est un plaisir de vous voir.

Lady Satterfield ajusta sa coiffe en se levant.

— Je vous laisse entre vous.

Elle sourit à Aquilla, les yeux brillants de chaleur, avant de partir. Ivy la regarda s'éloigner, puis ôta ses gants et les posa sur la table contiguë au canapé.

— Tu as tellement de chance que la comtesse t'ait prise sous son aile. C'est une si bonne personne.

La culpabilité rongeait Aquilla. Elle avait été sur le point de lui révéler la vérité, et elle le ferait. Elle prit une profonde inspiration et s'obligea à se détendre. Puis elle changea de sujet.

— Je suis si contente que tu aies pu venir malgré la tempête.

Aquilla examina la tenue d'Ivy, dont le bas était un peu humide.

— Tu n'as pas l'air d'en avoir souffert.

Ivy tapota l'arrière de ses cheveux blond-roux et glissa sa main le long de son cou avant de frotter ses paumes l'une contre l'autre.

— C'était épouvantable mais j'étais déterminée. Lady Dunn, en revanche, était contente de rester chez elle. Je l'ai laissée en compagnie d'une bassinoire et du dernier exemplaire de *La Belle Assemblée*.

Lady Dunn était une veuve d'une bonne soixantaine d'années qui employait Ivy depuis plusieurs mois. Ivy s'installa sur le canapé et regarda Aquilla, les lèvres incurvées en un demi-sourire.

— Raconte-moi le dîner d'hier soir. Lindsell y était-il ?

Aquilla faillit faire ce qu'elle faisait toujours, prétendre que c'était un succès retentissant et qu'elle avait fait un pas de plus dans sa quête d'un mari. Mais le mensonge avait perdu sa saveur. Non, c'était pire, il avait moisi et était devenu carrément âcre.

— Lindsell est un crétin.

Elle se sentait libre d'utiliser un langage plus coloré avec son amie et, bon sang, quel plaisir !

Les yeux verts d'Ivy s'écarquillèrent.

— Mon Dieu, Aquilla. Je ne t'ai jamais entendue employer ce vocabulaire. J'aime bien ça, ajouta-t-elle en riant.

La tension qui transformait le corps d'Aquilla en une masse rigide s'estompa. Elle s'abandonna elle aussi au rire. Quand elles furent calmées, Ivy pencha la tête sur le côté.

— Que se passe-t-il ?

Fermement décidée à être honnête, Aquilla se leva et vint s'asseoir à côté d'Ivy.

— J'aurais besoin de ton aide pour quelque chose.

Ivy plissa le front.

— Bien sûr, tout ce que tu veux.

— Je souhaiterais devenir dame de compagnie, comme toi.

Les yeux d'Ivy s'arrondirent de nouveau et sa bouche forma un O pendant une infime seconde avant qu'elle ne retrouve son flegme.

— Je ne suis pas sûre de te suivre. Je te connais depuis plus de cinq ans et tu as toujours cherché à te marier. Grâce à l'aide de Lady Satterfield et de Nora, tu es plus proche du but que jamais.

Nora était la belle-fille de Lady Satterfield et la raison initiale pour laquelle la comtesse avait parrainé Aquilla. La duchesse, qui leur avait demandé de l'appeler par son prénom, avait été la pupille de Lady Satterfield cinq ans auparavant. La comtesse l'avait d'abord engagée comme dame de compagnie, puis avait rapidement décidé qu'elle méritait une seconde chance d'avoir une Saison. Nora avait été victime d'un scandale neuf ans plus tôt, mais cela ne l'avait pas empêchée de faire un retour triomphal et d'épouser par la suite le duc de Kendal, beau-fils de Lady Satterfield.

Quand les parents d'Aquilla avaient refusé de financer une autre Saison, Nora avait voulu lui offrir la même opportunité. Cependant, Lady Satterfield avait souhaité remplacer Nora et proposé d'accueillir Aquilla au début de la Saison. Sans son aide, Aquilla serait de retour à Henlow House, baignée par l'atmosphère froide et conflictuelle que ses parents entretenaient.

— Oui, et ce serait parfait si je voulais réellement me marier. Ce que je ne désire pas.

Cette fois, Ivy resta bouche bée.

— Tu ne le désires pas ? Mais tu as toujours dit…

Une nouvelle vague de culpabilité assaillit Aquilla.

— Oui, j'ai toujours fait croire à tout le monde, y compris Lucy et toi, que je souhaitais me marier. Et c'était le cas. Autrefois. Mais plus depuis quelque temps.

Ivy l'étudia un moment, les yeux plissés.

— Je me suis souvent demandé pourquoi tu échouais depuis tout ce temps. Tu as toutes les qualités pour inciter un homme à t'épouser.

Aquilla haussa un sourcil.

— Peut-être, mais j'ai aussi une tendance à beaucoup parler et à me conduire comme une… tête de linotte.

Ivy couvrit d'une main sa bouche de nouveau béante de stupeur. Après un instant, elle laissa retomber sa main dans son giron.

— Tu jouais la comédie !

La fierté gonfla brièvement la poitrine d'Aquilla puis fut une fois de plus remplacée par une honte familière, bien qu'elle soit moins forte qu'avant.

— Pas au début. Les deux premières Saisons, j'étais une vraie catastrophe. J'étais nerveuse, anxieuse et désespérée.

Elle rit, se souvenant de son malaise et de sa conduite gauche.

— Quand j'ai compris que je ne voulais pas me marier, je me suis détendue. Mais, après que quelques gentilshommes ont paru intéressés, je me suis dit qu'il valait mieux que je continue à me comporter comme une idiote si je voulais repousser leurs avances.

— Diabolique.

L'admiration contenue dans la voix d'Ivy regonfla l'ego d'Aquilla.

— Cela ressemble à un plan que j'aurais pu concocter. Si nécessaire. Heureusement, c'est inutile dans ma position.

De dame de compagnie. Aquilla et Lucy s'étaient parfois questionnées sur les origines sociales d'Ivy, mais elle n'avait jamais révélé d'où elle venait. De fait, elle ne parlait que rarement de sa famille et avec un suprême dégoût. C'était clairement un sujet tabou. Comme Aquilla ressentait la même chose pour sa propre famille, elle n'avait jamais insisté et ne se permettrait pas de la juger.

— C'est la raison qui me pousse à vouloir devenir dame de compagnie, dit-elle. Je pourrais ainsi échapper définitivement au Marché du Mariage.

Ivy pencha la tête sur le côté, scrutant Aquilla de ses yeux verts.

— Puis-je savoir pourquoi tu as changé d'opinion sur le mariage ? Si tu ne veux pas me le dire, je n'insisterai pas.

Aquilla envisagea de raconter toute la vérité mais cela nécessiterait d'exposer des détails intimes sur sa famille, ce qu'elle ne souhaitait pas. De plus, en discuter la mettait mal à l'aise et elle préférait laisser certains souvenirs reposer là où elle les avait presque oubliés.

— Disons que je préfère rester indépendante. Je n'ai pas encore rencontré de gentilhomme qui ne m'ait pas donné envie de m'enfuir en courant dans la direction opposée.

Pour une raison quelconque, l'image de Lord Sutton s'imposa dans son esprit et elle réalisa qu'elle n'avait pas réussi à lui jouer sa « comédie ». Il l'avait sauvée de la pluie et, fragilisée, elle s'était comportée normalement. Ou peut-être était-ce parce qu'il s'était montré gentil, courtois et serviable. Cela n'avait pas vraiment d'importance car elle n'aurait sans doute plus jamais l'occasion d'interagir avec lui.

— Ce n'est pas surprenant, murmura Ivy. Je ne prétendrai pas être affligée. Tu sais que je considère que le mariage est très surfait.

Plus précisément, Ivy trouvait *les hommes* très surfaits. Aquilla avait espéré son soutien et elle n'était pas déçue.

— Assurément.

Ivy sourit en tendant une main pour saisir celle d'Aquilla. Ses doigts étaient encore froids.

— Je serai heureuse de t'aider à te lancer. Il est possible qu'une des amies de Lady Dunn ait besoin d'une dame de compagnie, et nous pourrons ainsi continuer à nous voir.

Aquilla l'espérait. Elle n'avait pas particulièrement envie de déménager dans la campagne profonde.

— J'aimerais bien trouver un emploi ici à Londres.

Le sourire d'Ivy s'effaça.

— Tes parents sont-ils d'accord ou est-ce sans importance ?

Ivy ne parlant jamais de sa famille, Aquilla avait toujours pensé qu'elle était seule, contrairement à elle. Elle avait des parents et des frères, ce qui pourrait lui permettre de vivre comme une vieille fille à leur charge. Mais elle ne le désirait pas, surtout avec sa famille. Elle pensait que son plus jeune frère, Ralph, qui s'était marié l'année précédente, accepterait de l'accueillir mais elle ne souhaitait pas habiter en Irlande.

Quant à la question d'Ivy concernant le soutien de ses parents… Elle n'était pas sûre de la réponse. Mais comme ils avaient décidé de ne plus financer de Saison pour qu'elle trouve un mari, ils ne s'y opposeraient sans doute pas. Elle n'était de toute façon qu'une bonne a rien à leurs yeux. Aquilla serra la main d'Ivy avant de la relâcher.

— Je crois qu'ils seront soulagés.

Elle frotta sa main sur son genou.

— Dis-moi ce que je dois faire.

Ivy se redressa, adopta une allure professionnelle et pinça légèrement les lèvres.

— J'ai quelques contacts, laisse-moi faire des recherches. Et Lady Satterfield ? Que va-t-elle en dire ?

La culpabilité d'Aquilla revint en force et fit rougir ses joues.

— Elle ne le sait pas, déclara calmement Ivy.

— Pas encore. J'ai mauvaise conscience d'avoir accepté son offre pour cette Saison.

Et pourtant elle avait sauté sur l'occasion. L'alternative, retourner à Henlow House, la faisait frémir. Elle était venue à Londres pour voir Lucy, qui vivait avec sa grand-mère. Elle était sur le point de retourner chez ses parents puisqu'ils lui avaient annoncé qu'elle ne participerait pas à cette Saison. Quand Lady Satterfield avait proposé de la parrainer, leur réponse avait été cinglante. Ils lui avaient ordonné d'en tirer le meilleur parti possible pour trouver un mari et de ne pas les embarrasser davantage en gaspillant les efforts de la comtesse. Oui, elle avait honte de mentir à Lady Satterfield mais c'était plus facile que de rentrer à la maison.

— C'est une personne extrêmement gentille, affirma Ivy. Dis-lui la vérité et elle comprendra.

La vérité. La version qu'elle avait servie à Ivy ou la *vraie* vérité ? Aquilla n'était pas sûre d'en avoir la force, même si elle le voulait.

— Je lui parlerai. Mais en attendant, garde-le pour toi.

— Bien entendu. Fais-moi simplement savoir quand tu seras prête à agir.

Le coin de sa bouche se releva en un demi-sourire.

— Tu n'as donc plus aucune raison de te rendre au bal des Overton demain soir.

Mince, Aquilla l'avait complètement oublié. Lady Satterfield l'attendait depuis des semaines. Elle ne pouvait décemment pas lui parler de sa décision avant ce bal. Mais elle le ferait… juste après. Elle rit doucement.

— Il n'y a jamais eu aucune raison à tout ceci. Pas vraiment.

Ivy acquiesça.

— Rien n'est plus vrai.

 C e qu'il restait de la porte du salon de George pendait
de manière précaire dans son encadrement. Des
voix étaient audibles depuis le couloir, mais suffisamment
étouffées pour provenir de la chambre de George, qui était
située au-delà du salon.

Ned franchit le seuil et examina le désordre laissé par le
« siège » de la nuit précédente. George avait poussé un divan,
deux chaises, deux tables et un petit bureau contre la porte
pour empêcher les « envahisseurs » d'entrer. Ils – Ned, le Dr
Paget et les deux valets de pied qui aidaient habituellement
avec George – avaient dû défoncer la porte et escalader la
barricade pour pénétrer dans la pièce.

Après sa course échevelée depuis Londres, Ned avait
découvert une scène de chaos. George hurlait depuis son
salon où il avait déclaré « la guerre » aux envahisseurs, qui
n'existaient évidemment pas, et le Dr Paget essayait, sans
succès, de l'apaiser depuis le couloir.

Ned était intervenu immédiatement, s'adressant à George
à travers la porte. Il lui avait fallu un moment pour reconnaître la voix de Ned, mais il avait ensuite commencé à se

calmer. Malgré cela, ils avaient encore parlementé un bon quart d'heure avant qu'il n'accepte de laisser « le bataillon » de Ned venir le « secourir ».

Les meubles étaient toujours amoncelés, même si la barricade avait été dégagée de la porte. Ils voulaient s'assurer que George était redevenu lui-même avant de faire trop de bruit. Ned les contourna et s'approcha de la porte de la chambre à coucher, qui était entrouverte. À l'intérieur, George se mettait au lit sous la surveillance du Dr Paget.

— Ned !

Les yeux de George s'illuminèrent quand il l'aperçut.

— Entre, s'il te plaît.

Ned poussa la porte et pénétra dans la chambre obscure. Devant trois des quatre fenêtres, les rideaux étaient tirés, et ils n'étaient que partiellement ouverts sur la dernière. Le temps était morne et gris. Par conséquent, la lumière résiduelle qui entrait dans la pièce était blafarde mais suffisante pour y voir, et George détestait la clarté.

Ned sourit en se dirigeant vers le lit.

— Bonjour. Tu as fini ton déjeuner ?

— À l'instant.

George retroussa sa lèvre supérieure et tira la langue en jetant un regard de côté au Dr Paget.

— Il m'a fait avaler la plus infecte des soupes.

Ned interrogea du regard le médecin, qui lui répondit en haussant les épaules.

Le Dr Paget était un trentenaire mince, dont la peau mate et les épais cheveux sombres étaient assortis d'yeux noirs perçants. Il vivait avec eux depuis peu. Au début, George ne l'avait pas apprécié, mais ils semblaient mieux s'entendre depuis quelques semaines. Le médecin était obstiné, patient et compatissant. Ned était satisfait de ses résultats jusque-là, surtout quand il réussissait à faire manger de la soupe à George. Celui-ci refusait quelquefois de manger autre chose que des sucreries et des oranges.

— Je suis certain que ce n'était pas si mauvais, dit Ned.

Du fond de son lit, George leva sur lui des yeux étonnamment plus lucides qu'ils ne l'avaient été depuis son arrivée la veille.

— Tu n'y as pas goûté.

Ned s'esclaffa.

— Tu n'as pas tort.

George bailla.

— Je suis fatigué, tout à coup.

Il regarda le Dr Paget en plissant les yeux.

— Est-ce de la sorcellerie ? Vous m'avez suggéré de faire la sieste et j'en ai subitement envie.

Le Dr Paget leva les mains.

— Il n'y a rien de magique. J'avais remarqué que vous aviez sommeil.

— Humf.

George tira les couvertures sous son menton et ferma les yeux. Ned l'observa pendant un moment et résista à l'envie de repousser ses cheveux blonds de son front.

Le Dr Paget émit un petit bruit qui attira son attention. Le Français indiqua la porte d'un mouvement de tête et en prit la direction. Ned quitta la pièce à sa suite mais ne ferma pas la porte de la chambre. Ils s'avancèrent dans le petit salon et le Dr Paget se retourna.

— Il est beaucoup mieux, ne trouvez-vous pas ? demanda-t-il.

Son anglais était excellent, sans aucune trace d'accent français. Ceci dit, il avait quitté son pays pendant la Terreur, alors qu'il n'était qu'un enfant.

— Oui.

Ned secoua la tête.

— Il a eu un moment de conscience, à l'instant. Je ne sais

pas exactement ce que vous faites, mais continuez, s'il vous plaît.

George était souvent lucide mais, après une crise comme la nuit précédente, il restait généralement dans un monde imaginaire pendant des jours. Il ne reconnaissait pas toujours ses interlocuteurs et il dérivait dans un genre de semi-conscience où il semblait dormir tout en gardant les yeux ouverts. C'était perturbant et Ned craignait qu'il ne tombe un jour définitivement dans cet état.

Le Dr Paget plaça ses mains derrière son dos et examina la barricade.

— Quelle soirée extraordinaire ! Je suis vraiment heureux que vous soyez arrivé et que vous l'ayez convaincu de mettre fin aux hostilités.

— J'apprecie que vous m'ayez fait quérir. Je suis content que tout soit terminé sans incident.

George était le plus souvent inoffensif. *Le plus souvent.* Ned se devait d'ajouter cette précision car George avait mis le feu à la maison quinze ans auparavant, quand Ned avait quatorze ans. Cela avait détruit une partie de l'aile est, mais le père des deux garçons l'avait faite réparer après s'être débarrassé de George.

— En effet, répondit le docteur. Vous lui manquez quand vous n'êtes pas là.

Ned était heureux que Londres soit à moins de deux heures de route, car cela lui permettait d'être à la maison aussi souvent que possible, même pendant la Saison.

— Vous pensez qu'il s'en aperçoit à ce point ? Il semble être absent de plus en plus souvent.

— Je comprends votre inquiétude mais je pense qu'il est pleinement conscient même quand il n'en donne pas l'impression. C'est un homme très intelligent. Je crois qu'il se perd dans ses pensées.

Ned hocha la tête. Il saisissait cette notion mais elle lui faisait également peur.

— Je crains parfois qu'il ne retrouve pas son chemin.

Le Dr Paget parut un instant peiné.

— Nous ignorons tellement de choses sur l'esprit.

Il leur suffisait de considérer le cas du roi : s'il avait été possible de le soigner, cela aurait sûrement été fait.

— Nous ne pouvons que l'explorer, continua-t-il, comme un territoire inconnu. Nous obtenons de bons résultats en ce moment, en proposant à George de se concentrer sur l'écriture de la poésie et le dessin.

Ned fut ravi de cette nouvelle. George était intelligent et, de temps en temps, spirituel et charmant comme lorsqu'ils étaient enfants. Il était encore, et serait toujours, le frère que Ned adorait.

— Excellent. Je suis très content de l'entendre.

Le Dr Paget s'inclina légèrement.

— Quand retournez-vous à Londres, Monsieur ?

— Demain matin. J'ai plusieurs rendez-vous dans la journée. Je prévois de passer la soirée avec George. Je lui ai promis une partie de backgammon.

Leur grand-père leur avait appris à jouer quand ils étaient encore au berceau et ce jeu demeurait leur divertissement préféré. Il rappelait à Ned leur jeunesse, des jours plus heureux. Quand George était normal. Le médecin sourit.

— Il va apprécier. Il semblerait qu'il aime jouer avec vous.

Son regard se posa une nouvelle fois sur la barricade.

— Je devrais faire venir le valet pour qu'il range ce bazar pendant que George dort. Nous essayerons de ne pas faire de bruit.

— Merci. Je vais juste m'assurer qu'il va bien avant d'y aller, dit Ned.

Le Dr Paget inclina la tête avant de quitter le salon. Ned retourna vers la chambre et s'y glissa, trouvant son chemin jusqu'à côté du lit. George était couché sur le dos, les yeux fermés. Cette fois, Ned repoussa du front de George ses cheveux blonds, plus clairs que les siens et beaucoup moins épais. Les paupières de George papillonnèrent et ses yeux se fixèrent sur Ned, sans paraître le reconnaître.

— Qui êtes-vous ?

Même si Ned avait l'habitude que George ne se souvienne pas tout le temps de lui, cela ne manquait jamais de lui fendre le cœur.

— Ned.

— Oh, Ned.

George sourit et ses joues se tendirent. Des petites rides marquaient les coins de ses yeux gris-bleus.

— Ned…

Ses yeux se refermèrent. Ned se pencha pour déposer un baiser sur la joue de son frère.

— Les gâteaux au citron, chuchota-t-il.

Les yeux de George restèrent fermés mais ses lèvres s'incurvèrent en un sourire familier et bien-aimé.

— Les gâteaux au citron. Oui, Ned. Les gâteaux au citron.

Ces gâteaux avaient été leur douceur préférée. Chef, disparue depuis longtemps, en avait préparé deux fois par semaine et s'était toujours arrangée pour que Ned et George mangent la première fournée encore chaude. Ils se murmuraient « les gâteaux au citron » l'un à l'autre quand ils avaient besoin de réconfort. Une sorte de « je t'aime » pour des garçons qui n'auraient jamais osé prononcer ces mots à voix haute. Cela avait débuté à l'enterrement de Chef. Ils se tenaient par la main, anéantis par le chagrin, quand George s'était penché vers lui et avait chuchoté : « les gâteaux au citron. Je n'oublierai jamais ses gâteaux au citron ».

La respiration de George ralentit et Ned sut qu'il s'était endormi. Ned sortit de la chambre sur la pointe des pieds et ferma doucement la porte avant de descendre. En route vers son bureau, il fut intercepté par tante Susannah qui émergeait du petit salon. Elle était arrivée avant le déjeuner et Ned en était heureux. Depuis qu'il avait perdu sa mère, dix ans plus tôt, elle avait repris le rôle de sa sœur en lui apportant ses conseils et son amour quand il en avait le plus besoin.

— Mon Dieu, Ned, comme tu es pâle. Viens t'asseoir avec moi. Tu as besoin d'un bon thé.

Elle enroula son bras autour du sien et l'attira dans le salon avec la force et la détermination d'une mère poule. Pendant qu'il s'asseyait sur la bergère à oreilles, elle réclama plus de thé puis choisit une place à l'extrémité du canapé. Se tournant vers lui, elle le contempla avec une sollicitude toute maternelle.

— Comment va George ?

Ned étendit ses jambes et prit une profonde inspiration dans l'espoir d'évacuer son stress.

— Plus calme, aujourd'hui. Il dort.

— J'en suis soulagée. Je suppose que toi aussi.

Le majordome entra pour renouveler le thé. Tante Susannah le servit et Ned en but avidement une longue gorgée fortifiante. Il reposa sa tasse sur la table et appuya sa tête contre le dossier de la chaise, les yeux momentanément fermés, dans l'attente de ses prochaines paroles. Il savait qu'elle n'avait pas terminé.

— Je me suis demandé si tu avais envisagé avec le Dr Paget de placer George.

Ils avaient eu cette conversation de nombreuses fois, surtout dernièrement. Il savait déjà ce qui allait suivre.

— Le York Retreat est très différent de Bedlam, continua-t-elle.

Ned ouvrit les yeux et fixa sa tante. Il savait que ses intentions étaient bonnes mais elle n'était pas responsable du bien-être de George. Lui l'était.

— Oui, c'est différent.

Mieux à bien des égards mais, après les horreurs de l'hô-pital de Bethlem, il n'était pas prêt à laisser George aux soins de quelqu'un d'autre. Pas pour le moment et peut-être jamais.

— Mais je ne l'enverrai pas là-bas pour autant.

Elle parut un peu déconfite, comme une vraie mère dont l'enfant se montrerait difficile, mais cela ne dura pas.

— C'est ta décision, bien entendu. Mais je pense que tu devrais essayer. Tu pourrais même demeurer à proximité au début, pour t'assurer que tout va bien. Et ensuite, tu pourrais rentrer à la maison et poursuivre ta vie.

Il savait qu'elle pensait qu'il vaudrait mieux éloigner George de Sutton Park pour que Ned puisse trouver une épouse sans avoir à se préoccuper qu'elle tolère sa présence.

— Et que se passera-t-il quand je l'aurais laissé à l'insti-tut ? Vous avez vu ce qui se produit quand je ne suis pas sur place.

Aucune crise de cette ampleur ne se produisait lorsqu'il était à la maison. Elle acquiesça, le regard posé sur le plateau du thé.

— Oui. Tout comme je constate ton dévouement. Mais tu ne dois pas le laisser contrôler ta vie.

Elle reporta son attention sur lui et le fixa de ses yeux bleus, de la même nuance que ceux de sa mère.

— Tu mérites d'être heureux. Tu mérites une femme et des enfants. Tu en as besoin pour faire perdurer le titre.

Il la regarda, vaguement amusé.

— Ce n'est pas comme si je ne cherchais pas.

Elle s'autorisa un petit sourire.

— Oui, mais cela fait des années maintenant, et tu n'es toujours pas plus près de trouver une comtesse. Je me demande quelquefois si tu as concocté ce test pour George ou pour toi.

Son regard le sonda, cherchant la vérité. Malheureusement, Ned n'était pas persuadé de connaître la vérité lui-même. Il désirait une épouse. Non, il en avait besoin. La formulation de tante Susannah était adéquate. Elle avait peut-être raison. Il n'en avait peut-être pas envie et il avait fabriqué des raisons de ne pas en trouver.

— Vous serez heureuse d'apprendre que j'ai trouvé une nouvelle candidate et que suis assez optimiste sur ses chances.

Les yeux de tante Susannah s'emplirent d'intérêt. Elle se pencha en avant.

— Dis-m'en plus, s'il te plaît.

— Miss Aquilla Knox.

Tante Susannah sourcilla légèrement, plus étonnée que dépitée.

— Était-elle présente au dîner d'hier soir ?

— Oui. C'est la protégée de Lord et Lady Satterfield.

— Cela me dit quelque chose, dit-elle en se tapotant le menton d'un doigt. J'essaye de me souvenir *pourquoi* elle est sous leur garde.

— Il serait bon de le savoir, de même que toutes les informations habituelles.

Par exemple, si elle était impliquée dans des œuvres de charité. L'épouse de Ned devrait compatir à la détresse des moins fortunés et s'efforcer de les aider. Il avait aussi besoin d'une femme qui serait discrète, mûre et, par-dessus tout, totalement digne de confiance.

— Bien sûr. Tu sais que je ferai tout mon possible pour t'aider à vérifier sa réputation. Mais…

Elle l'observa un moment, comme pour décider si elle devait continuer.

— Oui ? demanda-t-il, se redressant sur sa chaise et ramenant ses jambes sous lui. Que vouliez-vous ajouter ?

— Si tu éloignais George de la maison et que tu t'assurais qu'elle ne le rencontre pas, tu n'aurais que le strict minimum à expliquer à ton épouse. Surtout au début. Plus tard, quand vous aurez appris à vous connaître, tu pourrais lui présenter George.

— Mon plan a toujours été de les mettre en contact progressivement.

D'où ses inquiétudes. Que se passerait-il s'il épousait une femme horrifiée par l'état de George ? Ou effrayée ? Une qui ne supporterait pas sa présence ? Ou qui raconterait ce qu'elle savait à tout le monde ? Il avait élaboré ce « test », comme sa tante se plaisait à l'appeler, avec autant de rigueur pour s'assurer de faire un choix judicieux.

— Oui, toi et tes plans.

Elle saisit sa tasse et but une gorgée de thé.

— Très bien, intéressons-nous à Miss Knox. Je découvrirai ce que je peux. Retournons-nous toujours à Londres dans la matinée ?

— Il le faut. J'ai une réunion dans l'après-midi, et ne nous sommes-nous pas engagés pour un quelconque bal ?

— Si. Je tenterai d'apprendre si Miss Knox prévoit d'y assister.

Elle but une autre gorgée.

— Je l'espère.

Ned aussi. Pas simplement parce qu'il avait hâte de débuter son test mais parce qu'il souhaitait la revoir. Il l'inviterait à danser et discuterait avec elle, ce qui lui permettrait de déterminer si elle avait les qualités requises pour être sa comtesse. Il n'avait pas encore rencontré de femme qui réponde à ses attentes, qui soit digne de George.

Miss Knox était peut-être cette femme.

*L*e bal des Overton était bondé. Des milliers de chandelles fournissaient lumière et chaleur, alors que la foule et le bruit submergeaient les autres sens. Aquilla s'était habituée à une telle cohue mais cela ne voulait pas dire qu'elle l'appréciait. Le fait qu'il s'agisse potentiellement de sa dernière grande sortie suscitait en elle un peu de soulagement et peut-être une pointe d'excitation. Elle était prête pour quelque chose de nouveau. De *différent*.

Savoir que cette soirée était probablement sa dernière occasion mondaine lui rendait aussi plus tolérable la perspective de danser avec Lord Lindsell, qui l'inviterait inévitablement. Dieu merci, elle ne l'avait pas encore aperçu, bien qu'elle soit arrivée avec Lord et Lady Satterfield depuis environ une heure.

Cette dernière se tenait à quelques mètres, discutant avec une amie. Elle jetait périodiquement des regards dans la direction d'Aquilla, qui lui répondait invariablement par un sourire.

— Aquilla, vous voilà.

Eleanor St John, duchesse de Kendal, se pencha et déposa un baiser sur la joue d'Aquilla.

— Vous êtes splendide ce soir, comme d'habitude.

Aquilla lissa d'une main la jupe de sa robe de bal. La soie jaune pâle était légère et ondoyait comme un nuage au gré du vent. C'était une des deux robes du soir qu'elle avait acceptées de Lady Satterfield au début de la Saison. Elle n'avait pas voulu de nouvelles tenues mais la comtesse avait insisté avec vigueur.

— Merci. Vous êtes aussi exquise. Ce collier de corail est particulièrement ravissant.

La main de Nora se posa sur le simple rang de perles qui ornait sa gorge.

— N'est-ce pas ? C'est nouveau. Kendal a très bon goût.

— Est-il venu, ce soir ?

Nora secoua la tête.

— Vous savez à quel point il déteste ce genre de réception. Il y participe de temps en temps, pour moi et pour sa mère, mais il préfère rester à la maison et mettre les enfants au lit.

L'image fit sourire Aquilla, qui trouvait cela à la fois charmant et étrange. Elle avait de la peine à croire qu'un gentilhomme puisse se conduire ainsi, mais c'était manifestement possible. Pas dans sa famille. Non, ni son père, ni son frère maintenant, ne se feraient prendre à proximité de leurs jeunes enfants.

— En réalité, vous n'assistez pas à beaucoup de soirées non plus, remarqua Aquilla.

Nora rit doucement.

— C'est vrai, j'en ai bien peur. Mais le bal de Lady Overton est toujours spécial, et je savais que Lady Satterfield et vous seriez présentes.

Comme si elle les avait entendues, et c'était peut-être le cas, Lady Satterfield se tourna et s'approcha d'elles.

— Nora, ma chérie, je suis si contente de vous voir ici. Avez-vous réussi à convaincre Kendal de vous accompagner ?

— Malheureusement, non. Christopher a attrapé un petit rhume cette après-midi, et Kendal a insisté pour rester à la maison.

Les yeux de la comtesse s'arrondirent un peu.

— Mon Dieu, dites-moi que ce n'est pas grave.

Elle inspira brusquement et agita une main.

— Non, bien sûr. Sinon vous ne seriez pas venue, ajouta-t-elle en souriant. Donnez-nous des nouvelles. Je frémis à l'idée que mon petit-fils soit malade.

— Il n'est pas malade. Il a éternué deux fois, et c'est tout ce dont Kendal avait besoin comme excuse.

Nora leva les yeux au ciel en riant. Aquilla et Lady Satterfield se joignirent à elle. Nora pressa ses mains l'une contre l'autre et regarda tour à tour son amie et sa belle-mère.

— Quel est le plan pour ce soir ? Lindsell soupire-t-il toujours après vous ? demanda-t-elle en arrêtant son regard sur Aquilla.

Celle-ci réprima un frisson de dégoût.

— Sans doute, mais je ne suis pas intéressée.

Lady Satterfield s'adressa à sa belle-fille.

— Nous avons appris certaines choses à son sujet. Il est désormais ce que nous qualifierons d'*inacceptable*.

Les regards d'Aquilla et de Nora se rencontrèrent. L'amusement dansa dans leurs yeux et joua sur leurs lèvres, mais elles ne dirent rien. Lady Satterfield n'avait pas connaissance du surnom qu'elles donnaient à certains gentilshommes du gratin. Nora avait inventé le terme « Insaisissable » pour les désigner. Son mari, qui avait été appelé le Duc Inaccessible, avait l'honneur d'être le tout premier d'entre eux.

— Que se passe-t-il ? demanda la comtesse. Ai-je dit une bêtise ?

— Non, pas du tout. Je trouve qu'Inacceptable lui convient parfaitement, répondit Aquilla en souriant de toutes ses dents.

Nora tira sur son gant, qui avait tourné autour de son poignet.

— Bien. Je crois qu'il est temps de changer d'objectif. Qui d'autre avez-vous en vue ?

Aquilla faillit rire. Elle donnait l'impression qu'Aquilla pouvait choisir son mari, si jamais elle en voulait un.

— Personne.

Lady Satterfield émit un petit son mais ne prononça pas un mot. Toutefois, son regard voyagea de Nora à Aquilla comme si elle en avait envie.

— Y a-t-il quelqu'un d'autre ? demanda Nora, interrogeant du regard d'abord sa belle-mère et ensuite Aquilla.

Aquilla n'avait aucune idée de ce que Lady Satterfield concoctait. La comtesse se rapprocha, resserrant leur petit cercle de conversation.

— Cela vient juste de me traverser l'esprit. Aquilla était assise à côté du comte de Sutton l'autre soir. Je les ai vus discuter un moment. Et puis…

Elle ne termina pas mais Aquilla comprit ce à quoi elle pensait : leur première rencontre dans d'étranges circonstances.

— Y a-t-il un rapport ? demanda-t-elle en regardant Aquilla avec espoir.

— Non, répondit rapidement celle-ci. Nous étions placés côte à côte par hasard. Mais il a été bien plus intéressant que Lindsell.

— Vraiment ?

Le regard de Lady Satterfield se fit rusé et Aquilla réalisa qu'elle aurait approfondi le sujet si elles n'avaient pas été dans une salle de bal entourées d'oreilles indiscrètes. Et soudain, l'inimaginable se produisit. Sutton se dirigea droit vers elles, dans le dos de Lady Satterfield.

— Il est là, chuchota Nora.

Sa tête pivota vers le comte qui les rejoignait. Lady Satterfield se recula, ouvrant leur cercle. Elle se retourna au moment où il arrivait.

— Bonsoir Monsieur.

— Bonsoir.

Il s'inclina d'abord devant Nora conformément à l'étiquette, puisqu'elle était la dame de plus haut rang, puis devant Lady Satterfield. Enfin, il salua Aquilla.

— J'espérais que vous seriez libre pour la prochaine danse. C'est une valse, si vous y êtes autorisée.

Il interrogea Lady Satterfield du regard, et elle donna son

consentement d'un signe de tête. Il reporta son attention sur Aquilla et lui offrit son bras. Elle pouvait refuser. Elle *devrait* refuser. Mais l'extrême ravissement qu'elle lut sur le visage de la comtesse l'en empêcha.

— Merci Monsieur.

Elle fit une brève révérence avant de prendre son bras.

Le sourire de Lady Satterfield exprima son approbation quand ils se dirigèrent vers la piste de danse. *Eh bien, voilà qui est inattendu*, pensa Aquilla. Elle avait dépensé l'essentiel de son énergie mentale à chercher un moyen d'éviter Lindsell ce soir, et elle n'avait pas envisagé une seconde qu'un autre gentilhomme pourrait l'inviter.

Certainement pas Sutton. Il était le plus Insaisissable des Insaisissables, étant donné sa réputation de ne jamais poursuivre sa cour. Même si elle avait été un parti recherché sur le Marché du Mariage, elle se serait attendue à ce qu'il la trouve imparfaite.

Et pourtant, il était là. Ce qui signifiait qu'elle devait mettre sa défense en place. Elle embrassa immédiatement et sans vergogne son personnage de jacasse écervelée et stupide.

— À quoi dois-je ce plaisir, Monsieur ?

Il lui adressa un regard perplexe en la menant sur la piste.

— Vous semblez surprise de ma demande.

Elle cligna des yeux, mimant le choc.

— Je le suis.

— Pourquoi ? Vous êtes une jeune femme charmante. Nous nous sommes déjà rencontrés deux fois. Il me semblait que nous pourrions danser.

Elle gloussa et battit des cils d'un air faussement timide.

— Oh, alors j'ai beaucoup de chance. Vous voyez, je danse rarement. Ce n'est pas parce que je ne *sais* pas. Au contraire, je suis plutôt douée. Attendez de voir.

Elle lui sourit et se sentit un instant coupable de le mener en bateau, mais pas assez pour s'arrêter. La musique débuta et il posa une main aérienne sur sa taille. Son autre main saisit la sienne et il l'entraîna dans la danse.

Aquilla n'avait pas menti en prétendant être bonne danseuse mais elle cherchait systématiquement à marcher sur les pieds de ses cavaliers, à manquer des pas, à bouger trop vite ou trop lentement. Dans la plupart des cas, ses erreurs passaient inaperçues car son partenaire faisait pire.

Ce n'était pas le cas avec Sutton. Elle s'aperçut immédiatement qu'il était le meilleur danseur à l'avoir jamais escortée sur la piste. Il était adroit et agile, et faisait paraître les pas incroyablement aisés. Si elle avait eu le moindre doute sur sa condition d'Insaisissable, son habileté l'aurait totalement effacé. Et sa confiance. Il en exsudait comme une fleur répand son parfum pour attirer les abeilles vers son nectar. Elle commençait à comprendre pourquoi les femmes passaient outre son inaptitude à s'engager.

Elle tenta de trébucher mais il resserra son étreinte, l'obligeant à rester droite et en rythme avec la musique. Il baissa les yeux sur elle, un sourcil blond foncé arqué en signe d'interrogation.

— Vous me faites douter de votre déclaration.

Elle pencha la tête sur le côté.

— Laquelle ?

Il plissa imperceptiblement les yeux.

— Que vous êtes une danseuse émérite.

— Oh. Oui, j'ai peut-être un peu exagéré. Ça m'arrive de temps en temps. Ça rend la vie plus intéressante, n'est-ce pas votre avis ?

Elle prit à peine le temps de respirer avant de poursuivre avec une de ses histoires à dormir debout.

— Une fois, j'ai appris à nos chats à danser. Nous en avions plusieurs qui vivaient aux écuries. Je les ai mis en rang et j'ai chantonné. Il leur a fallu du temps pour parvenir à faire les pirouettes, mais ils ont fini par réussir !

Elle éclata de rire. Il sembla totalement déconcerté, les yeux un peu vagues.

— Là, vous exagérez.

— Très bien, vous m'avez prise sur le fait.

Elle baissa la voix comme pour lui révéler un terrible secret :

— Il m'a fallu un an.

— Miss Knox, je ne veux pas vous paraître présomptueux, mais je dois vous demander à quoi vous jouez. Vous êtes très différente de lors de nos précédentes rencontres. Je suis… surpris.

Et déçu. Elle l'entendait dans sa voix. Cela lui procurait habituellement un frisson de plaisir car elle savait que le gentilhomme ne la dérangerait plus. Cependant, Sutton l'avait vue sous un autre jour. C'était une erreur qu'elle comptait réparer. Elle pinça les lèvres, les faisant ressortir jusqu'à ressembler à un poisson.

— Je suis la même, je pense.

— Non, pas du tout. Ne m'insultez pas, et vous non plus, en prétendant le contraire. Expliquez-moi de quoi il retourne.

Son ton était ferme et empreint d'une touche de dureté, mais aussi d'intérêt. Ce dernier était sensible dans la manière dont il la regardait. Comme s'il la voyait *elle* au-delà de son subterfuge. Quand elle trébucha cette fois, ce n'était pas intentionnel.

— Excusez-moi, murmura-t-elle.

Il la maintint une nouvelle fois d'aplomb, de ses mains chaudes et fiables.

— Expliquez-moi, répéta-t-il. S'il vous plaît.

Pour éviter d'avoir à le regarder, elle laissa ses yeux s'égarer par-dessus son épaule sur la salle tourbillonnante.

— Je pensais que les hommes appréciaient les femmes insipides.

— Pas les hommes intelligents.

Ses doigts effleurèrent le bas de son torse, provoquant des frissons le long de son échine.

— Pas ceux qui en valent la peine, continua-t-il doucement.

Elle ne put s'empêcher de le regarder. Ses yeux gris, fixés sur elle, l'envoûterent alors qu'il les guidait sur le parquet avec grâce et précision.

Elle pourrait continuer sa comédie ou inventer autre chose pour le décourager. Mais à quoi bon ? Il n'avait pas l'intention de l'épouser. Il ne s'était jamais marié. Il s'intéresserait à elle pendant un temps, mais il n'y aurait pas de suite. C'était indiscutable.

Aquilla s'autorisa à se détendre. Il était inoffensif. Surtout que son temps sur le Marché du Mariage touchait à sa fin. Dès demain matin, elle informerait Lady Satterfield qu'elle prévoyait de devenir dame de compagnie.

— Honnêtement, pourquoi m'avez-vous invitée à danser ? demanda-t-elle.

S'il pouvait être direct, elle aussi. C'était même libérateur. Il haussa une épaule.

— Parce que j'en ai eu envie. J'ai apprécié votre compagnie. Et il me semblait que vous me deviez une faveur.

Un coin de sa bouche se souleva, très brièvement, comme s'il essayait de réprimer un sourire. Flirtait-il avec elle ?

— Ah oui ?

Il approcha sa tête un peu trop près et chuchota :

— Parce que je vous ai secourue.

Bien entendu. Elle sourit.

— En effet. Pouvons-nous considérer que j'ai payé ma dette ?

Il réfléchit un instant, le regard fixé sur le lustre pendant un ou deux pas.

— Je ne suis pas sûr que ce soit équitable. Vous avez chancelé et vous m'avez presque écrasé un pied. Je crois que je vais devoir exiger une autre danse.

— Exiger ? Je ne suis pas sûre d'apprécier les gentilshommes autoritaires.

Il prit subitement un air terrifié.

— Envisagez-vous de transformer mon surnom en Duc Exigeant ?

— Vous plaisantez.

Elle eut un doute, mais les ridules autour de ses yeux le trahirent.

— Oui, vous plaisantez. Pour cette simple raison, je vous appellerai le Duc Déplaisant.

Il se mit à rire.

— C'est beaucoup mieux, merci. J'ai été terrifié un instant de m'être trompé sur votre compte. Je suis heureux qu'il n'en soit rien.

Il plongea son regard dans le sien et elle entendit ses mots résonner dans son esprit : *Pas ceux qui en valent la peine.* En existait-il vraiment ? Elle en doutait mais, pour la première fois, elle se demanda si c'était possible. Et si Sutton était l'un d'eux.

Le fait de simplement envisager cette idée l'emplit d'appréhension. Il était charmant et intelligent, mais il restait le Duc Malhonnête. Il pouvait en valoir la peine ou être un véritable monstre.

Cela n'avait pas d'importance car elle ne comptait pas le découvrir.

CHAPITRE 5

*L*orsque la musique toucha à sa fin, Ned fut navré que leur danse s'achève. Il l'avait vécue avec un mélange d'inquiétude, de frustration et d'amusement. Il pouvait affirmer une chose sur Miss Knox : elle n'était pas ennuyeuse.

Il essayait toujours de comprendre son étrange comportement, en total décalage avec leurs précédentes rencontres. Elle l'avait dévisagé avec des yeux ronds d'admiration. Sa voix avait pris une intonation chantante qui la faisait paraître beaucoup plus jeune qu'elle ne l'était. Elle s'était vantée d'être une excellente danseuse et s'était débrouillée pour trébucher non pas une mais deux fois, ce qui l'avait dérouté. Jusqu'à ce qu'il s'aperçoive qu'il y avait un problème. Soit elle avait subi un changement total de personnalité, soit il l'avait mal jugée ou bien elle avait joué la comédie. Il était satisfait de l'avoir percée à jour.

Sa réflexion sur l'attrait des hommes pour ce genre de comportement le dérangeait. Il n'était pas sûr de la croire, pourtant il ne se laissait pas dissuader. Au contraire, son intérêt grandissait. Il était certain que Miss Knox cachait bien son jeu.

Il tourna son regard vers l'endroit où Lady Satterfield se tenait avec la duchesse de Kendal et fut heureux de voir sa tante avec elles. Tante Susannah était une excellente alliée et une espionne hors pair.

Ce n'était pas réellement de l'espionnage pas réellement, se dit-il. Il se contentait d'utiliser son aide pour faire preuve de rigueur. Peu importe le nom qu'il lui attribuait, s'assurer que sa future épouse remplissait ses conditions était primordial.

— Accepteriez-vous de faire une promenade autour de la salle ? demanda-t-il.

Sa tante aurait ainsi plus de temps pour recueillir ses informations et il aurait l'occasion de planter les jalons d'un de ses tests. De plus, il ne se sentait pas prêt à renoncer à la compagnie de Miss Knox. Elle posa sur lui un regard sceptique.

— Oui ?

Sa réponse sonna assurément comme une question.

— Vous semblez incertaine.

— Je suis *incertaine* de vos motivations. Nous avons établi que ma dette était réglée.

Il l'escorta jusqu'à l'extrémité de la salle de bal, où la foule était un peu moins dense. Le lieu était quand même surpeuplé et peu propice à la promenade. Ils firent un petit détour par le coin de la pièce avant de retourner vers Lady Satterfield.

— Je n'ai pas admis que votre dette était soldée.

Il appréciait de flirter avec elle. Il n'avait jamais aimé flirter avec personne.

— Si vous vous souvenez bien, j'ai suggéré une autre danse. Sans parler de cette dette, j'ai aussi dit que j'appréciais votre compagnie, même quand vous vous conduisez bizarrement.

— Vous seriez bien le premier, marmonna-t-elle. Excusez-moi, dit-elle un peu plus fort, le dos droit. Serais-je votre prochaine candidate au mariage ?

Il trébucha à son tour, mais surtout par la faute d'un jeune homme qui leur coupa la route. Pourtant, ses mots l'émurent, tant elle était rafraîchissante.

— Oh, ce n'est pas tout à fait cela, répondit-il faiblement.

Si ce n'est que c'était exactement cela. Elle tourna la tête pour regarder, les yeux légèrement plissés.

— Vraiment ?

Rafraîchissante et peut-être un peu agaçante.

— Peut-être un peu. Mais n'est-ce pas pour cela que nous sommes ici ? Sur l'infernal Marché du Mariage ?

Elle ne répondit pas immédiatement alors qu'il la guidait vers le coin moins bondé.

— Oui, j'en conviens. Mais la vie ne se résume peut-être pas à la recherche d'un conjoint. N'avez-vous jamais envisagé que nous abordions le problème sous le mauvais angle ? Tout ceci est si artificiel. On ne peut jamais être tout à fait sûr de quelqu'un, n'est-ce pas ?

Mince, elle s'adressait directement à ses peurs, à la raison première qui lui faisait mettre autant d'efforts dans ses recherches.

— Non, on ne peut pas. Mais je dois essayer.

Elle s'immobilisa et se tourna partiellement vers lui, les yeux interrogateurs.

— Vous cherchez réellement une épouse.

Elle semblait sincèrement surprise.

— Oui.

Elle se détourna pour signifier qu'elle était prête à reprendre la promenade.

— Alors je vous souhaite bonne chance.

Il était temps de tourner à droite et de retourner vers Lady Satterfield. C'était l'occasion idéale pour démarrer un de ses tests.

— Seriez-vous surprise d'apprendre que j'ai failli faire ma demande à deux reprises ?

S'il comptait Miss Forth-Hodges, et il le devait sans doute. Elle avait rempli toutes ses conditions et il avait toutes les raisons de penser qu'elle aurait surmonté la dernière difficulté avec aplomb.

— Réellement ? Oui, cela me surprendrait.

Elle resserra son étreinte sur son bras et baissa la voix.

— Vous ne devriez pas révéler ce genre d'informations. Sauf si vous souhaitez qu'elles soient répétées.

Elle s'arrêta de nouveau et leva son regard sur lui.

— Est-ce votre but ? Vous voulez que les gens sachent que vous cherchez vraiment une épouse et que, même si vous n'avez jamais fait de demande, vous en avez été proche ?

Elle jeta un coup d'œil circulaire et continua à chuchoter.

— Pourquoi m'en parler ? Je ne suis pas une commère.

Ses yeux s'écarquillèrent.

— Mon Dieu, est-ce que ma réputation de nigaude s'est étendue à celle de pipelette ?

Il ne put dire si elle trouvait cela désagréable ou... plaisant.

— Êtes-vous l'une ou l'autre ? Je n'avais pas trouvé que vous étiez idiote, mais j'ai pu me méprendre.

Il la taquinait, même s'il devait admettre que son scepticisme doublé de franc-parler en faisait une jeune femme insolite dans cette marée de chasseuses de mari. Insolite, mais curieusement excitante. Elle soupira et se tourna pour qu'ils se remettent en route.

— Pas spécialement. En fait, je ne suis absolument pas une pipelette. Alors, si vous espérez que je diffuse l'information que vous venez de me révéler, j'ai bien peur que vous ne soyez déçu.

Bien au contraire. Il était aux anges. Il ne devrait pas la croire sur parole et le temps prouverait son honnêteté. Mais pour le moment, il était content de poursuivre avec elle. Plus que content. Il pensait déjà à leur prochaine rencontre.

— Nous approchons de Lady Satterfield. J'ai envie de marcher un peu plus lentement. Dites-moi, Miss Knox, qu'aimez-vous faire ?

Il vit son front se plisser légèrement, puis se relâcher.

— J'aime lire. Et marcher.

— Que lisez-vous ?

— En fait, j'adore la poésie.

— Vraiment ?

Il cita un des passages préférés de George :

> Et c'est pourquoi je suis toujours
> L'amant des prés et des bois
> Et des montagnes ; et de tout ce qu'il nous est
>   donné de voir
> Depuis cette verte planète ; de l'empire puissant
> Qu'ensemble l'œil et l'oreille créent à moitié,
> Qu'ils perçoivent ; bienheureux que je suis !
> De reconnaître dans la nature et le langage
>   des sens
> L'ancre de mes pensées les plus pures, la
>   nourrice,
> Le guide, le gardien de mon cœur, et l'essence
> De tout mon être moral.

Elle lui offrit en retour un sourire béat, qui déclencha une onde de chaleur dans son ventre.

— Wordsworth. Avez-vous visité l'abbaye de Tintern ? J'ai

toujours voulu y aller, du moins depuis la première fois que j'ai lu ce poème.

— Oui. C'est un endroit magnifique et mystique.

Il y avait emmené George après l'avoir sorti de l'hôpital. L'expérience les avait guéris et purifiés tous les deux, pensait-il. Il était souvent difficile de déterminer ce que George pensait ou éprouvait. Elle leva vers lui des yeux bleus incroyablement vivants et envoûtants.

— C'est exactement ainsi que je l'imagine, comme un lieu qui vous touche profondément.

C'était ce qu'il avait ressenti et il se réjouissait qu'elle en attende la même sensation. Peut-être, si leur relation évoluait positivement, l'y emmènerait-il un jour. Ils arrivèrent malheureusement à destination. Lady Satterfield les accueillit avec un large sourire approbateur.

— Votre charmante tante et moi étions en train de discuter. Je dois dire que Mrs. Greville et moi ne nous connaissions pas bien, et je crois qu'il nous faudra rectifier cette erreur. Je suis assez fascinée par ses activités philanthropiques.

Elle lança un regard vers sa belle-fille.

— La duchesse et moi travaillons avec le foyer pour enfants abandonnés de Westminster et d'autres orphelinats à Londres.

— Miss Knox s'est impliquée aussi puisqu'elle vit chez Lady Satterfield cette Saison, ajouta la duchesse. Elle a manifesté un faible pour les visites aux enfants.

Ned reconnu la lueur d'appréciation dans les yeux de sa tante quand elle regarda Miss Knox. Elle était presque trop bien pour être vraie. Ce qui signifiait qu'elle avait un défaut caché.

Cesse cette absurdité. La remontrance lui fut adressée par la voix de sa tante dans sa tête, car c'était ce qu'elle aurait put répondre à ses pensées.

— J'étais justement en train de leur parler de tes œuvres de charité, déclara tante Susannah en reportant son attention sur lui.

— Je n'avais pas idée que vous étiez aussi engagé avec l'hôpital Bethlem, dit Lady Satterfield d'un ton enthousiaste et admiratif. Comment cela se fait-il ?

Ned échangea un bref regard avec sa tante. Il ne pouvait bien sûr pas révéler la vérité, mais il avait suffisamment répondu à cette question pour avoir une réponse toute prête.

— Mon père est devenu mécène après qu'un de ses domestiques a été admis. Les conditions de vie étaient déplorables et il désirait les améliorer. J'ai poursuivi son engagement. Je suis heureux de pouvoir dire que l'hôpital a subi de nombreux changements ces dernières années, y compris son déménagement dans un bâtiment tout neuf, et qu'il continue à évoluer. Cependant, il y a encore beaucoup à faire.

Ned pensait parfois que son entreprise était inutile car la mutation était lente mais, quand il se remémorait le passage de George dans l'établissement, il se disait que ses efforts n'étaient pas vains.

— Quel merveilleux héritage, souffla doucement la duchesse. Je me demande comment nous pourrions aider.

C'était trop parfait. Emmener son épouse potentielle à Bedlam représentait le dernier test. Si elle possédait le courage d'y entrer et l'élégance de ne pas mal réagir aux patients, il l'épouserait sur le champ. Une seule femme était parvenue aussi loin, et elle s'était évanouie au bout de dix minutes de visite.

— Oui, que pourrions-nous faire ?

Miss Knox ôta finalement sa main de son bras, et il ressentit le froid de son absence, comme s'il avait été confortable au coin du feu et qu'on l'avait brutalement exposé à une froide nuit d'hiver.

— Je m'y rends souvent quand je suis en ville, dit Ned. Je

lis pour les patients, ou bien je leur apporte des chaussures ou des couvertures.

Miss Knox lui sourit, ses yeux renvoyant la lumière des mille chandelles.

— Apprécient-ils Wordsworth ?

Il n'aurait pas pu empêcher son sourire de lui répondre, même s'il l'avait voulu.

— Beaucoup.

— J'aimerais organiser une réunion pour collecter des objets dont les patients auraient besoin, affirma Lady Satterfield. Pouvez-vous nous en fournir une liste, Monsieur ?

Ned acquiesça.

— Certainement. Je vous en enverrai une demain. C'est très généreux et bienveillant de votre part.

— Vous apprendrez qu'il n'y a pas de femme avec un cœur plus grand que Lady Satterfield, affirma la duchesse.

— Voulez-vous m'excuser? l'interrompit Miss Knox. J'aperçois quelqu'un à qui je dois parler.

Elle fit une petite révérence à Ned avant de se diriger rapidement vers le mur où une jeune femme se tenait seule, les joues roses et les épaules tombantes.

— C'est Aquilla qui a un grand cœur, murmura Lady Satterfield en regardant sa protégée toucher le bras de la jeune femme.

Le soulagement et la joie sur son visage en disaient long : Miss Knox avait remarqué une personne en difficulté et s'était précipitée à son aide. Oui, elle était presque parfaite.

Le pessimiste enfoui en lui – ce garçon dont les parents avaient oublié qu'il restait leur fils, cet homme dont le frère avait été torturé et ce comte qui craignait de ne pas trouver de comtesse digne de son fardeau – lui recommanda d'avancer lentement. Personne n'était parfait ou simplement proche de l'être.

Ned et sa tante souhaitèrent bonsoir à la duchesse et à la

comtesse avant de quitter les lieux. Il jeta un dernier regard à Miss Knox en partant avec sa tante. Elle s'agrippa à son avant-bras quand ils longèrent la salle de bal.

— Tu l'aimes bien. Rien de ce que je pourrais te dire sur elle n'aurait d'importance à cet instant.

Elle rit.

— Ce n'est pas vrai.

En règle générale. Mais Miss Knox se montrait très différente des autres.

— Vous savez que je compte sur vous. Qu'avez-vous appris ?

— C'est sa cinquième Saison et elle n'aurait pas dû se produire. Ses parents refusent d'en financer davantage. Lady Satterfield a offert de la parrainer.

— Je me demande pourquoi.

— Je n'ai pas tous les détails. Je soupçonne qu'ils sont les seuls à connaître la vérité.

Miss Knox avait peut-être des secrets. Comme lui. Un autre raison potentielle pour qu'une union avec elle soit sensée.

— Je sais que la conversation que nous venons d'avoir la montre sous un jour favorable mais tu dois prendre en compte sa réputation. Elle est restée célibataire aussi longtemps parce qu'on la tient pour une vraie tête de linotte. Elle parle sans arrêt, principalement de sujets sans intérêt.

Comme apprendre à danser à des chats. Il ne put s'empêcher de rire.

— Qu'y a-t-il d'amusant ?

— Rien.

— Cela ne te dérange pas ? Tu ne peux pas te marier avec une idiote.

— Non, cela ne me dérange pas car elle n'est pas comme ça. J'ai passé assez de temps avec elle pour pouvoir en juger.

Mais, plus que jamais, il désirait comprendre pourquoi

elle amenait les autres à la croire simplette. Il devinait qu'il s'agissait d'une ruse quelconque. Pourquoi ? L'envie de savoir le taraudait.

— Assez longtemps ? demanda-t-elle, sceptique. Je compte deux occasions : le dîner et ce soir. Je crois bien que c'est insuffisant pour être sûr.

Il ne pouvait pas lui raconter sa première rencontre avec Miss Knox. Et Ned était certain qu'il avait vu sa véritable personnalité. Plus vraie que la femme qu'elle avait tenté d'être ce soir. Jusqu'à ce qu'il la reprenne. Rétrospectivement, il se demanda pourquoi elle avait abandonné. Pourquoi ne pas continuer à le mener en bateau. Plus il pensait à elle, plus il avait de questions. Et plus il souhaitait des réponses.

— Vous allez devoir me faire confiance sur ce point. Miss Knox ne correspond pas à sa réputation. Tout comme je ne correspond pas à la mienne.

Tante Susannah soupira.

— Tu as raison, mon garçon.

Elle avait bien conscience de ce que les gens disaient de lui, qu'il laissait une traînée de jeunes filles au cœur brisé dans son sillage.

— C'est une excellente observation. Je ne jugerai pas Miss Knox trop durement.

— Merci. Je suis assez impressionné par son empressement à visiter l'hôpital.

Sa tante s'esclaffa de nouveau.

— Bien entendu. Je n'ai pu m'empêcher de l'admirer aussi. Elle semble être exactement ce que tu recherches.

Peut-être. Il faisait énormément d'efforts pour maîtriser son excitation.

— Pouvons-nous passer dans la salle de jeux ? demanda-t-elle.

— Si vous le souhaitez.

Elle hocha la tête, et il l'entraîna hors de la salle de bal.

— Avez-vous découvert autre chose sur la famille de Miss Knox, en dehors du fait qu'ils ne subviennent pas à ses besoins cette Saison ?

— Son père est un baronet, répondit tante Susannah alors qu'ils pénétraient dans la salle de jeux.

Leurs hôtes avaient installé plusieurs tables qui proposaient des jeux variés. Ned la conduisit vers la table de lanturlu, qu'il savait être son préféré.

— Ils habitent dans le Bedfordshire.

— Et ils ont accepté que Lady Satterfield l'accueille et lui offre une Saison ?

— Apparemment oui, mais ce n'est sans doute pas de notoriété publique. S'ils avaient refusé, je suppose que Miss Knox ne serait pas en ville.

C'était tout à fait juste. Il avait tellement de questions… Il était impatient de la revoir. Pour une kyrielle de raisons.

Oui, elle remplissait ses conditions. Celles qu'il avait couchées sur papier comme une liste à cocher lors d'une visite chez son tailleur. Celles qu'il conservait dans le secret de son esprit et de son cœur étaient toutefois différentes. C'était ce qu'il espérait mais acceptait de ne pas trouver. L'attirance. L'amitié. L'amour.

Il prit conscience qu'aucune des autres femmes qui l'avaient intéressé ne lui avait apporté ces choses. En fait, il ne s'était jamais attendu à tomber amoureux, il n'était même pas sûr de le vouloir. Il avait vu ce que l'amour pouvait faire, comment il pouvait briser définitivement une personne et détruire une famille. Ce n'était pas tout à fait exact. Ce n'était pas l'amour qui causait de tels ravages, c'était ce dont les gens étaient capables au nom de cette émotion, et ce n'était pas forcément toujours positif.

Même sans amour, il entrevoyait de la camaraderie avec Miss Knox et, pour la première fois, il vit sa future épouse comme une femme. Du bleu pur et envoûtant de ses yeux intelligents à la plénitude de ses lèvres faites pour les baisers, de la douce courbe de seins à son parfum de lavande et de miel, tout en elle lui donnait envie de la toucher. De la sentir. De l'embrasser. De lui faire passer un test qu'il n'avait imaginé avec aucune autre. Le sang se précipita dans ses veines, éveillant ses sens.

En laissant sa tante à la table de lanturlu, il reprit ses esprits. Miss Knox déchaînait en lui quelque chose de nouveau, qu'il était désireux d'explorer.

*L*e bal de la nuit précédente ne s'était pas déroulé comme prévu. Aquilla s'était persuadée qu'il serait sa dernière incursion dans une Société qui ne lui avait jamais fait bon accueil et où elle se sentait déplacée. Pourtant, elle en était revenue avec l'intention, non seulement de revoir Lord Sutton, mais peut-être également de l'accompagner dans ses œuvres de charité.

Et elle connaissait son dessein : vérifier si elle lui conviendrait comme épouse. Elle avait baissé sa garde avec lui parce qu'elle l'avait jugé inoffensif. D'après ses actions passées, elle n'avait pas cru qu'il cherchait réellement à se marier. La Société n'y croyait pas !

Cependant, il était bien en quête d'une femme et il avait des vues sur elle. Elle !

Elle pouvait difficilement croire à son infortune. Cette idée lui arracha un sourire alors qu'elle finissait d'attacher son pendentif préféré, un camée ayant appartenu à sa grand-mère, autour de son cou. Ce qu'elle appelait infortune serait qualifié de chance par d'autres. Elle souriait toujours quand elle sortit de sa chambre et manqua d'entrer en collision avec l'intendante, mais son sourire s'effaça rapidement quand Mrs. Landis lui annonça :

— Miss Knox, votre mère est arrivée et vous attend dans le petit salon.

Sa mère ? Ses paumes devinrent instantanément moites et son cou glacé. Rassemblant un courage qu'elle n'était pas sûre de posséder, elle hocha la tête et passa devant Mrs. Landis pour prendre les escaliers.

Elle se déplaçait lentement, descendant chaque marche comme si elle se rendait à l'échafaud. Que pouvait bien vouloir sa mère ? Aquilla n'en avait aucune idée, excepté que ce n'était sûrement pas une bonne nouvelle.

Quand elle atteignit le palier, son cœur battait comme un tambour dans sa poitrine. Elle se força à entrer dans le petit salon mais ne fit même pas semblant d'être heureuse de voir sa visiteuse.

— Bonjour, Mère.

Lady Eloise Knox se détourna de la fenêtre qui surplombait la rue. La journée était nuageuse, comme d'habitude, avec des averses éparses. Le temps maussade était assorti à sa mère, à ses cheveux couleur terre, ses yeux gris-vert tempétueux et sa moue de dégoût permanente. De multiples ridules se déployaient autour de sa bouche, indiquant l'effort réalisé au cours des années pour maintenir cette expression. Ce devait être épuisant mais Aquilla savait que c'était naturel.

Là où on pouvait décrire Aquilla comme un rayon de soleil, sa mère était exactement l'inverse, un nuage noir qui déversait sur la terre son implacable morosité comme pour la punir. Depuis qu'elle était adulte, Aquilla se demandait comment elle avait réussi à entretenir ne serait-ce qu'une once d'optimisme. Maintenant qu'elle connaissait la vérité.

Mère la détailla de la tête aux pieds, toujours à la recherche d'une imperfection. Elle avait souvent dit qu'il était bon qu'Aquilla soit belle, qu'elle pourrait en tirer parti. Que sa beauté ne lui ait pas assuré un mari frustrait ses deux parents. Son père avait déclaré que c'était du gâchis.

— Tu as l'air en forme, Aquilla. Comment vas-tu ?

C'était de la politesse, rien d'autre.

— Je vais bien, merci. Et vous ?

— Comme toujours.

Ce qui signifiait qu'elle était aussi malheureuse que d'habitude.

— Ton père t'envoie ses salutations. En fait, je suis venue à cause de lui.

L'anxiété d'Aquilla avait diminué depuis qu'elle était entrée dans la pièce. La crainte de voir sa mère était toujours pire que d'être réellement en sa présence. Elle ne pouvait pas en dire autant de son père. Bien qu'il n'ait jamais levé la main sur elle, elle entretenait toujours la peur qu'il le fasse. Aquilla l'évitait quand c'était possible et il lui en savait gré.

Mais les mots de sa mère lui donnèrent à penser que son père avait peut-être un problème. Un frisson d'appréhension parcourut son échine, mais pas par peur pour lui. À l'inverse, elle fut horrifiée de s'apercevoir qu'elle apprécierait de recevoir de mauvaises nouvelles de lui. Dieux du ciel, quel genre de personne cela faisait-il d'elle ?

— Il a arrangé ton mariage, déclara Mère, la tirant de ses pensées égoïstes. Tu n'as plus besoin de rester à Londres.

La tête d'Aquilla commença à tourner. Son anxiété revint à la puissance dix.

— Quel mariage ? Avec qui ?

— Je crois que tu le connais. Lord Lindsell. Il a écrit à ton père la semaine dernière pour lui demander l'autorisation de te courtiser. Ton père a accepté et, quelques jours plus tard, Lindsell a demandé ta main. Comme tu peux l'imaginer, ton père est absolument ravi d'être enfin débarrassé de toi.

Aquilla s'irrita du choix des mots de sa mère. Ils étaient blessants, mais appropriés. Elle pouvait entendre son père les prononcer. Bien qu'il ne l'ait jamais frappée, ses paroles l'avaient atteinte aussi durement que n'importe quelle douleur physique.

— J'en suis convaincue, murmura-t-elle.

Aquilla redressa les épaules et leva le menton.

— Quoi qu'il en soit, je refuse d'épouser Lindsell.

Mère pinça les lèvres encore plus sévèrement.

— J'ai peur que tu n'aies pas voix au chapitre. Les bans seront publiés dimanche.

Dans trois jours !

— Je constate que tu es bouleversée.

Mère plissa le front, mais la lueur d'inquiétude dans son regard prouvait que ce n'était pas de frustration, ce qui aurait pourtant été classique. Non, cela semblait être un des ces rares moments où sa mère ressentait de l'empathie.

— Asseyons-nous.

Elle ne s'approcha pas d'Aquilla et n'essaya pas non plus de la toucher. Non, elle ne s'y hasarderait pas. Aquilla n'avait pas besoin de tous ses doigts pour compter le nombre d'étreintes offertes par sa mère.

Aquilla s'obligea à marcher jusqu'au canapé, où elle s'effondra sur le coussin. Elle réalisa immédiatement qu'elle aurait dû prendre une chaise pour que Mère ne puisse pas s'asseoir à côté d'elle. Tout aussi vite, elle se morigéna pour avoir eu une pensée aussi stupide. Mère ne choisirait jamais de partager un canapé avec quiconque. Elle n'aimait pas que l'on s'approche trop près d'elle mais, après tout ce qu'elle avait enduré, Aquilla ne pouvait pas vraiment la blâmer.

Et c'était là que résidait le conflit d'Aquilla. Elle n'aimait pas beaucoup sa mère, mais elle ressentait tellement de peine pour elle qu'elle ne pouvait s'empêcher de l'aimer malgré tout. Même si sa mère ne le désirait pas. Elles restèrent assises en silence pendant plusieurs minutes. Incapable de suppporter la tension plus longtemps, Aquilla s'adressa à sa mère impassible.

— Vous souteniez mon désir de rester sans époux.

— Oui, tant que ton père n'insistait pas trop. Il est décidé maintenant.

Il n'y avait aucun regret dans sa voix. Le soupçon d'émotion qu'elle avait montré plus tôt avait disparu.

— Ce n'est pas nécessaire. Je vais chercher un emploi de dame de compagnie. Vous n'avez plus besoin de vous inquiéter pour moi.

Elle regarda sa mère dans les yeux.

— Non que vous l'ayez jamais fait, ajouta-t-elle.

— Mais si. C'est pour cela que tu n'as pas été mariée plus tôt.

Sa mère reporta son regard vers la fenêtre.

— Je sais que tu penses que je ne tiens pas à toi, mais je l'ai toujours fait.

À sa manière souvent dissonante et toujours distante, peut-être.

— Alors relayez mon plan à Père. Il n'en sera pas affecté.

— C'est là que tu te trompes. Lindsell est propriétaire d'une parcelle de terre qui jouxte les nôtres, et il a accepté de la donner à ton père en échange de ta main. J'ai peur que tu ne puisses rien faire pour l'éviter.

La colère, la frustration et le sentiment d'injustice firent monter les larmes aux yeux d'Aquilla. Elle les ravala en regardant au loin.

— Lindsell est horrible. Il a dit que je méritais un « joug aimant ».

Elle jeta un coup d'œil à sa mère, qui la regardait avec commisération.

— Je suis désolée. Je l'empêcherais si je le pouvais.

Aquilla ne la croyait pas. Elle détestait sans doute son mari mais elle le soutenait et prouvait sa soumission, même si pour ce faire elle devait maltraiter ses enfants. Malgré cela, Aquilla ne pouvait pas lui en tenir rigueur, alors qu'elle avait vu son père la battre trois ans auparavant. Elle avait depuis lors appris qu'il était coutumier du fait, ce qui avait déclenché son aversion pour le mariage. Son père avait imposé son joug, le joug de la violence, et sa mère le subissait.

Aquilla sentit naître en elle la détermination d'éviter un destin similaire. Elle n'était pas du genre à abandonner facilement.

— Je trouverai un moyen.

Lady Satterfield se glissa dans le salon à cet instant, et son sourire éclaira immédiatement la pièce, sinon l'humeur d'Aquilla.

— Bonjour, Lady Knox. Je ne savais pas que vous veniez à Londres. Je vous aurais invitée à séjourner avec nous.

Lady Satterfield s'assit sur le canapé à côté d'Aquilla.

— Bonjour, Lady Satterfield. Je suis descendue chez ma cousine, mais merci de penser à moi. Et merci encore d'accueillir ma fille cette Saison.

Elle jeta un regard vers Aquilla.

— Vous serez heureuse d'apprendre que vos efforts ont porté leurs fruits. Aquilla a reçu une proposition de Lord Lindsell et son père l'a acceptée.

Les yeux de la comtesse s'écarquillèrent et elle tourna la tête vers la jeune femme. Puis elle pressa fermement ses lèvres avant de dire :

— Je vois.

La mère d'Aquilla se leva brusquement.

— Bien, je dois vous quitter. Aquilla, nous rentrons à Henlow House demain, tiens-toi prête.

Lady Satterfield se leva aussi mais Aquilla ne réussit pas à les imiter. Son corps tremblait de colère et d'angoisse, et les idées se bousculaient dans son esprit, y compris l'évasion. Elle pourrait peut-être s'enfuir en Amérique.

— En fait, ce ne sera pas possible, affirma Lady Satterfield d'un ton tranchant qui donna à Aquilla une once de satisfaction. Nous avons plusieurs engagements que je détesterais la voir manquer.

— Je comprends. Si vous pensez que cela lui nuirait de ne pas y assister, nous devrons en tenir compte.

Le regard noir de la comtesse aurait pu transformer le feu en glace.

— Je le pense. Si vous acceptiez de nous rejoindre au parc plus tard cette après-midi, je suis sûre que nous pourrions nous mettre d'accord.

Elle sourit posément mais Aquilla perçut qu'elle était en colère. Et cela lui fit plaisir. Quel bonheur d'avoir une alliée ! Lady Knox acquiesça.

— Je vous verrai plus tard.

Elle regarda Aquilla avant de quitter la pièce mais n'ajouta rien. Dès qu'elle fut partie, Lady Satterfield revint s'asseoir sur le canapé. Elle se tourna vers Aquilla et prit sa main.

— Je suis tellement désolée. N'y a-t-il rien à faire ?

Aquilla secoua la tête.

— Non, mon père s'est engagé. Lindsell a une parcelle de terre qu'il projette d'échanger. C'est tout ce que je vaux, apparemment.

Lady Satterfield pressa ses doigts avant de la relâcher et de rassembler ses mains sur ses genoux.

— Il doit bien y avoir quelqu'un de mieux là-dehors, quelqu'un que nous pourrons lui proposer.

Impossible.

— Avant dimanche ? Les bans seront publiés.

— Cela ne nous laisse pas beaucoup de temps.

Il était plus que temps d'avouer la vérité à Lady Satterfield. Aquilla rassembla son courage et redressa le dos.

—Je n'ai pas été complètement honnête avec vous. Personne ne voudra m'épouser.

Sutton lui vint à l'esprit mais elle ne croyait toujours pas à son désir de se marier. En dépit de ce qu'il avait affirmé, ses actions le démentaient.

— Vous comprenez, j'ai fait tout ce que je pouvais pour rebuter tout le monde. Je ne souhaite pas me marier.

Les sourcils de Lady Satterfield se rassemblèrent et ses yeux se plissèrent légèrement.

— Je ne saisis pas. Pourquoi auriez-vous accepté de refaire une Saison pour chercher un époux si vous prévoyez de ne pas en prendre ?

— Parce que je ne voulais pas retourner à la maison.

La raison en était simple, et en même temps si compliquée.

— Je peux le concevoir, votre mère n'est pas particulièrement chaleureuse. Mais il vous suffisait de me le dire.

Aquilla en avait raconté le strict minimum, en disant qu'elle n'était pas proche de ses parents. Lady Satterfield n'avait jamais compris pourquoi ils avaient renoncé à la soutenir. Ils avaient les moyens de lui offrir une nouvelle Saison, ils avaient simplement décidé de ne pas le faire.

— Je suis contente d'avoir pu vous offrir un peu de répit.

— Oh oui, se hâta de répondre Aquilla. Je ne vous remercierai jamais assez pour ces dernières semaines. J'ai été plus heureuse ici que n'importe où ailleurs.

Lady Satterfield lui sourit tristement.

— Ma chère, j'aimerais pouvoir vous garder avec nous ici. Mais si votre père a donné son consentement à ce mariage, je ne peux rien faire.

Elle serra les lèvres avec détermination.

— À moins de vous trouver un meilleur mari.

— Je ne veux toujours pas me marier.

— Pas même pour éviter Lindsell ? Pourquoi cela, mon enfant ?

Elle pourrait lui répéter ce qu'elle avait expliqué à Ivy, qu'elle n'avait rencontré personne qui l'intéresse, mais Lady

Satterfield risquerait d'insister. Elle se sentirait mise au défi de trouver, de toute urgence, quelqu'un qui l'intéresserait. De nouveau, Sutton lui apparut. L'intéressait-il ?

— J'en ai eu envie, autrefois.

Aquilla avait fait beaucoup d'efforts pour ne pas s'appesantir sur la tristesse et la peur, deux émotions répandues à Henlow House. Elle en avait vaguement eu conscience étant enfant, mais sa nourrice avait réussi à les protéger, elle et son jeune frère, du reste de la famille. Son frère aîné, Paul, n'y avait pas échappé car Père l'avait pris sous son aile très jeune.

Mais maintenant, assise dans le salon de Lady Satterfield, qu'elle avait appris à connaître et à aimer au cours des dernières semaines, elle se laissa envahir par ses souvenirs. Elle ne regarda pas la comtesse mais fixa son attention sur la cheminée où les charbons se consumaient doucement sur la grille.

— J'attendais avec impatience le jour où je me marierais pour pouvoir quitter Henlow House. Mais je n'ai eu aucun prétendant pendant cette première Saison.

Elle eut un sourire ironique au souvenir de l'embarras qu'elle avait éprouvé, puis son sourire disparut quand elle se remémora la colère de son père. Elle était belle et issue d'une bonne famille, pourquoi personne ne voulait-il l'épouser ? Elle s'était sentie de plus en plus misérable, jusqu'à vouloir disparaître complètement.

— Ma deuxième Saison fut encore plus désastreuse.

Les invitations s'étaient taries. Il était presque impensable que sa mère ait réussi à le convaincre de lui donner une troisième chance. C'était à ce moment-là que tout avait changé, entre sa deuxième et sa troisième Saison. Au moment où Aquilla avait appris la sinistre vérité sur le mariage de ses parents. Sa mère avait cessé de la lui cacher, du moins en l'absence de son père. Quand il était là, elle jouait le rôle de l'épouse docile et dévouée. Mais en tête-à-tête, elle avait

enjoint à Aquilla de ne jamais faire confiance à un homme,
que leur vraie nature finissait toujours par éclater au grand
jour.

— Je suis désolée d'entendre tout cela, répondit Lady
Satterfield au récit de ses Saisons. J'aurais aimé vous
connaître à cette époque. Je crois bien que nous n'aurions pas
essuyé un tel échec. Vous êtes une jeune femme délicieuse et
je persiste à dire que nous pouvons vous trouver bien mieux
que Lindsell. Si vous êtes d'accord.

Aquilla secoua la tête.

— Je préférerais l'éviter. Le mariage de mes parents est
pénible. Je ne souhaiterais pas le subir.

Lady Satterfield la dévisagea de ses yeux chaleureux,
attentionnés et empreints de sympathie.

— Je comprends. Cependant, tous les mariages ne sont
pas aussi compliqués. Regardez-nous, Satterfield et moi. Ou
Nora et Titus. Et maintenant votre amie Lucy. Elle est très
heureuse.

Jusque-là, oui. Mais ils étaient mariés depuis peu. Aquilla
avait une peur bleue que les choses ne changent pour son
amie, même si elle ne le mentionnerait jamais. En revanche,
elle ne pouvait nier que les unions de Lady Satterfield et de
Nora vieillissaient bien. Elles étaient épanouies et Aquilla
savait que leurs époux étaient gentils et aimants.

Toutefois, il y avait une différence entre le constater chez
les autres et croire que cela pouvait se produire pour soi, et
l'expérience d'Aquilla prouvait que les hommes étaient
superficiels et parfois cruels. Lindsell personnifiait le pire de
ce qu'elle avait rencontré : il était égocentrique, arrogant et
humiliant envers les femmes. S'il se conduisait déjà ainsi
avant le mariage, qu'en serait-il après ?

— Je sais, et je suis contente pour vous toutes. Mais je
crois que je serai plus à l'aise comme dame de compagnie.
J'en ai parlé à Ivy l'autre jour et elle a accepté de m'aider.

Lady Satterfield fronça les sourcils.

— Excusez-moi d'être directe, mais cette image me chagrine. Depuis que je vous connais, je vous ai toujours vue comme une épouse et une mère. Quand je vous regarde vous occuper de ces enfants à l'orphelinat, je vois une femme maternelle avec tellement d'amour à donner.

Ses mots transpercèrent le cœur d'Aquilla, car ils décrivaient ce qu'elle avait le plus désiré quand elle était jeune et naïve. Avant que la vie ne lui ouvre les yeux.

— J'apprécie vos propos mais ce n'est pas ma voie. Ou peut-être que si. Je suppose que je n'aurai pas mon mot à dire.

La réalité de sa situation lui apparut clairement. Sa gorge se serra et elle eut un vertige, comme si tout l'oxygène de la pièce s'était évaporé.

Harley entra à cet instant.

— Madame, on vient d'apporter une missive pour vous.

Il la donna à la comtesse qui murmura un remerciement. Lady Satterfield ouvrit le parchemin, le parcourut du regard et laissa un sourire étirer ses lèvres.

— Ne vous avouez pas encore vaincue, ma chère.

Elle étudia Aquilla, qui parut surprise par sa réaction.

— De quoi s'agit-il ?

— C'est une liste des besoins de l'hôpital envoyée par Lord Sutton. Il nous a invitées à visiter Bedlam avec lui samedi.

À en juger par l'étincelle qui dansait dans l'œil de Lady Satterfield, elle avait un plan, et il impliquait vraisemblablement Sutton. Aquilla ne put s'empêcher de plisser le front d'appréhension.

— À quoi pensez-vous ?

— Vous sembliez intéresser Sutton et, si nous pouvions lui proposer un comte, je crois bien que votre père devrait l'accepter.

Elle voulait amener Sutton à se déclarer avant dimanche ?
Aquilla la regarda en clignant des yeux.

— Je ne pense pas qu'il soit intéressé *à ce point*. Vous
connaissez sa réputation.

— Bien sûr, mais je crois qu'il veut effectivement se
marier, c'est juste qu'il n'a pas encore trouvé la femme idéale.

Son sourire était calculateur mais chaleureux et, pendant
un instant, Aquilla se plut à croire que Lady Satterfield avait
le pouvoir de changer l'avenir. Puis elle se souvint qu'elle ne
désirait pas plus ce qu'elle prévoyait qu'elle ne désirait
épouser Lindsell.

Néanmoins, si elle faisait miroiter à son père la perspective d'un comte, Aquilla pourrait gagner un temps précieux
qui lui permettrait de mettre en œuvre un plan pour éviter ce
mariage forcé.

— Je ne suis pas certaine d'adhérer à votre plan mais je
vais m'efforcer de garder l'esprit ouvert.

Elle sourit à la comtesse, reconnaissante de son intérêt.

— Vous avez été si gentille. Je suis désolée de ne pas
m'être montrée honnête dès le départ. J'ai honte d'avoir
abusé de votre hospitalité.

— Sottise. Vous en aviez clairement besoin et j'ai été
enchantée de vous accueillir. J'en ai tiré une grande joie.

Elle contempla Aquilla avec détermination, et amour.

— Je vous promets que nous arrangerons cela.

Aquilla voulait la croire, mais sans y parvenir. Elle ne
doutait pas que Lady Satterfield ferait de son mieux. Mais si
Aquilla savait bien une chose, c'était que son père gagnait
toujours.

CHAPITRE 6

*U*n ciel gris pouvait quand même être extrêmement lumineux, songea Ned en regardant en l'air, les yeux plissés. C'était l'après-midi la plus agréable qu'ils aient eue depuis des jours, alors il ne se plaindrait pas. Surtout qu'il espérait voir Miss Knox. Puisque tante Susannah n'avait pas souhaité l'accompagner, il s'était rendu au parc à pied depuis sa maison de ville sur Upper Brook Street.

Dans l'espoir de trouver Miss Knox ou Lady Satterfield, il examina les carrosses arrêtés çà et là, ainsi que les groupes de personnes qui déambulaient. La comtesse étant plus grande que la moyenne, il l'aperçut en premier à quelque trente mètres, à côté de l'allée.

Il se dirigea vers elle en saluant rapidement les connaissances qu'il croisait, mais sans s'arrêter. Quand il s'approcha, il vit enfin Miss Knox à côté d'elle. Pressé de les rejoindre, il marcha plus vite et percuta malencontreusement Mr. Forth-Hodges. Surpris, Ned s'excusa rapidement mais garda un œil sur ses cibles, de peur qu'elles ne disparaissent.

Mr. Forth-Hodges frotta son épaule à l'endroit où ils s'étaient heurtés.

— Faites un peu attention !

— Dans ma précipitation, j'ai trébuché, dit Ned en se
forçant à sourire.

— Ce n'est pas grave, Monsieur, rétorqua Mr. Forth-
Hodges. J'imagine que vous désirez voir Emmaline. Elle vient
de partir en promenade avec sa mère.

Il indiqua l'allée dans la direction générale de Miss Knox.
Ned ne le corrigea pas. Dans quel but ? Il hocha simplement
la tête et s'écarta d'un pas. Mais Mr. Forth-Hodges n'en avait
apparemment pas terminé.

— Elle a été un tantinet déçue que vous ne l'invitiez pas à
danser au bal des Overton.

Ce n'était pas une question mais le ton en lui-même était
interrogateur.

— Je n'y suis pas resté très longtemps, répondit Ned. Je
voulais principalement accompagner ma tante, ensuite je suis
parti rapidement. Veuillez transmettre mes salutations à
votre fille, je vous prie.

— Vous le ferez vous-même quand vous la verrez, dit-il
d'une voix bourrue. Allez-y, maintenant.

Ned lui adressa un simple signe de tête, accompagné d'un
regard irrité, avant de partir. Il avait dû répondre une fois à
un père furieux, qui était venu lui reprocher de ne pas avoir
demandé la main de sa fille. Ned avait passé un bon quart
d'heure à expliquer à l'homme que sa fille et lui ne s'enten-
daient pas. Le père était resté en colère, mais Ned avait
promis de faire savoir qu'elle était charmante et qu'elle ferait
une bonne épouse. Tante Susannah n'avait pas ménagé ses
efforts pour s'en assurer. À la fin de cette Saison, la jeune
femme était fiancée à un vicomte.

Ils pourraient faire de même pour Miss Forth-Hodges. Il
s'arrangerait pour que la Société sache qu'elle était un
excellent parti. Lady Satterfield fut la première à le voir et ses
yeux s'illuminèrent immédiatement.

— Lord Sutton, bonjour ! l'accueillit-elle chaleureusement.

Il prit sa main et s'inclina.

— C'est un plaisir de vous voir, Lady Satterfield.

Il se tourna vers la magnifique brune qui se tenait à côté d'elle, ses yeux lapis fixés sur lui mais moins intéressés que ceux de sa marraine.

— Bonjour, Miss Knox.

Il s'inclina plus profondément sur sa main.

— Bonjour Monsieur. Puis-je vous présenter ma mère, Lady Knox.

Elle désigna la femme placée à sa droite. Les cheveux de Lady Knox était d'une teinte plus terne que ceux de sa fille et ses tempes grisonnaient. Ses yeux étaient d'un vert grisâtre et fade, de la couleur d'un lichen qui ne voyait jamais le soleil.

Elle lui adressa un sourire crispé, à en juger la manière dont sa peau s'étira autour de ses lèvres et se plissa en milliers de rides.

— Bonjour, Lord Sutton. Je suis enchantée de faire votre connaissance.

— Je vous assure que le plaisir est pour moi. Quel bonheur de vous savoir en ville.

Ned était plus curieux que jamais de la situation de Miss Knox. Elle avait deux parents, dont un au moins était bien portant, et pourtant ils refusaient de lui accorder une autre Saison. D'après l'aspect des vêtements de Lady Knox, ils n'étaient pas dans le besoin. Sa robe était à la mode, l'étoffe et la coupe d'excellente qualité.

— Êtes-vous venu pour emmener Miss Knox en promenade ? lui demanda Lady Satterfield avant même qu'il ne puisse poser la question.

— En effet.

Il regarda Miss Knox pour évaluer sa réaction. Son regard

était encore un peu circonspect mais elle fut prompte à répondre.

— J'en serais très heureuse, merci.

Il eut à peine le temps de présenter son bras qu'elle le saisit, et ils se mirent en route. Il remarqua qu'elle n'avait même pas adressé un regard à sa mère. Sa prise était serrée, elle s'agrippait presque à son bras.

— Pourquoi ai-je l'impression de vous avoir secourue ? s'enquit-il doucement.

Elle relâcha son étreinte.

— Vous m'avez sauvée de ma mère. Oh, sacredieu ! Je ne voulais pas dire ça. Je ne voulais pas dire sacredieu non plus.

Elle secoua la tête et souffla :

— Sacredieu.

Ned réprima un sourire.

— Votre secret sera bien gardé avec moi, à tous points de vue.

Elle le regarda par-dessous le bord de son bonnet, qui etait ivoire, décoré de fleurs jaunes et d'un ruban corail.

— Vraiment ?

Il posa sa main libre sur son cœur.

— Sur mon honneur.

Ils marchèrent un moment en silence. Il commençait à se demander s'il n'existait pas une certaine dissension entre elle et ses parents, qui expliquerait pourquoi ils avaient cessé de financer ses Saisons. Cela lui convenait parfaitement, car il préférait une femme qui ne serait pas trop proche de sa famille. Toutefois, Miss Knox en était clairement bouleversée, et cela le dérangeait.

— Pourquoi avez-vous besoin d'être sauvée de votre mère ?

— Je n'en ai pas vraiment besoin. C'est juste que… Nous ne sommes pas proches.

— Je vois. J'avoue que je me demandais pourquoi vous

étiez parrainée par Lady Satterfield. Pourquoi n'est-ce pas votre mère qui vous accompagne en ville ? Est-elle malade ?

— Non.

Elle sembla hésiter avant d'ajouter :

— Elle n'aime pas Londres.

Il n'était pas persuadé que ce soit la vérité, ou du moins l'entière vérité, mais n'insista pas.

— J'espère que vous ne m'en voulez pas de vous question-ner. Comme vous, je ne m'intéresse pas aux ragots, je cherche simplement à mieux vous connaître.

Il ne pouvait toujours pas affirmer qu'elle lui rendait son intérêt.

— Je suis désolé d'apprendre que votre mère et vous êtes en froid. Mes deux parents sont décédés. Ils me manquent.

Il regardait droit devant lui.

— Depuis combien de temps ont-ils disparu?

Sa question était douce et réconfortante.

— Environ treize ans pour ma mère et huit pour mon père.

Même s'ils lui manquaient tous les deux, l'émotion était mitigée. Ils avaient énormément changé tous les deux après le début de la maladie de George. Surtout son père. Au moment de sa mort, ils se parlaient à peine.

— C'est troublant car nous admirons nos parents et, en fin de compte, ils sont simplement humains.

Elle ralentit le pas et tourna la tête pour le regarder.

— Oui, je suppose que c'est vrai. Bien que je n'admire pas vraiment les miens.

Elle grimaça et il comprit qu'elle aimerait retirer ses paroles. Il s'arrêta et se tourna vers elle.

— N'ayez crainte, dit-il. C'est notre secret.

Il regarda alentour.

— Personne ne peut nous entendre. Dévoilez-moi votre plus cher désir.

Il n'avait pas prévu que ses mots paraissent si provocants ou qu'ils déclenchent cette chaleur dans son ventre, mais ils le firent. Il ne les regretta plus quand l'éclair dans les yeux de Miss Knox attisa cette chaleur.

— Je veux juste être libre.

Ses paroles murmurées furent instantanément emportées par la brise.

— Mais je sais que c'est ridicule. Personne, tout du moins aucune femme, n'est réellement libre.

Aucun homme non plus. Chacun avait des obligations, des engagements, des allégeances. Enfin, certains n'en avaient pas. Lui n'était absolument pas libre, mais il ne n'échangerait pas sa place. Il ne laisserait pas George.

— La liberté est un état d'esprit. Comme vous le disiez, personne n'est vraiment libre et je ne suis pas sûr de vouloir l'être. J'aime être attaché aux choses. Aux personnes.

Il la regarda intensément, songeant qu'il aimerait bien être attaché à elle. Quantité d'images scabreuses envahirent son esprit. Elle lui rendit son regard sans broncher, attisant la flamme qui brûlait en lui.

— Et quel est votre plus cher désir ?

— Je suis toujours à sa recherche.

Le vent souleva les rubans de son bonnet qui s'envolèrent. Elle cilla et les rattrapa. Instinctivement, il tendit la main pour les rabattre. Ses doigts effleurèrent sa joue puis touchèrent sa main. Aucun des deux ne se recula immédiatement, mais leurs mains s'abaissèrent ensemble quand ils se séparèrent à contrecœur.

— Nous devrions faire demi-tour, dit-elle en pivotant sur l'allée.

Il n'en avait pas envie. Il préfèrerait l'attirer derrière un buisson et l'embrasser à en perdre haleine

— Sacredieu.

Elle plaqua une main gantée sur sa bouche et lui jeta un regard d'excuses.

— Désolée.

Il s'esclaffa, attendri de l'entendre employer ce mot. Elle ressemblait à une jeune demoiselle bien comme il faut, mais il se rendait compte qu'elle était tout le contraire. Non qu'elle ne soit pas convenable, mais elle n'était pas ce qu'elle semblait être. Et cela lui plaisait. Il suivit l'allée du regard et aperçut la raison de son juron.

— Est-ce bien Lindsell avec votre mère et Lady Satterfield ?

Il l'avait reconnu.

— Oui.

Elle émit un son guttural de pur dégoût.

— Pouvons-nous marcher très, très lentement, s'il vous plaît ?

— Nous pouvons faire tout ce que vous désirez.

Il était prêt à lui faire faire le tour complet du parc, ce qui les amènerait sûrement après le coucher du soleil. Surtout s'ils marchaient très, très lentement.

— Veuillez excuser ma conduite, dit-elle. Je sais que je devrais masquer mes émotions mais je n'ai jamais réussi. Pourtant, Dieu sait que j'ai essayé.

Elle prit une profonde inspiration et plaqua sur son visage un sourire exagérément radieux.

— Que se passe-t-il avec Lindsell ? Vous ennuie-t-il ?

Dans ce cas, Ned se chargerait de lui. Il plissa les yeux en regardant la vermine discuter avec ces dames.

— Ah ! S'il m'ennuie ? Oh oui. Je peux même affirmer que c'est bien pire. Par malheur, mon père a décidé que je devais l'épouser. Les bans seront publiés dimanche.

Ned ralentit leur allure jusqu'à les faire stopper. Dimanche était dans quelques jours. Comment aurait-il le temps de terminer son évaluation d'ici là ? Il ne voulait pas la perdre, pas quand il était quasiment certain qu'elle était celle qu'il avait cherché. Ses mots lui revinrent en mémoire : son plus cher désir…

— Ai-je raison de penser que vous ne souhaitez pas l'épouser ? demanda-t-il.

— Tout à fait.

— Alors pourquoi le faites-vous ?

Elle le regarda du coin de l'œil.

— Avez-vous besoin de le demander ? Mon père a pris sa décision.

Son désir de liberté était encore plus compréhensible maintenant.

—Votre père sait-il que vous ne voulez pas de ce mariage?

Elle haussa les épaules.

— Il s'en moquerait. Ma mère ne m'a divulgué cette information qu'en début d'après-midi. Je suppose que j'essaye toujours de l'accepter.

Elle ne semblait pas résignée, contrairement à ce qu'il aurait attendu d'une jeune femme. Elle paraissait en colère. Il lui fit brusquement faire demi-tour et allongea le pas.

— Je n'ai pas besoin de vous ramener tout de suite, n'est-ce pas ?

Elle émit un petit hoquet de surprise mais le suivit.

— Non. Merci, dit-elle en lui lançant un regard de reconnaissance absolue.

Satisfait d'avoir un prétexte pour continuer leur promenade, son esprit cherchait activement comment se sortir de cette fâcheuse situation. Fâcheuse ? Un scélérat tentait de lui dérober la femme qui l'intéressait, juste sous son nez. C'était un peu plus que fâcheux. Il fallait y faire obstacle.

Une solution très inconvenante lui traversa l'esprit. Il pourrait compromettre Miss Knox ici et maintenant, et elle serait à lui. Mais *lui* n'était pas un vaurien. Il était malgré tout décidé à l'empêcher d'épouser Lindsell. Même si Miss Knox ne devenait pas sa comtesse, il ne supporterait pas de la voir avec un crétin comme lui.

Il la conduisit vers une extrémité de l'allée et s'arrêta. Il se tourna vers elle et posa sa main libre sur la sienne, le regard plongé dans le bleu vibrant de ses yeux.

— Miss Knox, même si nous nous connaissons depuis peu de temps, je vous tiens en très haute estime. Je voudrais avoir la possibilité de vous courtiser. Puis-je écrire à votre père sur le champ ?

~

*A*quilla cligna des yeux, interdite. Son esprit, déjà chamboulé par les pensées et les émotions, se figea un instant.

Il n'ajouta rien, se contentant de la fixer intensément de ses yeux d'un gris profond comme un nuage prêt à laisser échapper son fardeau liquide. Il bougeait légèrement sa main sur la sienne, d'un mouvement caressant. Mon Dieu, si quiconque les observait à cet instant, il apercevrait une scène d'une trop grande intimité. Elle devrait reculer, continuer la promenade, mais elle ne pouvait pas remuer un muscle. Hypnotisée, elle fit un effort pour trouver ses mots.

— Mon père a pris sa décision.

Ne pouvait-elle rien dire d'autre ?

— Votre père ne sait pas qu'un comte désire vous courtiser.

Il marquait un point. Un comte surpassait certainement Lindsell, un simple baron.

Mais une cour conduisait au mariage… ou à la honte s'ils ne se mariaient pas. Elle pouvait vivre avec la honte, alors que le mariage l'emplissait toujours d'effroi.

Elle ouvrit la bouche pour répondre mais la referma

aussitôt, l'esprit toujours en conflit. Elle reprit sa marche, l'entraînant avec elle.

Sa question précédente s'éleva au-dessus des autres bruits dans son crâne : quel était son plus cher désir ? La liberté ? Oui. Le bonheur ? Oui. L'amour ? Elle n'avait jamais osé l'imaginer… et n'était pas sûre de le pouvoir.

Mais elle savait qu'elle n'aurait rien de tout cela avec Lindsell, il était donc sensé de faire tout ce qu'elle pouvait pour éviter ce mariage. Accepter que Sutton lui fasse la cour ne l'obligeait pas à l'épouser.

— Vous y réfléchissez, dit-il, la tirant de ses cogitations tumultueuses. Je dois dire que votre silence est un rien déroutant.

Elle sourit à l'auto-dérision contenue dans son ton.

— Oui, je réfléchis.

Pour déterminer si c'était vraiment horrible de l'encourager quand elle n'avait pas plus l'intention de l'épouser que de s'unir à Lindsell.

Mais il est le Duc Malhonnête, plaida son esprit. *Il ne compte pas se marier non plus.*

À ceci près qu'il disait en avoir l'intention. Elle l'interrogea du regard.

— La cour… pas le mariage.

— Vous souhaitez pouvoir renoncer si nous découvrons que nous ne nous entendons pas.

Elle acquiesça, consciente qu'elle porterait l'essentiel du blâme si cela se produisait.

— Mais ne serez-vous pas forcée d'épouser Lindsell dans ce cas ?

— J'ai bon espoir d'avoir une… alternative à ce moment-là.

Elle doutait que son père lui laisse embrasser une carrière de dame de compagnie, pas tant que Lindsell était sur les rangs.

— Ou peut-être que Lindsell aura épousé une autre femme.

Il lui adressa un demi-sourire.

— C'est ce que nous devrions faire, lui trouver une autre épouse.

— Oh, je ne le souhaiterais à personne.

Ses pensées se tournèrent vers quelques demoiselles qui avaient été cruelles avec elle ces dernières années, quand elles s'étaient mariées alors qu'elle restait laissée pour compte. Non, elle ne leur souhaiterait pas ce sort. Même si aucune d'entre elles n'était célibataire et disponible.

— Vous êtes une femme de cœur, Miss Knox.

Elle essayait de l'être, mais elle se sentait toujours coupable de ne pas avoir été honnête avec Lady Satterfield dès le début. Et maintenant elle s'en voulait d'accepter la cour de Sutton alors qu'elle n'avait aucune intention de l'épouser. Il était difficile d'avoir du cœur quand ce dernier avait été endurci par des années de négligence et de maltraitance.

— Merci. J'accepte votre offre, sous réserve que mon père soit d'accord. Je n'en suis pas convaincue.

— Je le persuaderai. Lindsell ne doit pas être en mesure d'offrir mieux que moi.

Elle se souvint de la parcelle de terre.

— En réalité, si. Il donne à mon père un terrain qu'il désire en échange de ma main.

La colère s'alluma dans les yeux de Lord Sutton.

— Fichu bâtard !

Il caressa sa main, déclenchant dans son poignet une délicieuse étincelle qui bondit le long de son bras.

— Je ferai tout ce qui est en mon pouvoir pour vous aider.

Elle le croyait. Elle n'était juste pas sûre que ce soit suffisant. Un coup d'œil vers Lady Satterfield et sa mère lui apprit que Lindsell n'était plus avec elles.

— Nous devrions les rejoindre.

Il suivit son regard.

— Oui, je suppose.

Il ôta lentement sa main et elle fut stupéfaite d'avoir à s'empêcher de la retenir. Elle leva les yeux vers lui et, pendant un court instant, ressentit une bouffée d'excitation suivie par un sentiment de paix. Ces émotions lui étaient étrangères.

Déconcertée, elle marcha à ses côtés dans l'allée. Elle l'aimait bien, réalisa-t-elle. Elle n'avait jamais apprécié aucun des gentilshommes qu'elle avait rencontrés. Ceci dit, peu d'entre eux avaient passé autant de temps avec elle que Sutton. Ou avaient montré autant d'intérêt. À la réflexion, aucun n'avait fait ni l'un, ni l'autre, y compris Lindsell.

Sutton voulait-il vraiment l'épouser ? La tentation d'y croire, d'imaginer un avenir auquel elle avait renoncé depuis longtemps, était presque insupportable. Mais elle ne devait pas y songer. Elle devait garder la tête froide et s'ingénier à éviter l'odieux mariage que son père avait arrangé. Quand ils atteignirent leur destination, Lady Satterfield les accueillit avec un grand sourire.

— Votre promenade a-t-elle été agréable ?

Ils répondirent tous deux par l'affirmative, ce qui leur valut un regard cinglant de la mère d'Aquilla.

— Vous êtes partis affreusement longtemps, dit-elle d'une voix dégoulinante de reproche. Lindsell est passé, mais il ne pouvait pas rester.

— Oui, quel dommage, répliqua Lady Satterfield avec un sourire. Je suis bien contente que votre balade ait été plaisante.

— Je suis au regret de devoir vous rendre Miss Knox.

Sutton retira son bras. Aquilla était désolée qu'il s'en aille.

— J'attends samedi avec impatience, dit-il en s'inclinant élégamment devant les trois femmes. Bonne après-midi.

Aquilla le regarda partir. Les pans de son manteau vert bouteille effleuraient l'arrière de ses cuisses. C'était un homme magnifique, autant par son aspect que par sa puissance. Même à travers ses vêtements, elle avait senti que ses bras étaient forts et bien musclés, ce qu'elle avait déjà remarqué pendant qu'ils dansaient. Elle avait abandonné l'espoir d'être intime avec un homme mais, pour la première fois, elle aurait voulu que les choses soient différentes.

Eh bien, elle imaginait qu'elles changeraient si elle était forcée d'épouser Lindsell. La bile remonta dans sa gorge mais elle refoula la sensation, préférant se concentrer sur le derrière de Sutton qui s'éloignait. Lady Satterfield s'approcha d'Aquilla.

— Comment s'est déroulée votre entrevue avec Sutton ? Vous sembliez discuter de manière assez intime.

Aquilla n'aurait pas dû être surprise qu'elles les aient observés, Sutton et elle. Elle avait eu conscience de l'impression qu'ils donnaient, s'était dit qu'elle devrait reculer. Et pourtant, elle ne l'avait pas fait. Elle jeta un coup d'œil à sa mère, rencontra son habituel regard froid et distant, et laissa échapper :

— Il a demandé à me courtiser.

Les yeux de sa mère s'agrandirent mais ne perdirent pas leur éclat glacial. Lady Satterfield sourit largement.

— C'est merveilleux !

— Il projette d'écrire à Père immédiatement, ajouta Aquilla en regardant sa mère.

— Je ne suis pas persuadée que cela fasse une quelconque différence, murmura Mère.

Lady Satterfield se tourna pour fixer la mère d'Aquilla d'un regard troublé.

— Pourquoi ? Sutton est comte. Sa réputation est impeccable et, de plus, il est immensément riche.

La bouche de Mère composa sa grimace coutumière.

— Il est aussi notoire qu'il montre de l'intérêt pour des jeunes femmes sans jamais donner suite. Pourquoi Aquilla serait-elle différente ?

C'était un argument valable enrobé d'une subtile insulte. Aquilla ne s'en offusqua pas, elle était immunisée contre les piques de sa mère, mais elle vit que Lady Satterfield le prenait mal. La mâchoire de la comtesse avança légèrement et ses yeux se plissèrent.

— Aquilla est différente parce que c'est une jeune femme charmante, et je peux dire que Sutton le pense aussi. Il veut se marier. Il attend simplement de trouver la bonne épouse.

Aquilla n'était toujours pas convaincue d'être la bonne, mais elle reconnaissait qu'il l'espérait pour le moment. Rien que cela était grisant, si elle s'autorisait à s'y attarder.

Eloise Knox haussa une épaule désinvolte. L'avenir de sa fille lui importait manifestement aussi peu que la météo.

— Sutton a peut-être du potentiel, mais Lindsell est une chose sûre. Les bans doivent être publiés dimanche. Je ne vois pas mon mari en retarder l'annonce pour attendre de voir si Sutton se déclare.

Lady Satterfield adressa un regard d'excuse à Aquilla avant de secouer la tête avec incrédulité.

— Je ne comprends pas pourquoi vous, sa mère, n'êtes pas prête à intervenir en sa faveur. Elle ne veut pas épouser Lindsell. Sutton est une excellente alternative, meilleure même. Il est possible que j'écrive moi-même à Sir Chester Knox, puisque vous semblez rechigner à le faire.

Aquilla laissa son regard s'envoler vers sa mère, qui la contemplait de ses yeux gris-vert inondés de chagrin. Elle battit des paupières et l'émotion disparut, remplacée par l'in-différence à laquelle Aquilla était plus habituée.

— Je vais lui écrire, mais n'espérez pas que cela serve à grand-chose.

Aquilla en était convaincue. Elle fut tentée de dire à sa

mère de ne pas prendre cette peine, de peur d'attirer la colère de son père sur elle. Mais elle ne voulait pas parler devant Lady Satterfield. Certaines choses n'étaient pas faites pour être partagées. Elles étaient mieux enterrées et évitées à tout prix.

Lady Satterfield se redressa et son expression se détendit suite à la capitulation de Lady Knox.

— C'est mieux que de ne rien faire. En attendant, nous ferons tout notre possible pour encourager Lord Sutton.

Le regard d'Aquilla revint rapidement sur la comtesse. Que voulait-elle dire ? Aquilla ne voulait pas l'épouser plus qu'elle ne désirait épouser Lindsell. Ce n'était peut-être pas totalement exact. Si elle *devait* se marier avec quelqu'un, elle choisirait sans doute Sutton plutôt que Lindsell. Pourrait-elle empêcher l'un ou l'autre de se produire ? Elle était presque sûre d'être Lady Lindsell avant un mois.

Lady Satterfield lui adressa un chaud sourire qui se voulait rassurant, mais Aquilla s'inquiéta davantage car elle sentait des murs infranchissables se refermer sur elle. L'idée de s'enfuir lui emplit l'esprit alors qu'elles retournaient au carrosse.

Comment ferait-elle ? Elle avait un mis peu d'argent de poche de côté mais pas assez pour voguer vers l'Amérique. Elle avait besoin de consulter Ivy. Ou Lucy. Oui, Lucy l'aide-rait, et Lucy avait des moyens. Elle pourrait peut-être convaincre Ivy de faire le trajet jusqu'à Darent Hall demain.

Elle se détendit en prenant conscience qu'elle n'était pas seule. Elle avait de bons amis qui l'aideraient. Y compris Nora, une duchesse. Et Lady Satterfield. Mais en fin de compte, si son père insistait pour la marier, y avait-il encore quelque chose à faire ?

Malheureusement, elle ne le croyait pas.

CHAPITRE 7

Samedi, en début d'après-midi, Ned attendait l'arrivée de Lady Satterfield et Miss Knox. Il se tenait debout dans la cour d'entrée de Bedlam alors que sa tante était assise sur un banc. Le temps était sec mais encore gris après les pluies torrentielles de la veille.

— Qu'as-tu prévu exactement pour aujourd'hui ? demanda tante Susannah, cachée sous son bonnet à large bord.

— Le directeur m'autorise à faire une visite privée avec la comtesse et Miss Knox. Il m'a donné une liste d'objets qu'elles peuvent collecter auprès de leurs diverses organisations caritatives.

Tante Susannah leva les yeux vers lui, les lèvres légèrement pincées.

— Oui, oui. Mais qu'as-tu prévu vis-à-vis de Miss Knox ?

— Je vais l'observer dans cet environnement.

C'était bien plus que cela. Il était impatient de la revoir. Il n'avait pensé à rien d'autre depuis leur promenade deux jours auparavant. Sa tante s'esclaffa.

— Ne sois pas obtus, mon garçon.

Il n'était pas obtus, il était réaliste. Il avait toujours été logique et méthodique dans son approche du mariage parce que sa situation l'exigeait. Il ne souhaitait pas réfléchir au fait que, dans ce cas précis, l'intervention de ses sentiments pouvait affecter ses actions.

Tante Susannah l'examina minutieusement.

— Miss Knox est différente. Tu avances beaucoup plus vite que d'habitude.

— Il le faut. Je suis en concurrence avec un autre prétendant.

— Est-ce vraiment une compétition ?

Ned avait reçu le matin-même une réponse du père de Miss Knox à sa demande de la courtiser.

— Sir Chester Knox m'a informé que j'avais jusqu'à vendredi pour faire ma demande et que, même dans ce cas, il pourrait toujours se décider en faveur de Lindsell. Il explique clairement que Lindsell offre des terres en plus de son nom.

Tante Susannah émit un son bien peu féminin qui arracha un sourire à Ned.

— Grotesque ! Tu es un fichu comte. Il devrait être heureux de voir sa fille t'épouser plutôt que quelqu'un comme Lindsell.

Oui, il devrait. Ned avait la sensation déconcertante que quelque chose lui échappait. Il n'en était que plus curieux au sujet de Miss Knox et plus désireux d'apprendre tout ce qu'il pouvait sur elle.

Tout ? Oui, tout. Elle allait, probablement, devenir sa femme.

— C'est un imbécile, dit tante Susannah. Et cette visite est donc d'autant plus importante car tu dois prendre une décision rapidement. Je ferai tout mon possible pour t'aider.

Elle lui adressa un regard éloquent et déterminé qui le fit sourire de nouveau.

— Je ne sais pas ce que je ferais sans vous, ma tante.

— Tu pataugerais, mon garçon, tu pataugerais…

Elle lui envoya un clin d'œil, et le bruit d'un attelage leur fit tourner la tête en direction de la route. C'était le carrosse de Lady Satterfield.

— Rapidement, avant qu'elles ne nous rejoignent, tu allais me parler de la lettre du Dr Paget. Que dit-il ?

Ned avait reçu une deuxième lettre ce matin, du Dr Paget. Il avait commencé à en parler à sa tante quand son secrétaire les avait interrompus.

— C'est juste un rapport quotidien normal. Enfin, normal pour George. Il a mis la main sur deux livrées et a tenté de se faufiler dans les écuries pour prendre une voiture. Il a expliqué qu'il voulait me conduire jusqu'au village lors de ma prochaine visite.

Tante Susannah rit doucement.

— J'aurais aimé voir ça. Tu devrais le laisser te conduire autour du domaine.

Ned l'avait déjà envisagé. Leur père avait appris à George à conduire à l'âge de quatorze ans et il avait été un excellent fouet.

— J'en discuterai avec le Dr Paget.

Pendant qu'ils devisaient, Ned avait surveillé le carrosse. Lady Satterfield en était descendue et Miss Knox suivait maintenant. Elle portait une robe d'un jaune éclatant, de la couleur des soucis préférés de sa mère à Sutton Park, qui illumina toute la cour. Elle apportait un brillant éclat de soleil dans un endroit sombre et lugubre. Son cœur manqua un battement.

Il aida tante Susannah à se mettre debout et ils se tournèrent pour accueillir Lady Satterfield et Miss Knox. Cette dernière portait un bonnet bleu clair assorti aux petites fleurs brodées sur les manches de sa robe. Le bleu accentuait la couleur de ses yeux, qui le fascinèrent.

Après avoir salué Lady Satterfield comme l'imposait l'étiquette, il dirigea toute son attention vers Miss Knox. Des boucles sombres encadraient son front d'ivoire et ses lèvres sensuelles s'entrouvrirent quand elle lui retourna son regard. Il prit sa main et pressa un baiser sur le dos de son gant.

— Je suis tellement heureux que vous ayez pu vous joindre à moi aujourd'hui, Miss Knox.

Elle plongea dans une révérence.

— Tout le plaisir est pour moi, Monsieur. Merci de nous avoir invitées.

Tante Susannah, qui avait ôté sa main de son bras pour qu'il puisse s'incliner, lui fit signe d'escorter Miss Knox.

— Lady Satterfield et moi-même allons partir devant pour que je puisse lui expliquer ce que nous essayons de faire ici.

Lady Satterfield sourit largement en prenant le bras de sa tante.

— J'ai hâte de vous entendre parler de votre travail. J'ai déjà éveillé de l'intérêt pour des donations à l'hôpital.

Elle regarda Ned.

— Merci pour la liste que vous avez envoyée. J'espère que nous pourrons la compléter aujourd'hui.

— J'en suis persuadé.

Il nicha la main de Miss Knox au creux de son bras et lui murmura :

— Êtes-vous prête ?

Elle hocha la tête et ils suivirent les deux femmes vers l'entrée.

— Je me suis documentée sur l'hôpital quand il a ouvert. Il semble représenter une énorme amélioration par rapport au précédent.

— Oui, le bâtiment de Moorfields tombait en ruines.

C'était même encore pire : le bâtiment avait été construit sur un vieux monceau de déchets.

— Celui-ci n'est pas parfait, mais c'est un net progrès.

Il n'y avait pas de fenêtres aux cellules et le chauffage n'atteignait pas les étages supérieurs. Il harcelait régulièrement le conseil des administrateurs pour que ces problèmes soient résolus et suivait également les travaux de la commission de la Chambre des communes sur les asiles, qui cherchait à réformer les hôpitaux psychiatriques suite à de nombreux cas de négligence et de maltraitance.

Ned tint la porte pour Miss Knox quand ils entrèrent dans le hall où les attendait le directeur. Malster était un homme d'âge mûr doté de cheveux sombres clairsemés et de favoris qui atteignaient presque son menton. Il s'inclina devant les dames pour les accueillir dans son hôpital.

— J'ai pensé que nous pourrions débuter notre visite par les pièces du bas.

Il désigna le cabinet du médecin, inoccupé à ce moment, ainsi que l'office de l'apothicaire, où les médicaments étaient délivrés.

— Le personnel qui réside sur place, comme moi, a aussi ses appartements à ce niveau.

— Qui d'autre vit avec les patients ? demanda Miss Knox.

— Un intendant, répondit-il en les guidant vers une chambre qui donnait sur les cours de promenade à l'arrière du bâtiment.

— Et c'est ici que nos patients peuvent recevoir leurs amis et leur famille.

Dans la pièce, un homme assis fixait la fenêtre, entouré par un jeune homme et une femme. Ils lui parlaient doucement, arborant des sourires démentis par la douleur dans leurs yeux. Ned regarda Miss Knox qui observait la scène avec intérêt.

— Combien de patients ont des visiteurs ? s'enquit-elle.

— Quelques uns, mais beaucoup n'en ont pas, répondit Malster. Du moins pas souvent. C'est regrettable, mais certains de nos patients sont admis et n'ont jamais la moindre visite.

Il secoua la tête d'un air consterné.

Ned se remémora ses innombrables visites à George dans l'ancien hôpital et l'horreur qu'il avait vécue. Il y était resté trois ans avant que Ned ne soit autorisé à le voir. Son père avait décrété que ce n'était pas un endroit pour un petit garçon. Ned avait répliqué qu'à quatorze ans, il n'était plus un enfant. Quand il avait eu dix-sept ans, il s'était simplement rendu à l'hôpital de son propre chef. Malster regarda Ned.

— Souhaitez-vous toujours visiter le service des femmes ?

Ned questionna ces dames.

— Si vous êtes toutes d'accord.

Lady Satterfield porta une main gantée à sa tempe.

— J'ai un peu le vertige. Si vous voulez bien m'excuser, je vais sortir un moment.

Tante Susannah se tourna vers elle.

— Je peux vous accompagner, si vous le désirez.

La comtesse lui répondit avec un faible sourire.

— Merci, ce serait bien aimable.

Elle interrogea ensuite Miss Knox :

— Cela vous convient-il ?

Miss Knox plissa le front avec inquiétude.

— Oui. Mais si vous ne vous sentez pas bien, nous devrions peut-être rentrer à la maison.

— Ne dites pas de sottises. Vous attendiez cette visite avec impatience.

Le sourire de Lady Satterfield s'élargit.

— De toute façon, je ne pense pas que la visite vous prendra trop de temps. .

Elle leur fit un signe de tête approbateur et se tourna vers l'entrée avec la tante de Ned, qui lui adressa un regard d'encouragement.

Ned se demanda si elles tentaient de favoriser un rappro-chement entre Miss Knox et lui. Il voyait bien sa tante se livrer à une telle manœuvre mais Lady Satterfield ? Elle avait laissé entendre qu'elle privilégierait une union entre lui et sa pupille. Quelle qu'en soit la raison, il était heureux d'avoir Miss Knox pour lui seul.

Le directeur s'éclaircit la gorge. Presque pour lui seul.

Ils marchèrent jusqu'à la galerie des femmes, qui était située dans l'aile ouest du bâtiment. Malster déverrouilla la porte et la maintint ouverte le temps qu'ils entrent.

— C'est tellement spacieux, remarqua Miss Knox. On dirait la galerie d'une grande maison.

— Elles ont été dessinées pour leur ressembler, expliqua Ned. Leur finalité est de proposer un lieu d'exercice par mauvais temps.

— Comme les galeries dans les manoirs, raisonna-t-elle. Bien sûr. Il est merveilleux que les patients aient cette opportunité.

Elle lui sourit, manifestement impressionnée. Et il l'était aussi. Il constatait qu'elle assimilait tout, remarquait chaque détail, et qu'elle ne le faisait pas juste pour être polie. Elle était véritablement intéressée.

— Pouvez-vous m'en dire plus sur les traitements proposés aux patients ? demanda-t-elle au directeur.

— Il y en a différents types, mais le médecin pourrait vous en parler mieux que moi.

Ned dissimula sa grimace à la mention de Dr Monro. Avec un peu de chance, il serait bientôt renvoyé. Les traite-ments qu'il administrait aux patients tenaient plus de la torture.

Malster lui montra les chambres des patients avec les ouvertures à barreaux dans les portes. Il les emmena ensuite vers la salle commune, à l'extrémité gauche de la galerie.

— C'est ici que les dames peuvent se rencontrer et se divertir.

Quelques tables et plusieurs sièges étaient disséminés dans la pièce. Une demi-douzaine de femmes y étaient assises et une autre se tenait dans un coin où elle étudiait ses mains.

— Que font-elles ici ? demanda Miss Knox.

— Elles peuvent lire si elles en sont capables. Ou nous leur permettons quelquefois de peindre. Certaines de nos patientes aiment les cartes, elles peuvent parfois y jouer.

Le regard de Miss Knox voyagea de Malster à Ned.

— Que pouvons-nous leur apporter pour les distraire davantage ? Des livres, des activités, des jeux ? Elles aimeraient peut-être le backgammon.

Malster s'esclaffa.

— Je ne sais pas si elles y parviendraient.

Ned apprécia qu'elle cite le backgammon et pensa à George. Il gratifia Malster d'un regard noir, irrité par son manque d'empathie véritable.

— Je suis convaincu que beaucoup d'entre elles s'en sortiraient.

Il regarda ensuite Miss Knox, dont le comportement exemplaire le réjouissait. Elle dépassait constamment toutes ses espérances.

— Oui, je pense que le backgammon serait un excellent divertissement.

Elle sourit et hocha la tête.

— Je serais enchantée de venir jouer avec elles.

Elle ajouta, un peu moins rayonnante :

— Enfin, si je peux.

Parce que son avenir était encore incertain. Il espérait pouvoir changer cela. L'intendant, un homme que Ned avait rencontré de nombreuses fois, entra dans la salle commune et interpela Malster.

— Puis-je vous dire un mot, monsieur ?

L'air un peu las, le directeur soupira.

— Est-ce urgent ? Comme vous pouvez le constater, je reçois monsieur le Comte.

L'intendant lança à Ned un regard d'excuse.

— Oui, monsieur, je ne vous dérangerais pas si ce n'était pas important.

Malster leva les yeux au ciel et acquiesça.

— Allons-y en vitesse.

Il s'excusa auprès de Ned :

— Je vous prie de m'excuser, Monsieur.

Ils quittèrent la salle commune, laissant Ned et Miss Knox avec les patientes. Elle les observait avec intensité, son visage exprimant à la fois de la curiosité et de la compassion.

— Je n'imagine pas vivre ainsi, murmura-t-elle.

La délicatesse et la tendresse contenues dans sa voix l'emplirent d'espoir. Elle serait peut-être capable d'accepter George. Subitement, la femme qui se tenait dans le coin commença à se frapper la tête. Elle se mit à marmonner et à se balancer d'un pied sur l'autre.

Miss Knox parcourut la pièce du regard.

— N'y a-t-il pas de gardien ?

Ned vérifia et prit conscience que les patientes étaient seules.

— Apparemment pas.

Ce manque de surveillance récurrent était une des raisons pour lesquelles Ned ne renverrait jamais George dans un tel endroit. À Sutton Park, il avait toujours un valet de pied, le Dr Paget ou quelqu'un à proximité.

Miss Knox se dirigea vers la femme en détresse.

Ned la suivit et lui chuchota :

— Ne la touchez pas.

Il avait été témoin des agissements d'un aliéné en colère. Elle s'approcha de la femme, mais pas trop près.

— Allons, allons, murmura-t-elle d'une voix apaisante. Puis-je vous aider ?

La femme fixa Miss Knox une fraction de seconde avant de lui tourner le dos.

— Non.

Elle recommença à se frapper, plus fort, et tira sur les cheveux ternes et mous qui s'étaient échappés du chignon serré sur sa nuque.

— Elle aime les poèmes de Shakespeare, si vous en connaissez, dit une autre patiente, assise sur un divan au centre de la pièce. Mais vous devriez aller chercher la gardienne. Il faut qu'elle retourne dans sa chambre. Elle devient agitée quand elle est dehors trop longtemps.

Miss Knox se lança immédiatement dans un sonnet de Shakespeare, ce qui n'aurait pas dû étonner Ned. Il se surprit à écouter sa voix douce et musicale, au lieu d'aller quérir la gardienne.

> Oh ! comme la beauté semble plus belle
> lorsqu'elle est embaumée par la vérité !
> La rose paraît charmante, mais nous la
>   trouvons plus charmante
> à cause du suave parfum qu'elle recèle.

La femme cessa de se frapper à la fin du deuxième vers et se retourna vers Miss Knox à la fin du troisième. Ses yeux marron clair, captivés par Miss Knox, étaient désormais grands ouverts et soumis.

La jeune femme se tourna vers Ned, rencontra son regard et l'invita silencieusement à se mettre en quête de la gardienne. Elle continua ensuite à réciter le sonnet.

Ned recula à contrecœur, en se déplaçant lentement. Il était d'une part réticent à renoncer à écouter sa jolie récitation et d'autre part incertain de vouloir la laisser seule avec une patiente imprévisible.

Il se força finalement à quitter la salle commune et se dirigea vers la chambre de la gardienne, avec le sentiment grandissant que Miss Knox pourrait être la femme qu'il cherchait.

Puis il entendit un hurlement.

~

*L*e glapissement de la femme perça les tympans d'Aquilla comme un éclair déchirant le ciel. Un instant, elle récitait Shakespeare à une patiente calmée et le suivant, la femme hurlait. Puis elle bondit en avant.

— Donnez-moi votre robe ! exigea-t-elle d'une voix suraiguë en tendant les mains vers les épaules d'Aquilla.

Aquilla, encore sous le coup du changement brutal, ne bougea pas suffisamment vite et la patiente réussit à agripper son corsage. Quand Aquilla se jeta en arrière, la femme tira sur la robe et le son d'un tissu qu'on déchire résonna dans la pièce.

Haletante, Aquilla repoussa les mains de la patiente et recula vivement, mais fut arrêtée par le mur. La femme continua son offensive, les mains avides et les yeux exorbités.

Puis elle disparut simplement. Enfin, pas spontanément. Elle avait été soulevée du sol et se débattait présentement dans les bras de son ravisseur. Sutton.

Une femme de grande taille aux traits sévères accourut dans la salle.

— Mary, arrêtez-vous sur le champ.

Elle se précipita vers Sutton.

— Je suis navrée, Monsieur.

La patiente, Mary, s'effondra dans les bras de Sutton. Il la reposa au sol et elle tomba à genoux en sanglotant.

— Je suis désolée. Je ne voulais pas. Sa robe est si jolie et le jaune est ma couleur préférée.

Le cœur d'Aquilla se serra. La peur qu'elle avait ressentie un moment plus tôt s'effaça devant la souffrance de cette femme. Aquilla avança lentement et s'accroupit près d'elle, mais pas trop près.

— Le jaune est aussi ma couleur préférée, dit-elle douce-ment. Aimeriez-vous avoir une robe jaune, Mary ? Je peux vous en apporter une lors de ma prochaine visite

Mary tourna la tête. Ses larmes se tarissaient et elle était bouche bée.

— Vous m'apporteriez une robe ?

Aquilla acquiesça. Il était difficile de juger de l'âge de Mary, mais Aquilla soupçonnait qu'elle n'avait pas beau-coup plus que ses propres vingt-quatre ans. À quoi devait-elle son aliénation ? Avait-elle passé toute sa vie dans cet état ? Cela n'avait pas d'importance. Aquilla désirait seule-ment soulager sa détresse dans la mesure de ses moyens. Et Dieu sait qu'elle pouvait apporter une robe à cette pauvre femme.

— Oui. Et peut-être aussi un ruban pour vos cheveux.

La femme aux traits austères se pencha et attrapa Mary par le coude, puis la remit sur ses pieds.

— Encore toutes mes excuses, Monsieur. Je suis la gardienne de ce service.

Sutton regarda Aquilla.

— Tout va bien ?

— Oui, merci.

Elle se souvint un peu tardivement que sa robe était déchirée et baissa les yeux pour faire l'inventaire des dégâts. Rien d'irréparable mais sa chemise était clairement visible. Elle saisit le lambeau de tissu pour se couvrir.

— J'ai des épingles sur la commode de ma chambre, proposa la gardienne. C'est de l'autre côté de la galerie sur la droite et j'ai laissé la porte entrebâillée dans ma hâte. Je vous prie de m'excuser pendant que je m'occupe de Mary.

— Bien sûr, répondit Sutton.

Aquilla s'avança et prit la main de Mary. Elle était glacée et le froid se propagea à Aquilla, qui frissonna.

— Je vous promets de vous apporter cette robe, Mary. Portez-vous bien.

Mary ne répondit pas mais la fixa alors que la gardienne la tirait pour l'emmener hors de la pièce. Certaines des patientes regardaient la scène avec grand intérêt, alors que d'autres ne semblaient pas en avoir conscience. La voix profonde de Sutton pénétra son esprit.

— Venez, nous devrions aller arranger votre robe.

Aquilla se secoua mentalement.

— Oui, merci.

Il gagna le coin de la salle où le bonnet d'Aquilla était tombé au cours de l'escarmouche et le ramassa. Il le garda en main et lui offrit son bras. Elle posa une main sur sa veste et il la conduisit hors de la salle commune. Ils traversèrent la galerie jusqu'à la chambre de la gardienne.

Sutton poussa la porte entrouverte et l'accompagna à l'intérieur. Une fenêtre sur le mur opposé laissait entrer la lumière laiteuse du jour maussade. Cela n'égayait en rien la pièce spartiate, simplement meublée et manquant de tout ce qui n'était pas strictement nécessaire.

Elle reprit son bras à Sutton pour se diriger vers la commode et trouva un paquet d'aiguilles. La porte claqua derrière elle. Elle pivota vivement mais, avant qu'elle ne puisse dire un mot, il expliqua :

— J'ai pensé que vous aviez besoin d'intimité. Je devrais peut-être attendre dehors.

Il s'attardait à côté de la porte, le bonnet toujours dans les mains et l'air indécis.

— Toutefois, je n'ai pas honte de vous dire que je préférerais rester. C'est parce que je vous ai laissée seule que vous êtes dans ce pétrin.

Sa voix passionnée et son regard fervent déclenchèrent une réponse au creux de son ventre.

— Ce n'est pas si grave. Je vais bien.

Elle se retourna et ramassa une épingle sur la commode.

Ses tentatives pour épingler sa robe échouèrent lamentablement car ses doigts furent subitement pris d'un tremblement inexplicable. L'endroit à réparer était aussi mal placé, et elle peinait à maintenir ensemble les deux morceaux de tissu et à poser l'épingle en même temps. Énervée, elle reposa l'épingle et ôta ses gants, qu'elle jeta sur sur la commode. Elle reprit une épingle dans la pile et réessaya, sans succès.

— Puis-je vous aider ?

Il souffla sa gentille requête tout près de son oreille. Surprise, elle se piqua le doigt avec l'objet pointu. Elle cessa de respirer.

— Laissez-moi faire.

Il posa son bonnet sur une petite table près de la porte, puis se plaça devant elle et prit l'épingle. Il fronça les sourcils en voyant son doigt.

— Vous saignez.

Il essuya la gouttelctte rubis de sa main gantée, avant de presser son pouce sur la plaie.

— Attendez un instant.

Elle leva les yeux sur lui, captivée par le timbre rocailleux de sa voix, la virilité épicée de son odeur et l'excitation éveillée par sa proximité.

L'excitation ?

Oui, comme si elle venait de sortir d'un sommeil long et profond, et qu'elle redécouvrait le monde. Tout son être était sensible et fourmillait d'un vif... besoin.

La pression de son pouce sur son doigt irradiait dans sa main et remontait le long de son poignet puis de son bras avant de se répandre dans son corps et d'alimenter ce qui se développait en elle.

Elle se plongea dans ses yeux gris. Ils étaient de la couleur des nuages de pluie que le soleil s'efforçait de transpercer. Sombres et tempétueux, mais avec une luminosité qui démentait toute menace. Ils contenaient une promesse, une tentation qu'elle n'avait jamais entrevue auparavant. Une tentation à laquelle elle avait subitement envie de succomber.

Il retira son pouce et rompit leur hypnotique contact visuel pour regarder son doigt.

— Beaucoup mieux, chuchota-t-il. Maintenant, remettons de l'ordre dans votre tenue.

Elle n'était pas sûre de pouvoir de nouveau être « en ordre » un jour. Que diable lui arrivait-il ?

— Vous tenez le tissu, je pose l'épingle, dit-il.

Il respirait la confiance et la maîtrise, et elle revécut ces épisodes où il l'avait secourue de Mary ou encore de sa propre bêtise, la nuit où ils s'étaient rencontrés au bal des Middlegrove. Existait-il une situation qu'il ne maîtrisait pas ? Un problème qu'il ne pouvait résoudre ? L'idée que quelqu'un, un homme, soit serviable et attentionné l'émerveillait.

— Miss Knox ? la questionna-t-il, interrompant sa rêverie.

Elle saisit le morceau de corsage qui pendait et le présenta du côté gauche pour qu'il puisse l'épingler.

— Merci de votre aide, et toutes mes excuses pour avoir taché votre gant.

Il haussa les épaules.

— Il est peut-être récupérable. Quoi qu'il en soit, je l'ai fait avec plaisir. Mais si vous le permettez, je vais devoir retirer les deux.

Il ôta ses gants et le posa sur la commode à côté des siens.

Elle s'agrippa à sa robe déchirée comme s'il s'agissait d'une ombrelle prête à s'envoler. Son corps vibrait d'excitation avant qu'il ne la touche. Ses mains étaient chaudes et efficaces quand il posa la première épingle.

Elle laissa échapper un soupir de soulagement et il arqua légèrement un sourcil. Sans un mot, il saisit une autre épingle et la plaça sous la précédente. Il étudia le corsage et en traça le bord avec ses doigts.

— Encore une, je pense.

Il prit une troisième épingle et entreprit de la positionner plus bas, plus près du haut de son sein. Elle n'arrivait plus à respirer.

— Je dois… fixer celle-ci sur votre sous-chemise.

Il paraissait désolé mais son regard recélait une chaleur qui tourbillonna en elle, incitant ses sens à s'ouvrir davantage.

Ses doigts effleurèrent sa peau, suscitant un désir qui frétilla le long de son sein et se déplaça plus bas. Elle avait déjà été attirée par quelques gentilshommes. Elle avait même échangé un baiser avec l'un d'eux des années auparavant, quand elle était rentrée chez elle après sa première Saison, mais cette sensation était complètement différente. Oh, son ventre palpitait comme à ces occasions, mais c'était tellement plus fort. Son corps entier fut parcouru de vagues si intenses qu'elle craignit de se trouver mal s'il ne la touchait pas plus.

Il pencha la tête et se concentra sur sa tâche. Pourtant, elle ne pouvait toujours pas inspirer pleinement. Elle se dit qu'elle ne voulait pas qu'il la pique mais, intérieurement, elle connaissait la vérité. C'était le moment le plus excitant de sa vie. Finalement, il se redressa et la regarda de nouveau dans les yeux. Les coins de sa bouche se relevèrent et elle fixa ses lèvres.

— C'est fait, dit-il.

Elle baissa les yeux et vit que sa main était toujours au même endroit, frôlant sa peau juste au-dessus de la robe. Il la retira brusquement et elle fit l'impensable. Elle lui dit :

— Non.

Elle trouva ses yeux une nouvelle fois. Il la regardait avec confusion.

— Non quoi ?

— Rien.

Elle avait été proche de dire n'arrêtez pas de me toucher, mais grands dieux, elle ne pouvait pas. Il soutint son regard, et la vérité lui fut arrachée, qu'elle le veuille ou non.

— J'ai aimé que vous... fassiez cela, répondit-elle, le visage en feu. Que vous me touchiez.

Personne ne la touchait jamais. Enfin, pas avant qu'elle ait des amies et qu'elle vienne vivre avec Lady Satterfield. La famille d'Aquilla n'encourageait pas les démonstrations d'affection, pas en parole, et certainement pas en action.

— Je vois.

Il leva une main et la questionna du regard. Elle acquiesça d'un bref hochement de tête et pria pour qu'il suffise. Elle en avait déjà révélé beaucoup trop, elle n'était pas sûre de pouvoir réitérer sa demande.

Il effleura du bout des doigts sa clavicule et le côté de son cou, la caressant avec douceur. Elle résista à l'envie de fermer les yeux et de se perdre dans cette sensation si simple et pourtant si bouleversante. Si elle s'abandonnait complètement... Quoi ? Que se passerait-il ?

— Puis-je vous embrasser ?

Sa question la surprit et elle tressaillit. Sa main se figea, et un peu de lumière disparut des nuages dans ses yeux. Elle voulait que tout revienne. Son toucher. La lumière. Tout.

— Oui.

Elle n'aurait pas dû accepter. Elle y avait à peine réfléchi mais elle était incapable de l'en empêcher. Non, elle était incapable de s'en empêcher. Après avoir renoncé à autant de choses, elle méritait bien ce moment unique.

— Oui, répéta-t-elle, le ton ferme, et sa volonté d'autant plus solide.

Il fouilla son regard et elle s'approcha de lui, cherchant son contact. Il prit en coupe le côté de sa mâchoire et baissa la tête. Elle ferma les yeux juste avant qu'il ne pose ses lèvres sur les siennes. Elles étaient chaudes et douces, bougeaient doucement mais à dessein et allumaient un désir qu'Aquilla n'avait jamais expérimenté.

Il se servit de son autre main pour immobiliser son visage entre ses paumes et la caresser pendant qu'il explorait sa bouche. L'impatience la gagna. Elle voulait le toucher aussi mais sans savoir comment faire. Elle leva les mains et heurta ses coudes, mais il ne cessa pas de l'embrasser. Elle posa ses paumes sur son gilet, enfonçant ses doigts dans la laine moelleuse. Il entrouvrit les lèvres et le baiser se transforma. D'abord léger et aérien, il devint langoureux et intense, plus qu'un simple contact peau à peau, une union. Certes, une union modeste, mais c'était plus que tout ce qu'elle avait jamais vécu.

Les papillons qui voletaient dans sa poitrine et bien plus bas gagnèrent en force et déclenchèrent un véritable tourbillon intérieur. Elle se saisit des revers de sa veste et il augmenta la pression de ses doigts sur sa mâchoire de la plus délicieuse des façons. Il guida sa tête sur le côté, la plaçant pour que sa bouche surplombe la sienne. Et tout changea de nouveau, passant d'agréablement excitant à absolument décadent.

Ses lèvres s'écartèrent davantage et il caressa gentiment sa mâchoire pour l'inciter à ouvrir sa bouche. Elle ne put s'en empêcher même si elle savait qu'elle aurait dû essayer. Les papillons s'étaient envolés, remplacés par une houle affamée et exigeante. Son envie était presque désespérée et plus qu'un peu effrayante. Plus il la touchait, plus il l'embrassait, et plus elle en voulait.

Sa langue glissa dans sa bouche, scandaleuse et pourtant bienvenue. Aquilla entra dans une contrée sauvage, un vaste domaine qu'elle n'avait jamais pensé, ni même souhaité visiter.

La tentation fit place à la reddition, et elle tira sur sa veste pour l'attirer contre elle. Enfin, presque contre elle. Il faudrait qu'elle retire ses mains pour pouvoir le sentir, et peut-être qu'il l'entourerait de ses bras.

Sa langue envahit sa bouche et balaya ses pensées. La chaleur, le désir et une bouffée d'impatience prirent possession de son être. Les sensations et l'excitation qui la traversaient lui donnèrent une conscience accrue de son corps. Ses seins la picotaient, son ventre se contractait et un besoin étrange et dévorant avait éclos entre ses jambes, réclamant qu'elle presse ses hanches contre lui.

Il s'écarta subitement d'elle et saisit ses mains pour les replacer, gentiment mais fermement, à ses côtés.

— Quelqu'un vient.

Elle entendit alors le bruit des pas et les voix qui provenaient de l'autre côté de la porte. La porte fermée. Grands dieux, si on les découvrait ici, seuls et enfermés… elle serait perdue. Et la question de son mariage serait définitivement réglée.

Sutton récupéra ses gants et se dirigea vers l'endroit où il avait laissé son bonnet. Après les avoir enfilés, il ramassa le bonnet sur la table et le maintint devant lui quand il gagna la porte. Il l'ouvrit en grand et accueillit la gardienne et Malster comme si de rien n'était.

— Merci de nous avoir permis d'utiliser votre chambre, dit-il.

Aquilla, encore abasourdie par les événements des dernières minutes, fixa la porte ouverte. Malster se précipita dans la pièce, le visage marqué par l'inquiétude et peut-être un peu d'appréhension quand il regarda Sutton.

— Je suis désolé, Miss Knox. Comment allez-vous ?

Aquilla rassembla ses esprits et prit ses gants sur la commode.

— Je vais bien, merci. J'ai de la peine pour cette pauvre Mary.

Le directeur resta bouche bée.

— Vraiment ?

Aquilla désapprouva sa réaction mais ne répondit pas.

— Bien entendu, intervint Sutton en la rejoignant pour lui rendre son bonnet. Miss Knox est une jeune femme aimable et compatissante, comme nous devrions tous l'être. Maintenant, veuillez nous excuser.

Malster se retourna en grimaçant. Il plaida sa cause auprès de Sutton.

— Monsieur, j'ose espérer que cet incident ne nous nuira pas. Nous faisons de notre mieux pour veiller sur tous les patients et Mary se portait bien ces derniers temps.

— Je me demande ce que faisait la gardienne et pourquoi la salle commune n'était pas surveillée mais je suis persuadé que cela ne se reproduira plus.

— C'est certain, Monsieur. Je vous le promets.

Malster lança un regard assassin à la gardienne, dont le teint avait blêmi depuis qu'Aquilla l'avait vue la dernière fois. Elle avait manifestement subi une réprimande, et peut-être même la colère du directeur. Aquilla détestait qu'on malmène quiconque, même si une erreur avait été commise.

— Je suis sûre que la gardienne s'assurera désormais de la sécurité de tous dans le service, y compris celle des patients.

Elle sourit chaleureusement à la femme, dont les yeux s'illuminèrent et qui acquiesça rapidement avant de baisser le regard.

— Venez, Miss Knox, dit Sutton en lui offrant son bras. Nous devrions aller retrouver Lady Satterfield et ma tante.

— Oh oui, elles attendent dans le hall d'entrée, les informa Malster.

Aquilla inclina la tête en prenant le bras de Sutton et il l'entraîna hors de la chambre. Dès qu'ils furent dans la galerie, il chuchota :

— Épousez-moi.

Aquilla trébucha. Elle savait qu'il l'envisageait, elle n'aurait pas dû être surprise. Néanmoins, l'urgence et le désir ardent qu'il exprima lui coupèrent le souffle. En fait, elle était sans voix.

— Excusez-moi, murmura-t-il. Miss Knox, Aquilla, voudriez-vous me faire le grand honneur de devenir ma comtesse ?

Son corps, qui vibrait toujours des suites de son baiser, lui criait d'accepter alors que son cerveau lui présentait toutes les raisons qu'elle avait de refuser.

L'épouser signifie que je lui appartiens.

Si je lui appartiens, je serai complètement à sa merci.

Et s'il était sans pitié ?

Elle réprima un frisson en songeant à son père et à son frère, père à son tour et pas meilleur que son géniteur.

— Je vous connais à peine, répondit-elle, s'apercevant que leur allure avait ralenti pendant la traversée de la galerie.

Lady Satterfield et tante Susannah étaient assises plus loin.

— Est-ce vraiment ce que vous ressentez ? J'ai l'impression de vous connaître assez pour décider que vous feriez une excellente comtesse, et vous savez que je n'ai jamais fait cette proposition à personne.

Cette affirmation la fit s'arrêter. Mais rien qu'un instant. Elle se remit en route, l'esprit agité. Autant qu'elle sache, il n'avait jamais proposé le mariage. L'homme qui était connu pour avoir désappointé une multitude de jeunes femmes était prêt à s'engager. Avec elle.

— Pourquoi moi ?

Elle ne put retenir sa question.

— Parce que vous êtes tout ce que je recherche chez une épouse. Vous êtes gentille, attentionnée, discrète et j'apprécie votre compagnie. Vous voir interagir avec Mary…

Sa voix s'éteignit et il s'arrêta avant de se tourner vers elle. Elle leva les yeux vers lui, vit la sincérité inscrite dans son regard et se remémora la sensation de sa bouche sur la sienne. Être mariée avec lui ne serait peut-être pas si mal…

— Vous voir avec Mary, reprit-il. Vous êtes exactement le genre de femme que je cherchais. Dites oui, s'il vous plaît. Acceptez d'être ma femme.

Ses émotions bataillèrent de nouveau. Elle jeta un regard à Lady Satterfield, qui s'était levée de sa chaise et les observait avec intérêt.

— Dois-je mettre un genou à terre ? demanda-t-il. Elles sauront ainsi ce dont nous parlons et vous comprendrez que je suis terriblement sérieux.

Dis oui, lui intima une partie d'elle-même. Dis non, exigea une autre part.

Elle aurait aimé pouvoir discuter de lui avec ses amies la veille, mais une tempête les avait empêchées de venir lui rendre visite. Par ailleurs, elle n'aurait pas pu leur raconter le baiser, puisqu'il n'avait pas encore eu lieu. Elle secoua la tête.

— Je ne suis pas sûre d'être prête à vous épouser. Je suis…

Il prit sa main dans la sienne.

— Oui ?

Il s'approcha plus près, les sourcils froncés par l'inquiétude.

— Vous êtes… effrayée ?

Comment l'avait-il senti ? Peut-être la connaissait-il vraiment.

— J'aurais des… conditions.

Sa voix vacilla.

— Je les accepte toutes.

Ses genoux flageolèrent à la promesse contenue dans sa voix et à la ferveur dans son regard.

— Si je ne suis pas heureuse… me laisserez-vous partir ?

Sa question fut à peine un murmure. Il plissa le front et se rembrunit.

— Vous laisser partir ? Divorcer ?

— Non, non. Mais me laisseriez-vous m'en aller si je n'étais pas heureuse ?

Il la fixa avec étonnement. Finalement, il se contenta de répondre :

— Oui.

Son pouls s'accéléra et le sang rugit à ses oreilles. Pouvait-elle le faire ? Pouvait-elle placer sa confiance entre ses mains fortes et apparemment compétentes ? C'était ça ou être mariée à Lindsell. Comme s'il avait suivi la direction de ses pensées, il ajouta :

— Dites oui aujourd'hui et je me procurerai une licence pour nous dès lundi. Nous pourrons nous marier la semaine suivante. Ou je peux obtenir une dispense spéciale si vous souhaitez faire plus vite. J'écrirai immédiatement à votre père, avant qu'il ait une chance de vous livrer à Lindsell.

Il l'étudia un instant, une lueur incertaine au fond des yeux.

— À moins que vous ne penchiez pour lui.

Elle secoua la tête avec véhémence. Puis elle jeta un autre regard vers Lady Satterfield, qui tripotait nerveusement le ruban de son chapeau. Sa bouche ébaucha un sourire plein d'espoir. Elle serait si heureuse pour Aquilla… Et Aquilla n'aurait plus jamais besoin de retourner chez elle.

Toujours incertaine de faire le bon choix, mais décidant que tout valait mieux que son statut présent, elle leva le menton et le regarda dans les yeux.

— Je vous épouserai.

CHAPITRE 8

Ned fit la grimace en avalant une bouchée du dernier essai de gâteau au citron de Chef. Il ne pouvait pas faire monter ça à George. Il jetterait vraisemblablement l'assiette contre un mur, comme il l'avait fait avec toutes les précédentes tentatives. Ce n'était pas sa faute. C'était une excellente cuisinière pour tout le reste. Mais elle ne réussissait pas à reproduire leurs gâteaux bien-aimés.

— Quel est le problème ? demanda tante Susannah depuis l'autre côté de la table basse où était servi le thé. Trop acide ?

Reposant le gâteau sur son assiette, Ned acquiesça.

— Un peu.

Il goûta plutôt un des biscuits.

— En revanche, ceux-ci sont délicieux.

Tante Susannah se pencha en avant et en prit un sur le plateau.

— Je sais que je l'ai déjà dit une douzaine de fois depuis hier, mais je pense que tu as fait un excellent choix, même si tu as précipité les choses.

Elle secoua la tête.

— Je n'arrive pas à croire que tu l'aies fait.

Elle le regarda chaleureusement, un sourire au fond des yeux, en mordant dans le biscuit. Il y croyait à peine lui-même.

Avant de retrouver Aquilla à l'hôpital, il avait été optimiste quant à ses chances de satisfaire ses exigences. Il avait aussi espéré, plus que jamais, qu'elle le fasse car elle déclenchait en lui un désir ardent comme personne avant elle.

Ensuite, elle l'avait accompagné à Bethlem avec un enthousiasme qu'il n'aurait jamais imaginé. Il était déjà à deux doigts de lui faire sa demande quand Mary l'avait attaquée et qu'elle avait répondu avec une authentique gentillesse. Il était tombé sous son charme à cet instant, et il avait compris qu'elle serait sa femme. Elle comprendrait George. Mieux encore, elle l'accepterait.

— Elle est tout à fait exceptionnelle, murmura-t-il.

Tante Susannah gloussa alors qu'elle ramassait une miette sur sa robe et la déposait sur le plateau.

— J'ai l'impression que tu pourrais bien être déjà amoureux d'elle.

L'amour ? Non, non. Ce n'était pas dans ses exigences. En fait, c'était à éviter. Il avait vu ce que l'amour avait fait à ses parents, comment ils s'étaient déchirés quand George était devenu fou, tout ce que l'amour leur avait coûté. Sa mère y avait perdu la vie, détruite par la perte de son fils, d'abord au profit de la maladie, puis de Bedlam. Mais c'était la défection de son mari qui l'avait achevée. Elle était morte d'un cœur brisé et Ned n'avait pas suffi pour la sauver.

Sa mort avait élargi le fossé existant entre son père et lui, qui datait du moment où Père avait exilé George. Ils avaient passé des années à se disputer à propos des soins à lui apporter. Ned avait hâte de le ramener à la maison, mais Père refusait de reconnaître que son fils était dément. À la fin de sa vie, il avait finalement admis qu'envoyer George à Bethlem avait été une erreur et qu'il l'avait fait parce qu'il ne voulait pas d'un fils dément. La folie de George avait peut-être fait voler leur famille en éclats, mais c'était la réaction de Père qui les avait maintenus éloignés. Les souvenirs rongèrent Ned comme un acide et il s'efforça de la chasser. Oui, il serait plus que satisfait d'un mariage heureux et confortable, sans émotion extrême.

— Non, je ne le suis pas, affirma-t-il.

Il s'adossa à sa chaise et dévia la conversation vers un sujet moins importun.

— Je prévois de partir tôt demain pour me procurer la licence de mariage.

Ils étaient tombés d'accord sur une date au cours de la semaine suivante, le mercredi, dans tout juste dix jours.

— Vous pouvez m'accompagner ou partir plus tard, à votre convenance.

— Autant que je vienne avec toi puisque nous avons ce dîner demain soir. Je suis contente que vous ayez décidé de précipiter le mariage. Je dois admettre que je ne fais pas confiance à son père, étant donné qu'il était désireux de la vendre au plus offrant.

Ned ne l'aurait pas formulé de cette manière mais Sir Chester Knox avait effectivement accepté de l'échanger contre une parcelle de terre. Ned soupçonnait qu'il n'apprécicerait pas le bonhomme. Et comme il avait eu le sentiment qu'Aquilla ne l'aimait pas non plus, il s'attendait à ne pas le voir souvent.

— Je suis curieux de voir ce que sera sa réponse à ma lettre.

Il avait écrit à Sir Chester Knox dès son retour de l'hôpital mais n'espérait pas de réponse avant le lendemain.

Ils avaient toutefois reçu de Lady Satterfield la confirmation du dîner du lendemain soir. Elle avait insisté pour organiser une petite fête pour célébrer leur engagement dès qu'elle en avait eu connaissance.

Avait-il vraiment demandé à Aquilla de l'épouser dans l'entrée de l'hôpital de Bethlem ? Ned grimaça intérieurement. C'était un lieu plutôt inconvenant pour une proposition de mariage. Il avait une idée pour se rattraper auprès d'Aquilla et il était pressé de la mettre en œuvre. Ayant terminé son biscuit, tante Susannah prit sa tasse de thé sur le plateau.

— Il se devrait de manifester de la joie. Lady Satterfield m'a un peu parlé de Lady Knox. Elle ne semble pas être des plus chaleureuses.

Ned se remémora sa brève rencontre avec elle dans le parc, ainsi que la réaction d'Aquilla ce jour-là.

— J'admets qu'elle est un peu déplaisante.

Ce qu'il trouvait étonnant car Aquilla était, quant à elle, charitable, spirituelle et tout à fait plaisante. Diable, il avait employé ces adjectifs pour qualifier toutes les femmes qu'il avait envisagé d'épouser ces dernières années. Aquilla était tellement plus. Elle était honnête, séduisante et authentique.

— Ah oui, tu l'as rencontrée, dit tante Susannah.

Elle dégusta son thé avant de reposer sa tasse sur le plateau.

— Je pensais que le Dr Paget nous rejoindrait.

— Il viendra quand il en aura terminé avec George.

Ned fixa la troisième tasse en se demandant ce qui le retardait. Tante Susannah saisit une serviette sur la table et tapota sa bouche.

— As-tu vu George aujourd'hui ?

Elle continua quand il acquiesça :

— Comment est-il ?

— Un peu incohérent, répondit Ned.

— Son état paraît empirer dernièrement, observa-t-elle.

Cela semblait être le cas, mais Ned n'avait pas passé beaucoup de temps au domaine. Cela changerait quand il aurait épousé Aquilla. Il devrait encore se rendre à Londres pour

remplir ses obligations, mais il n'aurait plus besoin de chercher une femme, ce qui lui avait demandé beaucoup de temps
et d'efforts.

— Il se calme quand je suis sur place, et je vais être ici plus
souvent.

Le front de tante Susannah se plissa et il devina ce qui
allait suivre.

— Comment comptes-tu parler de lui à Miss Knox ?

Il y avait réfléchi, bien sûr, mais n'avait pas de réponse.
Comment expliquer à sa jeune épouse qu'elle devrait
partager son foyer avec un dément ? Et quand pourrait-il lui
faire confiance, lui révéler une vérité connue de si peu de
personnes ? Pourrait-il seulement lui faire confiance ? Il avait
toujours espéré pouvoir le faire mais, au moment où il avait
la possibilité d'exposer son secret, le doute envahissait son
esprit.

Le Dr Paget choisit cet instant pour pénétrer dans le
salon. Il jeta un regard vers la fenêtre et se renfrogna.

— Il pleut encore.

— Oui, ce printemps est épouvantable, dit tante Susannah. Voulez-vous un peu de thé ?

Le docteur opta pour une chaise vide près de la table.

— Oui, s'il vous plaît. J'avais espéré emmener George
faire une promenade cette après-midi, mais je vais devoir me
contenter de la galerie.

— Comment est-il ? demanda Ned.

Une fois passée l'excitation initiale due à la présence de
Ned, George s'était mis en colère. Il avait lancé des objets sur
son frère et l'avait fustigé pour sa longue absence. Peu
importait qu'il l'ait vu cinq jours auparavant. Le Dr Paget
avait expliqué à Ned que le passage du temps était différent
pour George, que les jours pouvaient sembler des mois ou
des heures.

— Il se repose pour l'instant, dit le Dr Paget, acceptant la tasse offerte par tante Susannah.

Ned fut surpris. George avait été tellement agité.

— Comment l'avez-vous calmé ?

Le Dr Paget haussa une épaule.

— Nous avons développé plusieurs techniques. C'est pour cela que vous m'avez engagé, n'est-ce pas ?

Il lui fit un petit sourire d'encouragement.

— Oui.

Ned avait engagé d'autres médecins mais aucun n'avait eu autant de réussite avec George que le Dr Paget.

— Je suis très heureux de vous avoir trouvé.

Au cours des dernières années, depuis que son père était décédé et qu'il avait décidé de prendre soin de George, Ned avait recherché de nouvelles informations et de nouveaux traitements pour la maladie de son frère. Il avait trouvé un article écrit par le Dr Paget et l'avait contacté pour en discuter. À la suite de quoi le médecin avait, heureusement, accepté sa proposition de venir travailler pour lui.

Le Dr Paget sirota son thé en regardant Ned par-dessus le bord de sa tasse avant de la baisser.

— J'ai entendu dire que des félicitations s'imposent. C'est merveilleux d'apprendre que vous allez vous marier.

Ned sentit venir la mise en garde. Il n'avait pas annoncé la nouvelle directement au docteur, mais il n'était pas surpris qu'il en ait eu vent, vraisemblablement par le majordome ou l'intendante.

— Merci. Nous nous marierons dans deux semaines.

Les yeux du Dr Paget reflétèrent sa surprise.

— Si tôt ? Et prévoyez-vous d'amener la comtesse ici immédiatement ?

— Assez rapidement, oui.

Ned perçut de nouveau de l'inquiétude.

— Est-ce un problème ?

Le front profondément plissé, le Dr Paget posa sa tasse sur la table.

— À mon avis, vous devriez éviter de présenter votre nouvelle comtesse à George en ce moment. Je recommanderais même qu'elle ne vienne pas ici du tout. Pas avant que nous ayons eu la chance de préparer George. Il vous est très attaché, Monsieur, et j'ai peur que l'arrivée de votre épouse ne provoque une sévère… régression.

Ned avança sur sa chaise et se pencha vers le docteur.

— Que voulez-vous dire ?

Quand le Dr Paget était arrivé, George avait été à son plus bas. Il passait des jours entiers dans une sorte de brouillard, parlait peu et, quand il le faisait, s'adressait à des personnes qui n'étaient pas là et qui n'existaient même pas. Il avait perdu toute capacité cognitive pendant de longues périodes, du moins en apparence. Il leur avait fait peur.

— Je ne peux pas en être certain. Mais il pourrait retomber dans l'état où il était avant, ou pire.

Tante Susannah fronça les sourcils.

— Je sais que tu ne veux pas en entendre parler, Ned, mais il est peut-être temps de songer à éloigner George. Pas à Bethlem. Je ne te suggérerais jamais de le renvoyer là-bas.

Son regard, bien que rempli d'admiration, possédait le tranchant de l'autorité parentale. Pour une femme qui n'avait pas eu d'enfant, elle avait parfaitement réussi à suppléer les parents de Ned quand ils avaient concentré toute leur énergie sur George.

— Il est peut-être temps de retourner visiter York. Les Quakers y font un travail formidable.

Ned ne pouvait le nier, mais il ne faisait toujours confiance à personne pour prendre soin de George. Après ce qui lui était arrivé à Bedlam…

— Non.

— Je suis d'accord, renchérit le Dr Paget, au grand soulagement de Ned. Les effets persistants des traitements subis à l'hôpital pourraient très bien être la cause de ses difficultés actuelles. Il est impossible de l'affirmer, bien entendu. Mais je crois que vous faites ce qu'il y a de mieux pour lui, Monsieur.

Ned hocha la tête en se reculant sur sa chaise. Il observa tante Susannah, qui pliait maintenant sa serviette pour la reposer sur la table. Il savait que ses intentions étaient bonnes et il l'aimait tendrement. Il se tourna vers le médecin.

— Que proposez-vous concernant mon mariage ?

— Laissez-nous le temps de préparer George. Je lui parlerai d'abord de la famille, de son importance, du bonheur qu'elle nous apporte. Ensuite, nous pourrons le familiariser avec la possibilité que vous preniez une épouse et l'impact positif que cela aurait sur vous. Il est dommage qu'il ne se souvienne pas plus de ses propres parents.

La première crise de démence de George à seize ans avait été terrifiante. Il n'avait plus reconnu personne, était devenu agressif et affolé, ce qui l'avait conduit à finalement mettre le feu à la maison. Leur père l'avait immédiatement emmené à l'hôpital où, à leur insu, il avait subi des sévices sans nom. Quand il était revenu à la maison des années après, il ne se souvenait plus que de son amour pour Ned et pour les gâteaux au citron. C'était peut-être pour cette raison que Ned se sentait aussi responsable, voire… redevable. Il était le lien de George avec la réalité et il ne pouvait pas le laisser le perdre.

— S'il se souvenait, continua le Dr Paget, nous pourrions vous présenter comme leurs remplaçants, pour ainsi dire.

— C'est une idée intéressante, dit Ned.

Il n'était pas sûr du tout qu'Aquilla accepterait de le materner. Même si, après avoir été témoin de son comporte- ment avec Mary à l'hôpital, il pouvait envisager qu'elle le fasse. Cette perspective l'emplissait d'espoir.

— Je ne lui ai pas encore parlé de George. Il semble

qu'une période d'ajustement ferait du bien à tout le monde. Je vais m'arranger pour garder mon épouse à Londres. Je ne l'amènerai ici que lorsque nous aurons décidé qu'il est sans danger de la présenter à George.

Le Dr Paget sourit et reprit sa tasse de thé.

— C'est un excellent plan.

— Combien de temps cela va-t-il prendre ? demanda tante Susannah.

Le Dr Paget haussa de nouveau les épaules.

— Difficile à dire. Nous devrons nous fier aux progrès accomplis. Je commencerai à préparer le terrain demain.

Ned s'aperçut qu'il aurait dû discuter de ses projets de mariage avec le Dr Paget à l'avance, mais cela ne lui était pas venu à l'esprit. Probablement parce que le médecin avait été occupé à faire connaissance avec George et à établir les routines qui le maintenaient plus ou moins calme.

— Je crois que j'aurais dû vous en parler plus tôt.

— C'est possible. Mais mon arrivée avait déjà été un changement significatif pour lui, et j'ai l'impression que nous venons juste d'atteindre le point où il serait acceptable d'en introduire un nouveau. L'idée aurait pu être bonne, en théorie, mais je ne pense pas que j'aurais voulu engager cette discussion avec George avant aujourd'hui.

Paget serra les dents un moment et parut peser ses mots avant de continuer.

— Je n'ai pas à me mêler de la manière dont vous gérez votre mariage, mais je serais très prudent en expliquant la condition de George à votre comtesse. La démence est foncièrement incomprise. Les gens sont souvent effrayés et ne savent pas comment se comporter avec un patient. Il est impératif que tous ceux qui interagissent avec George soient calmes et sachent comment s'en occuper. Je serais heureux d'en discuter avec elle si vous pensez que cela puisse aider.

Il adressa un sourire d'encouragement à Ned, qui se sentait de plus en plus anxieux.

— Je suis persuadé qu'Aquilla traitera George avec gentillesse et compréhension.

Elle s'était montrée intéressée et compatissante à Bethlem, mais de là à accepter un dément dans son propre foyer ? Après une autre gorgée de thé, le Dr Paget posa sa tasse sur la table.

— Et maintenant, si vous voulez bien m'excuser, je dois aller coucher mes notes.

Ned savait qu'il conservait un journal détaillé de son travail avec George, pour le partager avec d'autres médecins qui traitaient des cas similaires.

— Bien entendu. Merci, Dr Paget.

Le docteur inclina la tête en se levant.

— Tenez-moi au courant de l'évolution de vos plans concernant George et la comtesse, s'il vous plaît. Je n'insisterai jamais assez sur l'importance de la prudence et des précautions dans cette affaire.

Après son départ, tante Susannah regarda Ned.

— Eh bien, cela semblait plutôt funeste. Ne devrais-tu pas prévenir Miss Knox à propos de George avant le mariage ?

Le devrait-il ? Une horrible pensée lui traversa l'esprit : et si elle changeait d'avis ? Non, elle ne le ferait pas. Il était persuadé d'avoir choisi une épouse qui accepterait George. Ce qui signifiait qu'il devrait lui dire… mais pourquoi cela l'emplissait-il de peur ? Ned jeta un coup d'œil à sa tante, se souvenant d'une conversation qu'ils avaient eu peu de temps auparavant.

— Ne recommandiez-vous pas il y a peu que je ne parle pas immédiatement de George à ma femme ? Que j'attende que nous soyons d'abord habitués au mariage, et l'un à l'autre ?

Elle inclina la tête.

— En effet. Continueras-tu à venir à Sutton Park deux fois par semaine ?

Il le fallait ou George risquait de régresser, selon les termes du Dr Paget. Mais cela impliquait de laisser sa nouvelle épouse seule à ces occasions. Il se passa une main sur le front.

— Oui.

— Sutton Park est très proche de Londres, elle s'attendra à y venir. Que lui diras-tu puisque tu ne peux pas l'amener avec toi ?

Il n'avait pas encore de réponse à cette question.

— J'inventerai une excuse.

Il se leva, las de ces tergiversations et un peu inquiet de toute cette pagaille.

— Cette situation sera temporaire. Vous avez entendu le Dr Paget, c'est nécessaire.

— Oui, pardonne-moi d'y avoir fourré mon nez.

— Il n'y a rien à pardonner. Votre nez m'a empêché de finir comme George toutes ces années.

Son visage afficha un soudain désarroi.

— Tu n'es pas sérieux.

Il grimaça intérieurement.

— Mauvais choix de mots. Mes excuses. Non, je suis aussi sain d'esprit que tout un chacun.

Tante Susannah se leva et vint déposer un baiser sur sa joue.

— Je ne suis pas sûre que nous soyons réellement sains d'esprit. Je monte quelque temps. Je te verrai au dîner.

Il la regarda partir et songea au dîner du lendemain. Il avait hâte de revoir Aquilla. Ils devaient discuter du mariage et il avait une surprise pour elle. Mais il voulait surtout la toucher, sentir sa présence. Quand il était à ses côtés, il se sentait bien. Et il espérait qu'il en serait de même pour George.

*B*ailey termina d'arranger le corsage de la robe d'Aquilla.

— Voilà. Vous êtes parfaite maintenant.

La servante se tourna pour attraper le collier de perles sur la commode. Elle avait été ravie d'accepter la place de femme de chambre d'une dame et de servir une comtesse.

Aquilla n'était pas convaincue de partager l'enthousiasme de Bailey concernant l'avenir. En fait, au cours des deux derniers jours, elle s'est demandé à de nombreuses reprises si elle n'avait pas pris une décision hâtive. Sa chère amie Lucy passa la tête dans l'entrebâillement de la porte après avoir frappé doucement.

— Tu es décente ? demanda-t-elle.

— Oui.

Aquilla aurait voulu bondir pour étreindre son amie mais elle dû patienter car Bailey finissait d'attacher le collier à sa nuque.

Lucy, dont les yeux noisette étincelaient et les cheveux sombres brillaient à travers le ruban rouge qui les entouraient, entra dans la pièce, rapidement suivie par Ivy.

Son travail achevé, Bailey recula.

— Aurez-vous besoin d'autre chose, Madame ?

Aquilla se tourna sur le siège et leva les yeux vers la servante.

— Je ne suis pas encore comtesse.

— Je m'entraîne, Madame.

Bailey sourit et lui fit un clin d'œil. Elle était un peu effrontée pour une gamine de dix-neuf ans, mais Aquilla aimait bien son état d'esprit. Bailey fit sa révérence et quitta les lieux.

Aquilla sauta de son tabouret placé devant la coiffeuse et se précipita vers ses amies. Elle embrassa d'abord Lucy, puis

Ivy. Aquilla examina la robe de Lucy, de couleur rubis avec d'éblouissantes broderies ivoire sur les manches.

— Tu es si élégante !

Ivy ferma la porte derrière elle avant de se retourner vers Lucy.

— En effet, cette robe est magnifique.

— Et tu rayonnes de bonheur, ce qui ne gâte rien, dit Aquilla, contente de voir son amie aussi heureuse.

— Oh oui, dit Lucy. Je n'aurais jamais imaginé que les choses tournent aussi bien.

Ivy lui lança un regard sceptique.

— Tu n'as été mariée qu'un mois. Laisse-leur le temps de virer à l'aigre.

Lucy eut un hoquet de surprise, puis se mit à rire.

— Tu es horrible. Et tu le fais exprès.

Elle leva les yeux au ciel.

— Les affaires de cœur te rendent toujours aussi pessimiste.

— Grand Dieu, on croirait entendre Aquilla, répondit Ivy en riant à son tour. Qu'est devenue la Lucy qui avait juré de ne jamais se marier ?

Lucy regarda le sol, le rouge lui montant aux joues alors qu'elle riait encore.

— Elle a été littéralement subjuguée par le plus merveilleux des gentilshommes qui la rend plus heureuse qu'elle ne l'a jamais été.

Elle releva les yeux d'abord sur Ivy, puis sur Aquilla. L'intensité de l'amour contenu dans son regard manqua de subjuguer cette dernière. Elle se doutait qu'un tel amour était possible, mais elle n'en avait jamais été témoin en personne. À bien y réfléchir, elle ne savait même pas qu'il existait.

— Tu es vraiment heureuse à ce point ? demanda-t-elle doucement.

Lucy hocha la tête.

— C'est ridicule, n'est-ce pas ?

Elle agita une main gantée.

— Mais tu ne devrais pas être surprise. De nous toutes, tu as toujours été la plus optimiste, la plus convaincue que l'amour véritable nous attendait si nous étions assez patientes. Et maintenant, regarde-toi.

Elle lui adressa un sourire rayonnant. Aquilla tourna son regard vers Ivy, qui l'observait, un sourcil arqué. Sa question silencieuse resta en suspens : vas-tu lui dire ?

Bien sûr. Ce n'était pas un secret. Plus maintenant et pas avec ses meilleures amies. Aquilla passa ses mains sur les côtés de sa robe en soie couleur ivoire avec des rubans bleu pâle incrustés sur les manches et le corsage.

— Je n'y croyais pas réellement. En fait, je ne souhaitais pas me marier du tout.

Lucy fixa Aquilla, bouche bée. Après un instant, elle se tourna vers Ivy, la bouche toujours ouverte.

— Tu le savais ? Oui, manifestement, tu étais au courant.

—Je ne l'ai appris que récemment, répondit Ivy. Et j'ai été aussi choquée que toi. Notre amie est une bonne actrice.

Son regard revint lentement sur Aquilla.

— Pourquoi diable as-tu menti, surtout à nous ?

Le mot « mentir » fit grimacer Aquilla. Il lui rappelait le surnom qu'elles avaient donné à son futur mari. Elle était peut-être la parfaite épouse pour lui, car elle avait déjà prouvé qu'elle était douée pour la supercherie.

— Je n'en avais pas l'intention. Je voulais me marier. Au départ. Mais quand il est devenu clair c'était voué à l'échec, je pense que je me suis convaincue que je serais mieux célibataire.

Parce qu'elle ne voulait pas être enfermée dans un mariage semblable à celui de ses parents.

— Et c'est à partir de ce moment que tu as fait en sorte qu'aucun homme ne s'intéresse à toi, ajouta Ivy.

Aquilla rougit.

— Oui. J'ai bien peur que ma réputation ne soit presque entièrement de ma faute.

Lucy secoua la tête.

— Je suis atterrée. Pendant tout ce temps, alors qu'Ivy et moi vilipendions le mariage et que tu soutenais avec entrain que ce ne devait pas être si affreux, tu œuvrais dans l'ombre pour t'assurer que personne ne voudrait de toi. Pourquoi ?

— Mes parents voulaient que je me marie. S'ils avaient su que je sabotais sciemment mes chances...

Elle n'osait pas penser à ce qu'ils auraient pu faire.

— Je suis désolée de vous avoir induites en erreur toutes les deux, mais je pensais vraiment que c'était pour le mieux.

Parce qu'elle avait eu peur. Peur pour elle-même, peur pour sa mère. Simplement peur.

Elle prit conscience que, pour la première fois de sa vie, elle n'aurait plus à se soucier des actions de son père. Elle serait complètement débarrassée de lui dans un peu plus d'une semaine. Un poids quitta ses épaules et elle sentit son corps se détendre.

Le front de Lucy se plissa.

— Il y a autre chose. Aquilla ma chérie, excuse-moi mais tu parais être plus douée pour la dissimulation que je l'aurais cru. Qu'est-ce que tu ne nous dis pas ?

Ivy retroussa les lèvres.

— Ne la harcèle pas. Elle n'a pas besoin de tout nous raconter.

— Ce n'est pas parce que tu adores cultiver des secrets qu'Aquilla doit en faire autant.

Lucy se redressa et se tut un moment. Elle cligna des yeux.

— Peut-être que si. Tu as raison, Ivy. Cela ne me concerne pas.

Aquilla voyait bien que Lucy était contrariée. Elles étaient amies toutes les trois depuis plus de cinq ans. Elles avaient tout partagé. Enfin, presque tout. Elles savaient qu'Ivy gardait pour elle des pans entiers de son passé et qu'elle ne les révélerait probablement jamais. Elles l'avaient accepté. Cela faisait partie de leur pacte d'amitié, une entente tacite et fiable. Cependant, Aquilla s'était présentée sous un faux jour et elle ne voulait pas cacher la vérité plus longtemps à ses meilleures amies, les deux premières personnes à lui avoir montré de l'amitié et de l'amour.

— J'ai peur, lâcha-t-elle.

Lucy et Ivy la dévisagèrent un moment avant de s'approcher d'elle jusqu'à former un cercle serré, ou plutôt un triangle.

— Oh ma chérie, de quoi as-tu peur ? demanda Lucy. Du mariage ?

Ivy la scruta.

— Tu veux vraiment épouser Sutton ? Qu'est-il advenu de ton idée d'être dame de compagnie?

Elle regarda Lucy et lui expliqua :

— Elle m'a révélé ses sentiments sur le mariage quand elle m'a demandé de l'aider à trouver un emploi.

Voulait-elle l'épouser ? Non. Oui. Peut-être ? Elle savait qu'elle ne voulait pas se marier avec Lindsell et, comme c'était sa seule alternative, elle choisirait Sutton.

— Je ne veux pas ne pas l'épouser.

— Eh bien, voilà qui est clair, dit Lucy, son ton ironique provoquant le sourire des deux autres femmes.

Il était plus que temps de tout leur raconter. Enfin, peut-être pas tout.

— Si je n'avais pas accepté Sutton, mon père m'aurait mariée à Lindsell. Il possède une parcelle de terre que mon père veut. On ne m'a pas demandé mon avis. Mais quand Sutton en a eu vent, il a fait sa demande. Alors je l'ai choisi.

— Parce qu'il est le moindre de deux maux, dit Ivy.

Elle regarda Aquilla avec attention.

— Tu aurais pu n'en choisir aucun.

Aquilla aurait bien voulu que ce soit possible.

— Mon père ferait en sorte que j'épouse au moins Lindsell.

Elle prit une grande inspiration et continua.

— En fait, une part de moi craint qu'il ne surgisse pour annoncer que je dois quand même l'épouser.

Lucy secoua la tête.

— C'est insensé. Sutton est comte.

— Mon père ne fait pas toujours preuve de bon sens, il préfère faire preuve de cruauté. S'il avait pensé une seconde que je ne souhaitais pas me marier et que j'essayais d'y échapper, il m'aurait mariée de force depuis longtemps. Il se serait réjoui de me voir souffrir.

Ivy toucha le bras d'Aquila.

— Tu ne nous en as jamais rien dit. Je savais que tes parents étaient durs et froids, mais je n'avais pas idée que c'était bien pire.

— Moi non plus. En réalité, je pensais qu'ils étaient juste indifférents.

Lucy prit la main d'Aquilla et le serra.

— Je suis tellement désolée.

Aquilla comprit qu'elles avaient mal pour elle, qu'elles l'auraient soutenue pendant ces dernières années si elle leur en avait parlé. Elle cligna des yeux pour empêcher ses larmes de couler. Elle ne pourrait pas descendre dîner si elle pleurait.

— Maintenant, vous voyez pourquoi je ne voulais pas me marier. Toutes mes expériences m'ont montré que le mariage est un enfer. L'homme qui a courtisé ma mère et gagné son cœur n'était pas celui qu'elle a épousé. Sutton est gentil, généreux et charmant… et plus encore. Mais comment puis-je être sûre que c'est sa vraie personnalité ?

— Oh, Aquilla.

Lucy semblait avoir le cœur brisé.

— Tu ne peux pas, répondit Ivy d'un ton neutre. Mais tu n'as pas non plus à l'épouser. Je peux t'aider à devenir dame de compagnie.

— Mon père ne m'y autorisera jamais.

— Ton père ne saurait jamais ce que tu es devenue. Tu pourrais simplement disparaître.

Elle pencha la tête sur le côté avant de poursuivre.

— Il est vrai que tu devrais chercher un emploi en dehors de Londres et changer ton nom.

Aquilla échangea un regard avec Lucy, qui parut aussi abasourdie qu'elle.

— Disparaître ? demanda Lucy. Et changer son nom ?

Son petit mouvement d'épaule révéla qu'Ivy était légèrement mal à l'aise.

— Si elle le désire.

Aquilla soupçonna qu'Ivy connaissait un moyen de le faire, et qu'elle l'avait peut-être fait elle-même. Mais elle doutait aussi qu'Ivy l'avoue.

— Je n'ai pas envie de disparaître ou de changer de nom. Vous me manqueriez beaucoup trop.

Ce n'était qu'une partie de la vérité, elle n'était pas non plus persuadée d'avoir le courage de démarrer une nouvelle vie. Elle n'était pas comme Ivy, dont la confiance et l'indépendance l'avaient attirée dès leur première rencontre.

— Comme tu veux, répliqua Ivy. Cependant, si tu changes d'avis, je serai toujours là pour t'aider. Toujours.

Cette fois, Aquilla n'eut aucun doute. La loyauté était la plus grande qualité d'Ivy et sans conteste le ciment de leur amitié.

— Je ne peux pas contredire Ivy, tu ne connaîtras pas Sutton avant d'être mariée avec lui. Et même après, il te faudra toute une vie pour le découvrir.

Elle ajouta cette dernière remarque d'un ton grave et joyeux qui redonna espoir à Aquilla.

— Je sais que mon mariage est récent mais Dartford est tout ce que j'aurais pu désirer et plus encore. Il est vrai également qu'il n'est pas tout à fait l'homme que j'ai rencontré.

Son regard étincelait d'un amour féroce.

— Il est meilleur.

Aquilla attendit qu'Ivy commence à argumenter mais fut surprise de l'entendre renifler.

— Je suis très heureuse pour toi, Lucy. Contrairement à ce que tu penses, je crois qu'il existe des hommes bons dans le monde. Je suis simplement convaincue qu'ils sont peu nombreux et difficiles à trouver. Tu as beaucoup de chance.

Elle se tourna vers Aquilla et lui adressa un sourire lumineux. Elle était si belle quand elle souriait, ce qui ne se produisait malheureusement pas assez souvent. Aquilla souhaitait vraiment qu'elle soit capable un jour de soulager sa conscience.

— Aquilla, je suis certaine que tu seras tout aussi heureuse avec Sutton.

Bien qu'Aquilla ne partage pas son optimisme, le soutien et l'approbation de ses amies la réconfortèrent. Elle était aussi contente de leur avoir enfin avoué la vérité.

— Je suis vraiment désolée de vous avoir trompées.

— Tu avais une excellente raison, affirma Lucy.

Ivy acquiesça.

— Et tu sais que nous ne t'en voudrons pas.

— Certainement pas.

Lucy écarquilla subitement les yeux.

— Mon Dieu, depuis combien de temps sommes-nous ici ? Ils doivent se demander ce qui nous prend aussi longtemps.

— Oui, nous devrions descendre, répondit Ivy en ajustant son gant. J'ai hâte de voir le Duc Inaccessible, le Duc

Audacieux et le Duc Malhonnête rassemblés à la même table.

Lucy pouffa de rire.

— Je n'y avais pas songé. Il ne nous manque plus que les Ducs Désiré, Dangereux, Désapprouvé… qui d'autre ?

Ivy agita la main en souriant.

— Ils sont trop nombreux pour les compter. De toute façon, nous n'en accueillerons pas davantage.

Elle leur lança un regard acéré, comme pour leur rappeler qu'elle ne se marierait jamais.

— Vous allez me manquer toutes les deux, ajouta-t-elle tristement.

— Nous n'allons nulle part, dit Lucy en lui assénant un petit coup de coude.

Ivy ne parut pas convaincue.

— Nous t'avons à peine vue depuis que tu t'es mariée, et maintenant c'est le tour d'Aquilla. Elle partira sans doute pour Sutton Park avant la fin de la semaine prochaine et Dieu seul sait quand nous la reverrons.

— Malgré tout, nous restons toutes les deux à proximité de Londres.

Lucy interrogea Aquilla du regard.

— Sutton Park est encore plus près que Darent Hall, n'est-ce pas ?

Aquilla hochait la tête quand on frappa à la porte. Le visage de Bailey apparut et elle les informa qu'il était temps de descendre dîner. Les trois amies éclatèrent de rire avant de sortir de la chambre en file indienne. Aquilla était heureuse qu'elles aient passé ces moments ensemble. Sa situation lui apparaissait sous un meilleur jour. Elle se sentait plus confiante et optimiste.

Elle descendit les escaliers et il était là. Il l'attendait sur le seuil de la salle à manger, vêtu d'un impeccable manteau noir contrastant avec une chemise et une cravate d'un blanc écla-

tant. Ses cheveux blond foncé repoussés en arrière déga-
geaient son visage élégamment sculpté et ses yeux gris
perçants renfermaient un monde de promesses alors qu'il l'a
regardait entrer dans le hall.

Tous les autres disparurent quand elle glissa vers le bras
qu'il lui offrait.

— Bonsoir, murmura-t-il. Vous êtes splendide.

— Vous aussi.

Elle prononça ces mots avant d'avoir le temps d'y réfléchir. Parce qu'il lui avait volé la capacité de le faire. Sa réputation d'écervelée n'était peut-être pas usurpée, après tout.
Elle avait peut-être été tout près de perdre la tête pour son
magnifique futur mari.

À cet instant, elle se demanda si ce destin serait si terrible.

CHAPITRE 9

*A*ssis à côté de sa future femme, Ned apprécia le dîner d'une manière inédite. L'avenir ne lui avait jamais semblé aussi radieux. Il lui était facile d'oublier ses inquiétudes concernant George et Aquilla quand elle le captivait par son charme et sa grâce.

À la fin du dîner, les femmes se retirèrent au petit salon à l'étage pendant que les hommes restaient en bas pour déguster leur porto. Ned aurait préféré aller avec ces dames et, à en croire le regard d'envie que Dartford laissa s'attarder sur le postérieur de sa femme, il n'était pas le seul. Lord Satterfield leva son verre.

— Bienvenue à Sutton parmi nous. Miss Knox fera une merveilleuse comtesse.

— Bien dit ! acquiesça le duc de Kendal, assis à gauche de Satterfield.

— Félicitations, dit Dartford, à droite de Ned.

Ils prirent tous une longue gorgée de leur alcool et Ned les remercia. Il n'était proche d'aucun des trois autres hommes, mais ils paraissaient convenables et cordiaux. Kendal avait la réputation d'être distant mais s'était montré agréable ce soir. Il préférait peut-être la compagnie de son cercle intime. Ned pouvait le comprendre. Il gardait une part de lui-même cachée de presque tous ceux qu'il rencontrait. Et maintenant que sa quête était terminée, il pourrait passer moins de temps à s'embarrasser d'événements mondains et plus à améliorer la condition des aliénés ou à s'occuper de sa famille. Qui inclurait Aquilla autant que George.

Il gigota sur son siège, pressé de retrouver Aquilla. Elle était si jolie ce soir dans sa robe couleur ivoire qui reflétait l'éclat de sa peau claire. Ses cheveux avaient été coiffés avec soin, ce qui lui donnait envie de les détacher boucle après boucle et de toucher chaque mèche pour savoir laquelle était la plus douce. Il était certain que chacune serait plus soyeuse que la précédente. Dartford se tourna sur sa chaise et posa un coude sur la table.

— Excusez-moi, Sutton, mais puisque nous sommes parents, je dois vous demander quelque chose.

Ned était curieux d'entendre la question mais fut encore plus surpris de l'entendre dire qu'ils étaient parents.

— J'ai peur de mal comprendre. Nous ne sommes pas et ne serons jamais apparentés.

Dartford gloussa.

— Quand Satterfield vous a accueilli parmi nous, il voulait dire dans la famille. Si Miss Knox ne vous en a pas informé, sachez que tous ceux qui étaient présents ce soir forment une famille de fortune, du moins c'est ce que Lucy m'a expliqué quand nous nous sommes mariés.

Kendal acquiesça depuis l'autre côté de la table.

— Nora serait d'accord.

— Tout comme moi, renchérit Satterfield. Au moment où Miss Knox est venue habiter avec nous, elle est entrée dans la famille. Comme Nora avant elle. Et bien sûr leurs amies, par extension, ont été accueillies à bras ouverts.

Il sourit à son beau-fils, le duc.

— Nous ne sommes pas vraiment unis par les liens du sang, n'est-ce pas, mon garçon ?

Le duc lui répondit par un demi-sourire.

— Aucun d'entre nous mais cela n'a aucune importance.

Ned aimait bien cet état d'esprit. Il l'aimait même beaucoup.

— Je crois que je vais apprécier de faire partie de cette famille, merci.

Il s'adressa ensuite à Dartford.

— Que vouliez-vous me demander ?

— Ah, oui. Vous avez la réputation de briser le cœurs de demoiselles. Vous n'avez pas l'intention de briser celui de Miss Knox ?

La voix de Dartford contenait une dureté qui reflétait son inquiétude.

— Excusez-moi, mais il fallait que je pose la question.

Ned se hérissa mais décida que, s'ils formaient une famille, Dartford tentait peut-être simplement de jouer le rôle du père ou du grand frère. Aquilla ayant déjà un père et un frère aîné, la question était de savoir pourquoi ce n'était pas eux qui l'interrogeaient. Avaient-ils seulement été invités ? Les fiançailles n'avaient eu lieu que deux jours plus tôt, peut-être n'avaient-ils pas eu le temps de faire le voyage. Ned savait qu'ils habitaient à plus de quatre-vingts kilomètres. Mais sa mère n'était-elle pas en ville ? Il émergea de ses pensées et répondit à la question de Dartford.

— Je n'ai aucune intention de lui briser le cœur. Ceci dit, je n'ai jamais souhaité briser le cœur de quiconque.

— Nous ne le faisons jamais exprès, murmura Kendal, provoquant l'hilarité de tous les autres hommes, y compris Ned. Oublions les rumeurs, continua-t-il, ce ne sont que des âneries.

— Je suis d'accord, dit Dartford en levant son verre. Je pensais juste qu'il était de notre devoir de nous renseigner. Il me suffit de savoir que vous avez vraiment l'intention d'épouser Miss Knox.

— Je suis heureux de l'entendre.

Le ton ironique de Ned suscita de nouveaux rires. Il s'adressa ensuite à Satterfield.

— Il me semblait que Lady Knox était en ville. Elle n'a pas pu se libérer pour venir ce soir ?

Satterfield pencha la tête sur le côté et resta pensif un moment.

— Je n'en suis pas tout à fait sûr, mais je crois qu'elle est rentrée dans le Bedfordshire.

Bizarre. Pourquoi ne serait-elle pas restée à Londres pour aider sa fille à préparer son mariage ? Lui qui avait voulu une femme qui ne soit pas trop proche de sa famille, il semblait en avoir trouvé une. Satterfield interrogea Kendal et Dartford du regard.

— Messieurs, avez-vous quelque conseil pour notre futur marié ?

Dartford regarda Ned par-dessus le bord de son verre avant de le porter à ses lèvres. Il lui fit un clin d'œil.

— Apprenez à endosser le rôle de femme de chambre.

Ned sourit.

— Il s'avère que je suis très habile de mes mains.

Des rires s'élevèrent autour de la table.

— Je suis certain que c'est ce que votre femme dira, plaisanta Kendal.

Ned secoua la tête en souriant toujours.

— J'ajouterais de tenir compte des conseils de votre épouse sur presque tous les sujets, dit Satterfield.

— Presque ? demanda Kendal.

Il se pencha par-dessus la table et souffla doucement :

— Je vous suggérerais d'accepter ses conseils à chaque fois qu'elle vous en donnera.

— J'ai encore assez peu d'expérience, dit Dartford, mais ce qu'il dit me semble intéressant.

Il leva son verre en direction du duc. Le duc répondit de même et ils burent de concert. Dartford reposa son verre sur la table.

— J'ai fini, messieurs. Cela vous ennuierait-il que nous allions rejoindre ces dames ?

— Non.

Ned et le duc répondirent rapidement et en cœur. Satterfield s'esclaffa.

— Ah, les jeunes amours…

Il avala le reste de son porto et se leva.

— Retirons-nous, les garçons.

L'amour. Encore ce mot. Ned termina son porto et se mit sur ses pieds, pressé de retrouver les dames à l'étage. Il passa une main sur le devant de son manteau, sentit la petite bosse sous le tissu et réprima un sourire.

Ils montèrent une volée de marches pour se rendre au petit salon, où les femmes dégustaient du xérès. Assise sur le divan, Aquilla était de dos mais elle tourna la tête, attirant son attention sur l'élégante colonne de son cou et les perles nichées contre sa peau lumineuse. Les perles rehaussaient sa beauté. Il prit note de lui acheter une paire de boucles d'oreilles avant le mariage. Il se dirigea nonchalamment vers les sièges et s'adressa à Lady Satterfield.

— Je souhaiterais avoir votre autorisation d'emmener Miss Knox faire une promenade dans le jardin.

La comtesse inclina la tête et jeta un coup d'œil à sa protégée.

— Certainement. Il y a un escalier qui descend de la véranda par là.

Elle désigna la salle de séjour à l'arrière de la maison.

Ned se tourna vers Aquilla et lui offrit sa main.

— Voulez-vous me faire l'honneur ?

— Bien entendu, murmura-t-elle en plaçant sa main dans la sienne.

Elle était chaude et sa peau était comme de la soie. Il lui tardait de pouvoir toucher autre chose que sa main nue.

Il l'accompagna dans la pièce à vivre puis se laissa guider vers une des portes de derrière. Elle l'ouvrit et le conduisit jusqu'à une petite véranda d'où, comme l'avait mentionné Lady Satterfield, un escalier descendait au jardin.

— Il est plutôt petit, dit Aquilla. Le jardin. Nous ne mettrons pas plus de quelques minutes pour en faire le tour, et encore, si nous avançons à la vitesse d'un escargot.

Il faisait presque noir. Le ciel était chargé de nuages qui masquaient la lune. Les appliques du porche offraient une faible lumière, à peine suffisante pour leur permettre d'emprunter les escaliers. Il ouvrit la voie et lui tint la main pour la descente.

— Je crains que nous ne devions procéder lentement. Une chute serait catastrophique.

— C'est une bonne chose qu'il n'ait pas plu cette après-midi. Nous aurions été obligés de descendre à l'intérieur et de sortir par le bas. Ces escaliers sont vraiment traîtres quand ils sont mouillés.

— Parlez-vous d'expérience ? demanda-t-il quand ils atteignirent les dernières marches.

— Non, mais une des servantes a glissé la semaine dernière et a dû passer toute la journée suivante au lit, pauvre petite.

Il serra sa main plus fort et tourna la tête pour la regarder.

— Je ne vous laisserai pas tomber.

— Je ne suis pas sûre de pouvoir vous faire confiance sur ce point car vous ne regardez même pas où vous mettez les pieds.

Elle prononça ces derniers mots avec force et humour. Il

sourit en baissant les yeux pour prendre les deux dernières marches puis, arrivé en bas, il se retourna brusquement alors qu'elle était toujours au-dessus de lui.

— Pardonnez-moi.

Il posa ses mains sur sa taille et la souleva, avant de la faire pivoter pour la déposer sur le chemin. Une des appliques du porche inférieur était parfaitement positionnée pour éclairer ses traits. Elle leva les yeux vers lui, lèvres entrouvertes. Il n'ôta pas ses mains quand il s'approcha d'elle.

— J'ai compté les minutes avant que nous puissions nous retrouver seuls.

— Vraiment ?

Elle paraissait hors d'haleine.

Il acquiesça, envoûté par sa beauté, par le sort qu'elle lui avait jeté. À contrecœur, il retira une main de sa taille et la plongea dans son manteau.

— J'ai quelque chose pour vous.

Il sortit l'anneau d'une petite poche. Avec son autre main, il prit sa main gauche et la tint dans la lumière.

— Ceci appartenait à ma mère. Elle désirait que mon épouse la porte.

Il glissa la bague à son doigt et l'émeraude étincela à la lueur de l'applique.

Elle prit une profonde inspiration, puis leva la main et examina la pierre, en faisant osciller sa main de gauche à droite. Ensuite, elle trouva de nouveau son regard.

— Elle est magnifique, merci.

— Est-elle à votre taille ?

Il n'avait pas été capable de deviner si elle lui irait.

— Sinon, je la ferai arranger par un bijoutier.

Elle regarda la bague une nouvelle fois.

— Elle me va parfaitement.

Il saisit ses doigts et posa un baiser sur le dos de sa main.

— C'est qu'elle était faite pour vous.

Elle plongea ses yeux dans les siens.

— Vos parents vous manquent-ils ? Je devrais en savoir un peu plus sur votre famille.

Il tressaillit, sachant qu'il ne pouvait pas lui révéler la vérité immédiatement. Chaque chose en son temps.

— Oui, en quelque sorte.

— Ce n'est pas étonnant que vous ayez eu une telle envie de trouver une épouse. Vous sentez-vous seul ?

— Pas spécialement.

Il se mordit la langue sous peine de lui parler de George. Il découvrit qu'il le voulait, et qu'il le ferait. Quand les choses seraient calmées. Tout s'était décidé tellement vite. Il songea à sa question et à ce qu'il connaissait de sa famille.

— Et vous, vous sentez-vous seule ?

Elle fut surprise, s'il pouvait en juger par le tremblement de sa main et la manière dont ses yeux s'agrandirent brièvement.

— Pas ici.

Elle lui reprit sa main et se détourna pour avancer sur le chemin.

— Vous m'avez promis une promenade.

Elle voulait clairement changer de sujet. Il ne voulait pas la mettre mal à l'aise. Il aurait tout son temps pour la découvrir peu à peu. Il examina le petit jardin.

— En effet. Et vous aviez raison, nous devrons avancer si lentement que nous pourrions reculer.

Son léger rire provoqua des picotements sur sa peau.

— Je voulais vous questionner sur ce qui se produira après le mariage.

Après ? Elle ne l'interrogeait pas sur le lit nuptial, tout de même ? Mais non, se morigéna-t-il. Il était juste ridiculement obnubilé par ses atouts physiques à cet instant. Mais à quoi s'était-il attendu ? Il était seul avec elle dans un jardin plus que sombre et ils seraient mariés dans neuf jours. Personne ne lui reprocherait de l'embrasser. Ou de faire quoi que ce soit d'autre.

Il marchait – même si marcher était un terme un peu exagéré pour l'allure à laquelle ils progressaient – à côté d'elle et brûlait de la toucher.

— Je ne comprends pas bien le sens de votre question. Nous avons déjà évoqué le petit-déjeuner.

Ils en avaient discuté pendant le dîner et avaient décidé qu'il se tiendrait dans sa maison de ville sous la direction de tante Susannah, qui était ravie d'organiser l'événement.

— Est-ce que vous m'interrogez sur… l'après ?

Elle s'arrêta et se tourna vers lui, ouvrit la bouche pour dire quelque chose et la referma brusquement. Ses joues se colorèrent.

— Non, ce n'est pas ce que je demandais.

Elle se détourna et il entendit un petit… gloussement ?

— Riez-vous ? demanda-t-il.

Une main sur la bouche, elle se tourna de nouveau vers lui. Il devina l'étincelle dans ses yeux bleus.

— Vous pensez vraiment que je vous questionnerais sur ce sujet ? J'ai bien conscience d'avoir la réputation d'être un moulin à paroles, mais ce serait quand même extravagant.

— Je n'aime pas cette appellation. La fréquence à laquelle vous parlez me convient parfaitement. Et non, ce n'est pas extravagant. Je ne vois pas de meilleur interlocuteur que votre époux pour discuter du lit nuptial. Je serais heureux de vous expliquer tout ce que vous voulez savoir.

Elle le dévisagea, ses grands yeux reflétant la lumière.

— Vous voulez m'expliquer… des choses ?

— Si vous le désirez.

L'idée de lui parler de sexe était incroyablement excitante. Il se sentit durcir.

— Je voulais juste vous demander où nous dormirions

cette nuit-là. Je ne savais pas si vous souhaiteriez vous rendre à Sutton Park.

Ce fut son tour de rire. De quoi avait-il l'air, d'avoir sauté à cette conclusion ?

— Je crains d'être un jeune marié impatient. J'espère que cela ne vous effraie pas.

— Non.

— Que ressentez-vous, alors ?

Il ne pouvait plus supporter d'être à côté d'elle, de lui parler de sexe, de sentiments et de sensations, de nuit de noces, et tout cela sans la toucher. Il tendit une main et caressa gentiment sa clavicule, avançant d'un pas pour diminuer l'espace qui les séparait. Elle hocha la tête et il la sentit frissonner.

— Je suis nerveuse. Inquiète.

Elle plissa légèrement les yeux et ses narines frémirent.

— Excitée.

Cela suffit pour que son érection devienne complète et presque inconfortable. Il fit glisser le bout de ses doigts le long de sa gorge et caressa le dessous de sa mâchoire avec son pouce.

— Je vais vous embrasser. Sauf si vous refusez.

Elle secoua la tête.

— S'il vous plaît.

Le manque de cohérence entre le mouvement de sa tête et son acceptation lui fit marquer une pause. Oui, elle voulait qu'il l'embrasse ou non, elle ne voulait pas ?

Elle s'approcha assez pour que leurs poitrines se touchent.

— Embrassez-moi, Sutton.

Il balaya sa bouche de la sienne et enserra sa nuque de la main. Elle enroula ses bras autour de son cou, ouvrit la bouche et poussa sa langue entre ses lèvres. Son audace le surprit mais il s'en réjouit. Elle était inexpérimentée et incroyablement délicieuse. Il persuada sa langue de danser avec la sienne, lui enseigna un rythme sensuel qu'elle imita rapidement. Elle tira sur ses cheveux pour se presser contre lui.

Il enveloppa sa taille de ses bras, irrité par les épaisseurs de tissu qu'elle portait. Sa peau. Il voulait sentir sa peau nue. Il abandonna sa bouche et longea sa mâchoire pour trouver ce point sensible en haut de son cou. Son petit coup de langue la fit hoqueter et elle enfonça ses doigts dans sa chevelure. Dieu, comme il aimait sa manière de répondre. Il n'avait jamais attendu cette réactivité de sa femme. Il l'avait espéré, oui, mais n'en avait jamais fait une de ses conditions. Quelle erreur ! Dieu merci, il l'avait trouvée.

— Sutton, murmura-t-elle.

— Ned. Si tu préfères, tu peux m'appeler Ned.

Il avait toujours été Ned pour sa famille. Et elle en faisait désormais partie.

— Ned.

Elle haleta doucement quand ses lèvres descendirent le long de son cou pour effleurer le bord de son corsage. Elle avait un parfum de lavande et de douceur, et il ne s'en lassait pas. Il posa sa main en coupe sous son sein et elle hoqueta de nouveau. Il s'arrêta, inquiet d'être allé trop loin. Il se redressa et tenta de reprendre le contrôle de son pouls galopant et de son corps surchauffé.

— Je crains de m'être laissé envoûter.

— Oh.

Une légère rougeur, du moins paraissait-elle légère dans cette lumière, lui monta aux joues.

— Je crois que moi aussi. Je ne sais pas vraiment. Je n'ai jamais été envoûtée. Mais j'ai eu l'impression de tomber, comme si mes jambes ne pouvaient plus me supporter. Est-ce normal ?

Elle était, sans aucun doute, le meilleur choix qu'il aurait pu faire.

— Oui, je crois. Mes jambes sont un peu faibles aussi.

— Très bien. Parce que je suis certaine que tu sais ce que tu fais. Même si je vais essayer de ne pas m'attarder sur la question.

Elle pencha la tête sur le côté.

— Je n'aime pas beaucoup l'idée que tu aies embrassé d'autres femmes.

Il n'avait pas pensé pouvoir être plus excité qu'il ne l'était déjà, mais son éclair de jalousie l'enflamma.

— Aquilla. Les mots qui sortent de ta bouche… N'arrête jamais de parler, s'il te plaît. Sauf quand je t'embrasse.

Il l'attira de nouveau dans ses bras et l'embrassa consciencieusement. Elle recula.

— Même si c'est extrêmement important ?

— Que pourrait-il y avoir de plus important que s'embrasser ?

Il lui en apporta la preuve en l'embrassant encore, jouant de ses lèvres et de sa langue du mieux qu'il pouvait. Quand il abandonna sa bouche pour mordiller sa mâchoire, elle souffla d'une voix rauque :

— Je n'en sais vraiment rien. Pour l'instant, s'embrasser me paraît être la seule chose d'importance.

Il sourit contre sa peau et la serra contre lui, savourant la sensation de ses seins pressés contre son torse.

— Mais j'avais une question et, puisque ma bouche est libre, je vais me lancer. En fait, je l'ai déjà posée. Nous rendrons-nous à Sutton Park après le petit-déjeuner ou resterons-nous en ville ?

Un peu de son désir s'évanouit quand elle aborda le sujet, mais elle avait raison en disant qu'il ne lui avait pas répondu. Il n'avait pas évité de le faire sciemment, il s'était juste laissé emporter. Il recula mais garda les mains autour de sa taille.

— Nous resterons en ville.

— Très bien.

Il ne put dire si elle était déçue, contente ou simplement sans opinion.

— Cela te convient-il ?

— Assurément. Rester à Londres ne me dérange pas. J'ai toujours préféré être ici plutôt qu'à la maison.

Elle serra les lèvres et le geste lui donna l'impression qu'elle regrettait d'avoir dévoilé cette information. Le mystère entourant sa famille s'épaississait. Mais ce n'était pas le moment de la questionner, pas plus qu'il n'était temps de lui expliquer pourquoi il désirait rester à Londres au lieu de se rendre à Sutton Park. Pas quand il pouvait continuer à l'embrasser. Et il baissa la tête.

—Tu vas encore m'embrasser, dit- elle.

Il stoppa son mouvement.

— Comment le sais-tu ?

— Tu as cette lueur dans l'œil, ce… désir qui fait flageoler mes genoux.

Elle était divine.

— Les miens aussi.

Il l'embrassa délicatement, caressant sa bouche et éraflant ses lèvres avec ses dents. Elle frissonna, ce qu'il interpréta positivement. Jusqu'au moment où elle tressauta et hoqueta contre sa bouche. Il interrompit le baiser, inquiet.

— Quoi ?

— Tu ne sens rien ? Il pleut.

Elle regarda vers le ciel et fut récompensée par une grosse goutte de pluie qui atterrit sur son nez.

— Oh !

Sans réfléchir, il tira la langue et lécha sa peau humide.

— Délicieux.

Il se mit à pleuvoir sérieusement. Il attrapa sa main et la tira vers le porche, qui était abrité par la véranda.

— C'est comme lors de notre première rencontre, dit-elle. Si ce n'est que, cette fois, tu es toi aussi pris par la pluie.

Il n'avait jamais apprécié la pluie autant qu'à cet instant.

— Je crois que je ne verrai plus jamais la pluie de la même manière.

— Moi non plus.

Il la conduisit à l'intérieur, où ils s'embrassèrent encore à en prendre haleine, et il craignit de ne pas être en mesure de se rendre présentable pour retourner à l'étage. Elle lui adressa un regard sensuel.

— Nous sommes partis affreusement longtemps.

— Oui, nous devrions remonter, répondit-il en forçant son corps à perdre de sa rigidité.

Ils étaient dans une sorte de bibliothèque, qu'ils traversèrent en direction de la salle à manger avant de pénétrer dans le hall où le majordome les arrêta. Heureusement, il ne manifesta aucune surprise ou inquiétude à les voir seuls.

— Monsieur, ceci vient d'arriver pour vous.

Il tendit un parchemin plié à Ned, qui le fourra immédiatement dans une poche de son manteau.

— Tu ne vas pas le lire ? demanda Aquilla.

— Plus tard.

— Mais si c'était important ?

Mince, et si cela concernait George ? Comment pouvait-il être aussi insouciant ? Parce qu'il ne touchait quasiment plus terre. Mettant de côté sa frustration, il ouvrit la lettre et en lut le contenu.

Sutton,

J'ai appris que vous aviez obtenu une licence aujourd'hui pour épouser Miss Knox. J'avais déjà fait lire les bans hier dans l'église de notre paroisse à Lindsell. Vous êtes un infâme voleur et, si j'étais un homme de moindre valeur, je vous défierais. Je vous conseille de ne pas vous approcher de moi.

Lindsell

Ned réprima son envie de rire. Où ce freluquet trouve-rait-il le courage de le défier ? Ned fut quelque peu déçu. Aquilla, qui se tenait à son côté, leva les yeux vers lui.

— Que se passe-t-il ? Tu sembles amusé.

— Je le suis. Lindsell fait une crise de rage à cause de nos noces imminentes. Apparemment, j'ai de la chance qu'il ne me provoque pas en duel.

Elle porta une main à sa bouche.

— Tu plaisantes.

— Non, mais c'est effectivement une plaisanterie. Il n'est pas plus prêt à défier quiconque en duel que je ne le suis d'essayer de l'éviter.

Elle fronça les sourcils.

— Tu ne vas pas l'agacer, n'est-ce pas ?

— Non, je vais l'ignorer. D'ici un mois, j'aurai oublié son nom.

Ses traits se détendirent et elle réussit même à sourire.

— Qui ?

Oh oui, sa future femme lui plaisait beaucoup.

CHAPITRE 10

*M*ariée. Aquilla n'y croyait toujours pas. Et pourtant le petit-déjeuner de mariage s'affairait autour d'elle. Son nouveau foyer, la demeure de Ned en ville, était plus grand que Satterfield House et accueillait facilement leur centaine de convives. Peu habituée à être le centre d'attention, elle avait trouvé un coin pour se cacher et profitait maintenant d'un étonnant moment de solitude.

Elle baissa les yeux sur l'émeraude qui ornait son doigt et qu'elle n'avait toujours pas l'habitude de porter. Elle avait l'impression de vivre dans un rêve, comme pendant toute la semaine écoulée d'ailleurs. Lady Satterfield avait insisté pour lui faire faire plusieurs nouvelles robes, dont celle qu'elle portait maintenant et avait porté pour la cérémonie à l'église St Georges. Et elle avait reçu tellement de visites, de personnes qui ne lui avaient jamais accordé un regard mais qui voulaient lui offrir leurs respects et leurs félicitations, maintenant qu'elle allait devenir comtesse…

Et pas n'importe quelle comtesse. Elle avait amené le fameux Duc Malhonnête à se déclarer. Personne ne l'appelait ainsi, bien sûr, son surnom restait une plaisanterie partagée

uniquement par Aquilla et ses amies. Néanmoins, sa réputation n'était pas un secret et tous étaient désireux de rencontrer la femme qui avait réussi l'impossible.

Certaines visiteuses, des femmes mariées de l'âge
d'Aquilla ou légèrement plus âgées, avaient avoué qu'il les
avait jaugées à un moment où à un autre. Elles lui avaient
demandé ce qu'elle avait fait pour accomplir ce miracle. Elle
n'avait pas pu leur répondre mais cela avait éveillé sa curiosité. Qu'avait-elle de différent ? Pourquoi l'avait-il choisie ?

Seuls ses parents ne lui avaient pas rendu visite ou
n'avaient pas participé aux préparatifs du mariage. Ils
n'étaient arrivés que la veille avec son frère aîné, Paul, et sa
femme, Jane. Lady Satterfield les avait invités à résider à
Satterfield House, mais avait annoncé à Aquilla que son père
avait refusé. Ce qui avait, naturellement, réjoui Aquilla. Si
seulement ils n'étaient pas venus du tout.

Sans y penser car c'était une tactique d'auto-préservation
qu'elle avait développée depuis longtemps, elle survola du
regard le grand salon à la recherche de sa famille. Ils
formaient un petit groupe de quatre personnes près de la
cheminée. Les hommes discutaient pendant que sa mère et sa
belle-sœur attendaient en silence, les yeux vides et les traits
figés. Le cœur d'Aquilla se serra et elle s'obligea à détourner
le regard.

Trop tard. Elle avait croisé le regard de son père et maintenant il se dirigeait vers elle. Elle paniqua, se reprochant de
s'être isolée. Elle faisait une proie facile. Avec un peu de
chance, quelqu'un interviendrait. Après tout, c'était elle la
mariée. Père s'approcha d'elle à grandes enjambées. Son
ventre rebondi l'atteignit avant le reste de sa personne.

— Te voilà donc comtesse. Je n'aurais jamais pensé voir ce
jour.

Son frère l'avait suivi. Il était plus grand que leur père, pas
loin d'un mètre quatre-vingts, et plus bel homme. Il n'exhi-

bait pas encore le nez rouge ou le réseau de veinules qui dénotaient l'amour de son père pour le whisky.

— Bien joué, sœurette, dit Paul.

Cela aurait pu passer pour un compliment, mais comme il étira les mots en ricanant, Aquilla le prit pour ce que c'était, de la condescendance.

— Merci. C'est gentil à vous deux d'être venus.

— Ce n'est pas gentil, cracha son père. C'était nécessaire. Je suis toujours très en colère que tu n'aies pas épousé Lindsell. Ton mari a obtenu une licence de mariage avant d'avoir mon autorisation.

Aquilla n'était pas au courant. Le lundi précédent, elle avait reçu de son père une lettre ruisselante de colère et de haine, mais n'en avait pas parlé à Ned. Dans quel but ? Elle supposa que Ned avait lui aussi reçu un courrier et qu'il s'était procuré la licence dans la foulée.

Elle se rappela à elle-même qu'elle n'avait plus besoin d'avoir peur de cet homme, qu'elle était hors de sa portée.

— Cela n'a plus d'importance maintenant que c'est fait.

— Fais attention, jeune fille. Souviens-toi de ta chère mère.

Il jeta un coup d'œil vers la cheminée, où elle se tenait toujours en silence à côté de Jane. C'était une menace qu'il avait proférée plus d'une fois depuis qu'Aquilla lui avait fait face trois ans auparavant. Dès qu'elle avait été témoin des mauvais traitements qu'il infligeait à sa mère, Aquilla l'avait supplié d'arrêter. Mais il n'avait eu besoin d'émettre qu'un seul avertissement pour la faire fuir. Il serait heureux de lui prodiguer les mêmes soins si elle mettait son nez où il ne fallait pas.

— Tu as toujours été une traînée impertinente, dit Paul en secouant la tête.

Aquilla se raidit. Ils osaient lui parler sur ce ton ici-même ? Dans sa propre maison ? Si ce n'était pas son petit-

déjeuner de mariage, auquel assistait la crème de la bonne
société, elle aurait demandé à Ned de les jeter dehors. Si ce
n'est qu'ils auraient alors passé leur colère sur leurs épouses.
Elle afficha un sourire si forcé qu'il devait ressembler davantage à une vilaine grimace.

— Je vous remercie d'être venus.

Son père la saisit par le coude quand elle tenta de passer
devant lui, enfonçant ses doigts dans sa chair.

— Souviens-toi d'où tu viens, jeune fille.

Comme si elle pouvait l'oublier !

Il la relâcha et elle s'éloigna la tête haute malgré ses
jambes vacillantes. Elle détestait le fait qu'il puisse toujours
l'intimider. Si ce n'était pour sa mère, elle aurait peut-être
été capable de lui tourner le dos une bonne fois pour toutes.
Elle changea de direction pour rejoindre sa mère et Jane.
Elles la regardèrent d'abord avec étonnement, puis avec
méfiance.

— Ton père t'a-t-il demandé de venir nous voir ?
demanda Mère à voix basse.

— Non. Je voulais simplement vous dire, et à toi aussi,
dit-elle à Jane, que si vous en avez un jour besoin, vous
pouvez venir séjourner chez moi, ici ou à Sutton Park. Vous
êtes les bienvenues pour une nuit, une Saison ou définitivement.

— Ils arrivent, chuchota Jane, les yeux agrandis par la
peur.

Aquilla remarqua une marque sombre sur le cou de sa
belle-sœur. Elle était masquée par de la poudre mais Aquilla
en avait vu assez souvent sur sa mère. Elle lui adressa un
regard de sympathie.

— Je suis désolée, Jane.

— Va-t'en, la pressa Mère. Tu n'as plus besoin de t'inquiéter pour moi.

Elle prit la main d'Aquilla et la serra fermement.

— Et souviens-toi de ce que je t'ai dit. Ne lui fais jamais confiance.

Ses yeux devinrent vides, indiquant à Aquilla que son père et son frère étaient proches. Elle s'éloigna, tiraillée entre le souhait de pouvoir faire quelque chose et la tristesse de savoir qu'elle ne pouvait pas. Elle sortit sur la terrasse, frôlant quelques invités au passage. Il avait plu dans la matinée mais le soleil avait décidé de se montrer au moment où ils avaient émergé de l'église. Lady Satterfield l'avait interprété comme un signe que les cieux approuvaient leur mariage.

— Aquilla ? s'enquit Ned d'un ton préoccupé, juste derrière elle.

Elle se tourna pour lui faire face, le corps toujours tendu par la frustration.

— Que se passe-t-il ? Je t'ai vue discuter avec ton père et ton frère.

Il fronça les sourcils.

— J'ai vu ton père t'attraper le bras.

Oh non, elle aurait préféré qu'il ne voie rien.

— Il voulait juste m'offrir ses vœux de bonheur.

Elle manqua de s'étouffer en prononçant ces mots. L'inquiétude ne disparut pas de son expression.

— Ce n'est peut-être pas le bon moment, mais j'avais prévu de te demander pourquoi ta famille ne s'était pas impliquée dans les préparatifs du mariage.

— Mon père est toujours déçu que je t'aie choisi plutôt que Lindsell.

Ned prit sa main et caressa ses doigts avec son pouce. Il le faisait souvent. Elle trouvait ce geste charmant et apaisant.

— Alors ce n'était pas des vœux de bonheur. Tu peux tout me raconter. Je prends mes responsabilités d'époux très au sérieux. De plus, si quelqu'un te fait de la peine, j'y mettrai fin.

Son serment contenait une dureté qui la fit frissonner. Elle était sûre qu'il la défendrait. Mais ensuite l'avertissement de sa mère lui revint en mémoire : *ne lui fais jamais confiance.*

Bien qu'elle soit convaincue que Ned n'était pas comme son père. Elle était peut-être naïve, seul le temps le dirait.

— C'est inutile, vraiment. Ma famille est juste… difficile à vivre.

Il l'attira plus loin de la porte.

— Dans quel sens ?

Les mots lui brûlaient les lèvres. Elle en avait dévoilé un peu à Lucy et Ivy, mais il y avait tellement plus. Tant de choses qu'elle ne pouvait se décider à raconter. Les insultes dont elle avait été témoin étant enfant avaient déjà été violentes, mais l'idée que son père les avait consolidées avec ses poings lui avait instillé la crainte de se trouver un jour dans une situation semblable. Elle ne put se résoudre à le lui dire. Pas maintenant. Elle saisit sa main et la serra contre sa poitrine.

— Je préférerais ne pas en discuter aujourd'hui. Et peut-être même jamais. Il y a des… choses qui ne doivent pas sortir de la famille.

Elle grimaça.

— Non pas que tu ne sois pas ma famille. Mais je te vois comme ma nouvelle famille. L'ancienne est dans le passé et je crois que nous n'aurons pas à les côtoyer beaucoup.

— Je vois.

Son front était toujours barré de petits plis inquiets. Ses yeux étincelaient aussi quand il lança un regard vers le salon. Il la regarda de nouveau et porta sa main à sa bouche pour en embrasser le dos.

— J'ai promis de te protéger et je le ferai. Je comprends le désir de garder certaines choses secrètes. Un jour, nous partagerons tout, j'en suis sûr.

Elle eut l'impression qu'il ne parlait pas que de ses secrets. En avait-il aussi ? Il se pencha sur elle et effleura ses lèvres.

— Nous devrions retourner voir nos invités.

Elle l'embrassa en retour, avide de se perdre dans ses caresses. Elle savait ce qui viendrait plus tard, quand ils se retrouveraient seuls. Elle avait pressé Lucy de questions pour savoir à quoi s'attendre. Et elle préférait se concentrer sur ce moment plutôt que sur la noirceur de sa famille. Il recula et lui adressa un sourire incroyablement dévastateur.

— Si tu continues, nous oublierons complètement nos hôtes.

Elle haussa les épaules et lissa sa cravate de la main.

— Je ne peux pas dire que cela me dérangerait.

Il grogna et entoura sa taille d'un bras.

— Viens avec moi, tentatrice.

Elle retourna dans la maison avec son mari en gloussant, ayant presque oublié ses problèmes.

~

— *A*vez-vous besoin d'autre chose, Monsieur ? demanda le valet de Ned depuis la porte de la chambre à coucher.

Ned, debout devant la cheminée, tourna la tête.

— Non merci, Connor.

— Puis-je vous offrir mes félicitations une fois encore, Monsieur ?

Ned sourit. Son mariage avait rendu son personnel euphorique.

— Merci.

Alors que Connor fermait la porte derrière lui, Ned contempla les braises. Être marié lui paraissait étrange. Agréable mais étrange. Il aurait aimé que George soit présent, mais il était reconnaissant d'avoir tante Susannah.

Même si sa famille était petite, elle semblait être beaucoup plus chaleureuse que celle d'Aquilla.

Il avait vu de quelle manière son père et son frère la regardaient. De fait, la manière dont ils regardaient leurs femmes et tout le monde le mettait vraiment mal à l'aise. Ensuite, il avait vu Sir Chester Knox attraper Aquilla, *sa femme*, par le bras et il en avait presque perdu son calme. Peu désireux de provoquer une scène qui alimenterait les ragots pendant des mois, il s'était contenté de regarder et d'attendre avant de suivre Aquilla dehors.

Sa tension avait été palpable et il avait cherché à atténuer son stress. Elle ne lui avait manifestement pas tout expliqué de la situation mais il ne la questionnerait pas. Un jour, ils partageraient tout.

Un jour. Mais quand exactement ? Sa conscience lui rappela qu'il retenait aussi des informations. Alors il rappela à sa conscience qu'il y avait une bonne raison. Et il accepterait qu'il en soit de même pour sa femme.

Un léger coup sur la porte qui séparait sa chambre de celle d'Aquilla le tira de sa rêverie. Il resserra la ceinture de son peignoir, marcha jusqu'à la porte et l'ouvrit. Son épouse se tenait de l'autre côté du battant, les yeux timidement levés sur lui. Elle portait une chemise de nuit claire mais opaque et ses cheveux coiffés en natte épaisse reposaient sur son épaule. Il fronça les sourcils, bien décidé à les libérer le plus vite possible.

— Tu n'es pas prêt ? demanda-t-elle avec hésitation.

Il se rendit compte qu'il l'a regardait sévèrement, ce qui véhiculait la mauvaise impression. Il secoua la tête et souleva un coin de sa bouche en signe d'autodérision.

— Si, mais j'étais en train de démêler ta natte dans mon esprit. J'étais impatient de voir tes cheveux défaits. Ils ont l'air frisés et je voulais les sentir sous mes doigts.

La couleur lui monta aux joues mais elle ne détourna pas le regard.

— Oh !

La moue qu'elle offrit en réponse dénotait son anxiété..

— Je peux te décrire la sensation. Ils sont rebelles.

Il s'esclaffa.

— J'aime bien « rebelle ».

— Les tiens sont légèrement bouclés, observa-t-elle, les yeux fixés sur sa tignasse.

— Oui, très légèrement. Cela n'a vraiment rien à voir.

Il avait les cheveux beaucoup plus clairs, alors que les siens étaient longs et épais, et il savait qu'ils sentaient la lavande et le miel.

— Cette conversation est bizarre.

— Oui. Je les maîtrise assez bien, dit-elle.

Il se remémora ses tentatives pour le décourager.

— Mais tu le faisais exprès, n'est-ce pas ? Je me suis demandé pourquoi tu te conduisais ainsi.

— Je ne voulais pas vraiment me marier et c'était une défense efficace. Si un gentilhomme se montrait intéressé, je l'ennuyais à mourir et il passait son chemin.

— Tous des idiots.

Elle éclata de rire.

— Peut-être. Mais je suis très douée. Dans mon enfance, je parlais sans cesse. Heureusement, ma nourrice était une femme patiente et intelligente. Elle répondait à chacune de mes questions et, quand elle ne connaissait pas la réponse, nous la cherchions ensemble. Même si je crois que j'ai réussi à la mettre en échec en lui demandant à quelle distance se trouvent le soleil et la lune.

Il ne put s'empêcher de sourire et s'appuya sur le chambranle.

— Tu aimes l'astronomie ?

Elle acquiesça.

— J'aime beaucoup de choses. J'espère que j'aimerai ça.

Elle désigna sa chambre du menton.

— Est-ce ici que nous passerons la nuit ?

Il s'aperçut qu'il était stupidement planté dans l'embrasure d'une porte avec son épouse pour sa nuit de noces. Elle ennuyait peut-être les autres hommes, ce dont il remerciait Dieu, mais elle le fascinait complètement. Il se redressa.

— Oui. Ou nous pouvons aller dans ta chambre, si tu préfères.

Elle avança en levant les yeux sur lui.

— Puis-je ?

— Oui, bien entendu.

Il fit un pas de côté pour la laisser passer et se fustigea de se conduire comme un idiot. Il accusa sa beauté et son charme de le distraire au plus haut point. Elle pénétra dans sa chambre et en fit lentement le tour.

— La tienne est bien plus grande.

Il réprima un sourire face au double sens que ses mots pouvaient avoir. Mais à qui l'aurait-elle comparé ? Il était absolument certain qu'elle était vierge.

— Est-ce que ce sera suffisant ?

Il faillit rire mais réussit à se retenir.

— Je crois que je la préfère à la mienne. Même ton lit est plus grand.

Il ne pouvait plus le supporter. Il se mit à rire. Elle lui jeta un regard acéré.

— Qu'y a-t-il de si drôle ?

Il traversa la pièce et prit son visage entre ses mains, avant de l'embrasser rapidement mais avec passion.

— Toi. Tu me fais rire et me sentir… bien.

Son fard resurgit et elle regarda vers le feu.

— Merci.

Quand son regard revint sur lui, elle avait retrouvé une couleur normale.

— J'imagine que nous devrions nous mettre au lit ?

— Oui, nous pouvons.

Il fut soudain assailli par des images d'elle dans toutes sortes de positions et d'endroits qui n'impliquaient pas un lit.

— Ou pas.

Il chassa les idées émoustillantes de son esprit.

— C'est ta première fois, le lit est sans doute le plus convenable.

— Convenable ?

Elle arqua un sourcil et se dirigea vers le lit, dont elle aplanit le couvre-lit avec sa main.

— J'ai aussi questionné ma nourrice à ce sujet. J'ai demandé comment étaient faits les bébés et elle me l'a révélé. J'ai dit que ce n'était pas convenable. Elle m'a répondu que si j'avais de la chance, j'épouserais un homme qui s'assurerait que cela ne le soit pas. Je ne sais toujours pas ce qu'elle a voulu dire.

Ned devint dur comme la pierre.

— Ah, je crois comprendre.

Elle monta sur le lit et s'installa contre les oreillers. Puis elle tapota l'espace à côté d'elle.

— Pourquoi ne viens-tu pas me l'expliquer ?

Elle voulait qu'il lui explique ?

— Je pourrais plutôt te montrer, proposa-t-il.

— Oui, c'est ce que j'attends, dit-elle en plissant les yeux d'une manière aguichante.

L'avait-elle fait à dessein ? Savait-elle à quel point elle était séduisante? Comment elle l'excitait rien qu'en parlant ?

— Je viens de décider que tu donnes une nouvelle dimension à la conversation. Ton habileté avec les mots transcende la simple discussion.

Ses lèvres formèrent un splendide sourire qui fit scintiller ses yeux comme un lac sauvage qu'il avait découvert dans les Highlands.

— C'est sans doute ce qu'on m'a dit de plus gentil.

Il monta sur le lit et s'installa à côté d'elle, et le matelas plongea sous son poids.

— Dois-je t'expliquer comment nous allons être indécents ou te le montrer ?

— Les deux, je suppose. Pourquoi a-t-elle dit que j'aurais de la chance ?

Son front était plissé par une authentique curiosité. Son absence de malice le fascinait.

— Je crois qu'elle faisait référence à la manière dont ton mari te présenterait l'acte sexuel. Il y a de nombreuses façons d'être intimes.

— Oui, Lucy m'en a touché deux mots. Elle le fait paraître incroyablement spectaculaire, comme la meilleure expérience de ma vie.

Elle détourna brièvement le regard et il sentit qu'elle était de nouveau gagnée par la nervosité.

— Toutefois, je ne crois pas que toutes les femmes le vivent ainsi.

— Non, je ne le crois pas non plus. C'est probablement ce que ta nourrice voulait dire.

Il se rapprocha d'elle et caressa délicatement sa mâchoire.

— Aquilla, tu veux bien que je sois franc ?

Elle soupira.

— Oui, s'il te plaît.

— Il y a de nombreuses façons de faire l'amour mais le plus important c'est que tu y prennes plaisir, et moi aussi.

— C'est une évidence, n'est-ce pas ? Pourquoi continuerais-tu à faire quelque chose si ça ne te plaît pas?

— Eh bien je crois que de nombreuses personnes continuent par sens du devoir. Certains hommes ne se préoccupent pas de savoir si la femme y prend plaisir. Je ne suis pas de ces hommes.

Sa bouche forma un O et il pensa qu'elle avait saisi ce qu'il avait voulu dire. Derrière ses paupières mi-closes, son regard se fit séducteur et intensément excitant.

— Je ne trouve pas cela surprenant. Je pense que je comprendrai mieux quand tu m'auras montré.

Elle se tortilla sur le lit jusqu'à être complètement allongée sur le dos.

— Je suis prête.

Il sourit, car son membre était plus dur qu'il ne l'avait jamais été.

—Moi aussi.

Il baissa les yeux et elle suivit son regard jusqu'à la forme qui tendait son peignoir.

— C'est ce que je constate, murmura-t-elle.

Bien qu'elle soit vierge, elle semblait quand même avoir quelques notions, avec ce que sa nourrice et Lady Dartford lui avaient mis en tête. Il présumait que Lady Satterfield avait aussi dû lui donner quelques informations.

Il s'étendit à côté d'elle et planta son coude dans le matelas pour pouvoir poser sa tête sur sa main. De sa main libre, il dénoua le lacet de sa chemise de nuit et ouvrit son col, ce qui révéla déjà ses clavicules et une bonne partie de sa poitrine au-dessus de ses seins.

— Tu sembles avoir des attentes particulières. Veux-tu m'en faire part ?

— Pas… spécialement.

Sa voix était plus aiguë qu'à l'accoutumée. Il se pencha sur elle, subitement sérieux.

— À tout moment, tu peux me demander d'arrêter. Si quelque chose te met mal à l'aise, dis-moi d'arrêter. Si tu préfères remettre ceci à plus tard, dis-moi d'arrêter.

Son corps se tendit alors qu'il priait avec ferveur qu'elle ne le lui demande pas.

— Je ne veux pas que tu t'arrêtes. J'aime beaucoup que tu me parles. Nous pouvons peut-être continuer comme ça.

Oui, parler avec elle était une expérience inimaginable. Et il ne s'en plaignait pas le moins du monde.

— Veux-tu que je t'explique ce que je fais ?

Les bougies posées de chaque côté du lit la baignaient d'une lumière chaude et séductrice. Ses yeux étincelaient de gaieté.

— J'imagine que je devrais te dire ce que j'attends. Pour te permettre de sauter les passages que je connais déjà.

Il s'approcha jusqu'à effleurer sa jambe de la sienne.

— Oh oui, s'il te plaît. Dis-moi.

Elle baissa le regard mais ne sursauta pas et n'essaya pas de s'écarter de lui.

— Je connais les baisers, et j'aime plutôt bien.

Elle fixa sa bouche et il dut se retenir de se jeter sur elle et de l'embrasser à leur en faire perdre la tête à tous les deux.

— Tu dois aussi me toucher. Lucy dit que tu pourrais faire une fixation sur mes seins. Tu penses que c'est possible ?

Sa bouche s'assécha.

— C'est possible. Mais je ne le saurai pas avant de les avoir vus.

— D'accord, tu peux les regarder.

Elle tira sur le bord de sa chemise de nuit pour exposer les deux globes pâles et lisses. Ils n'étaient ni trop gros, ni trop petits. Ils étaient parfaits, comme il s'y attendait.

Il rassembla assez de salive pour pouvoir parler.

— Ils sont jolis. Toutefois, le vrai test sera de les toucher. Et si je deviens obsédé, ce que je crois possible et même inévitable, tu le seras sans doute autant. Parce que si je ne peux pas m'empêcher de les toucher et de les embrasser, tu me supplieras de le faire.

Elle releva vivement les yeux vers lui et haussa un sourcil.

— Tu es terriblement sûr de tes aptitudes.

Elle l'avait piégé mais il ne se dédirait pas. Il entretenait généralement une maîtresse pendant la Saison mais, cette année, il avait passé trop de temps à travailler avec le Dr Paget pour s'en soucier.

— Je te laisse en juger.

Les yeux rivés sur les siens, il prit un sein en coupe. Le globe chaud remplissait sa main. Il fit glisser son pouce sur le mamelon et le sentit durcir mais ne regarda pas. Il était trop fasciné par l'émerveillement apparent dans ses yeux. De ses doigts, il l'aguicha et l'excita, massant et caressant sa chair.

— C'est ton point le plus sensible, me semble-t-il.

Il pinça gentiment son mamelon.

— Ai-je raison ?

— Oui, soupira-t-elle.

Il tira légèrement, puis reprit son sein dans sa main avant de revenir sur son mamelon dans un mouvement rythmique. Son regard devint vitreux et ses paupières lourdes masquèrent ses yeux alors qu'elle laissait échapper une faible plainte.

Elle rouvrit subitement les yeux.

— Mon Dieu. Je ne voulais pas faire ça.

— Il y aura bien des choses que tu feras involontairement et je t'encourage à faire chacune d'entre elles. À mon avis, les inhibitions n'ont pas de place dans notre lit. C'est ce qui nous permettra de devenir *indécents,* mon amour.

Elle enroula sa main autour de son cou et enfonça légèrement ses doigts dans sa chair.

— Montre-moi, s'il te plaît.

Il se pencha et prit le mamelon dans sa bouche, entendit son souffle court, la vit fermer les yeux et rejeter la tête en arrière, et succomba à son propre désir. Il s'allongea tout contre elle et suça son téton. Elle plongea sa main dans ses cheveux et poussa des petits gémissements désespérés qui enflammèrent son désir.

— Est-ce… normal ? couina-t-elle.

Il entendit la question mais son esprit fut plus lent à en

saisir le sens. Et encore, il n'en était pas sûr. Levant la tête, il la dévisagea. Ses yeux étaient à peine ouverts.

— De quoi parles-tu ?

Certainement pas de sa voix, qui était descendue d'une octave et charriait des graviers.

— Ce que… je ressens. Tu me touches ici, dit-elle en touchant son sein, et je le sens… plus bas.

Sa poitrine se gonfla de fierté masculine. Il fit descendre sa main le long de ses côtes et sur son ventre, pour s'arrêter sur son entrejambe. Il appuya doucement, à travers sa chemise de nuit.

— Ici ?

— *Oui*, souffla-t-elle.

— Je crois que c'est tout à fait normal. C'est que je fais du bon travail.

— C'est une excellente estimation. Toutefois, tu ne m'as pas encore embrassée.

Ses yeux s'ouvrirent davantage et il y vit une réprimande taquine.

— Ne t'ai-je pas dit que j'aimais les baisers ?

— Si, tu me l'as dit. Toutes mes excuses.

Il remonta sur le lit, ce qui mit son bassin en contact avec la cuisse de sa femme.

— Parmi les nombreuses sortes de baisers, laquelle préfères-tu ?

Elle tira sur l'arrière de son cou.

— Toutes ?

En riant, il fondit sur elle, réclama sa bouche et prit le contrôle de ses lèvres. Il les lécha et les suça, alors qu'elle s'agrippait fermement à lui. Il recula et dit contre sa bouche :

— Ces baisers-ci sont doux.

Il la taquina de ses lèvres, l'effleurant à peine.

— Ce ne sont pas des baisers du tout, dit-elle sèchement,

en reculant la tête même si ses mouvements étaient limités par la présence des oreillers derrière elle.

Elle le regardait avec une expression guindée en totale disharmonie avec son corps étalé sous le sien.

— Puis-je ?

— Je t'en prie.

Elle prit son visage entre ses mains et posa ses lèvres sur les siennes. Elle mordilla sa lèvre inférieure, preuve qu'elle apprenait vite. Ensuite, elle plongea sa langue dans sa bouche, rencontra la sienne et le persuada, ce qui ne demanda que peu d'effort, de lui rendre ce qu'elle lui offrait.

Il s'affaissa sur elle, prenant soin de ne pas l'écraser sous son poids. Ils procédaient à une exploration mutuelle, une conquête. Il ne pensait pas qu'il y aurait de vainqueur, ils gagneraient tous les deux à la fin.

Sa main rencontra sa tresse et il rompit le baiser pour la défaire, démêlant les cheveux de rapides mouvements du poignet. Au fur et à mesure, il plongeait ses doigts dans les boucles souples.

— Je ne peux pas croire que j'avais oublié. Et oui, la sensation est aussi bonne, que dis-je, meilleure, que je l'imaginais.

Elle s'éclaircit la gorge.

— Et tu oublies encore de m'embrasser.

Il enfonça sa main dans ses cheveux et plongea son regard dans le bleu vibrant de ses yeux.

— Je n'ai pas oublié. Je pense à la manière dont je souhaite t'embrasser maintenant. Ou plutôt… *où*.

Ses yeux se plissèrent et elle attira sa tête vers elle. Leurs bouches avides fusionnèrent et leurs corps se pressèrent l'un contre l'autre. Elle souleva le bassin à la recherche de plus de contact. Il fit glisser une main le long de son flanc et saisit sa hanche en se déplaçant entre ses jambes. Elle écarta les cuisses. Il se frotta contre son centre pour qu'elle le sente exactement où elle le voulait.

Elle gémit dans sa bouche, resserrant sa prise sur sa nuque. Il mit fin au baiser en tirant doucement sur sa lèvre inférieure avant de se déplacer plus bas. Il fit courir sa langue sur sa gorge et trouva de nouveau un sein. Cette fois, elle se souleva du lit et le serra fort contre elle.

— *Ned*. En sommes-nous au moment indécent ?

Il sourit contre sa poitrine.

— Nous ne faisons que commencer. Souviens-toi simplement que, si nous ne faisons pas tout ce soir car c'est impossible, nous avons toute notre vie pour être indécents.

— Oh oui, s'il te plaît. Pourrais-tu, euh, refaire ce que tu faisais à l'instant ? Entre mes jambes…

Il bougea les hanches et pressa son membre contre sa moiteur. Elle se porta à sa rencontre, cuisses écartées pour l'accueillir.

— Oui, c'est ça. S'il te plaît. *Encore*.

Il tira sur son mamelon en se frottant contre son entre-cuisse. Elle soulevait les hanches à chaque va-et-vient, le conduisant au bord de l'insanité.

— Quand allons-nous ôter nos vêtements ?

Sa question, innocente et pourtant tellement appropriée, le fit redescendre de son nuage.

— J'étais distrait, marmonna-t-il.

Il était soudain pressé de la sentir nue contre lui. Il descendit le bord de sa chemise de nuit jusqu'à son ventre et exposa une magnifique plage de chair crémeuse qu'il avait hâte d'explorer. Il n'était cependant pas sûr d'en avoir la patience ce soir.

Il tira le vêtement plus bas, par-dessus ses hanches, le long de ses cuisses puis de ses jambes, avant de le jeter au sol. Son sexe l'appelait mais elle posa ses mains sur son peignoir. D'un mouvement du poignet, il défit sa ceinture et les pans s'écartèrent.

Elle se redressa sur le lit et s'agenouilla devant lui pour

ôter le vêtement de ses épaules. Il s'arrêta aux poignets mais elle tira sur la soie et l'envoya au loin. Elle posa ses paumes sur sa poitrine et explora sa chair du bout des doigts. Elle tomba sur un de ses mamelons et le tordit légèrement.

— Est-ce que tu ressens la même chose ?

— Je ne peux pas en être certain. C'est agréable mais je ne le sens pas …

Il était sur le point de parler de son membre mais se retint.

— En bas, termina-t-il.

— Je vois.

Elle finit descendre sa main, glissa un doigt sur ses abdominaux et atteignit son pubis.

— Tu veux dire, ici ? demanda-t-elle, faisant écho à ses propres paroles.

Elle enroula ses doigts autour de son manche et le fit gémir.

— *Aquilla*.

— Est-ce indécent ?

— Pas pour moi. C'est ce qu'il y a de plus approprié. Mais pour la plupart des gens, oui, c'est indécent. Ce serait encore pire si tu le caressais.

Il posa sa main sur la sienne et lui montra comment le frotter de la base jusqu'au bout.

— Oui, comme ça.

Il ferma les yeux et se perdit dans la sensation.

— Je suis confuse. Indécent, c'est bien ou c'est mal ?

— Tout ce que tu me fais est bon. Très, très bon.

Il ne pourrait pas en supporter beaucoup plus avant de terminer dans sa main. Il la repoussa sur le matelas et s'allongea sur elle, entre ses cuisses.

— Je sais ce qui vient ensuite, dit-elle, hors d'haleine. Je crois.

— Que veux-tu maintenant ?

Il faisait tout son possible pour avancer lentement et faire de sa première fois une expérience exceptionnelle.

— Je veux ce que Lucy m'a décrit. *L'extase.*

Il glissa sur la gauche et monta sa main jusqu'en haut de ses cuisses. Il était presque sûr qu'elle était prête et, quand il la toucha, il la trouva chaude et humide. Plus que prête. Mieux vaut s'en assurer, se dit-il. Il glissa un doigt entre ses plis. Mon Dieu, si humide !

Elle s'agrippa à ses épaules quand son corps sursauta.

— Bon Dieu ! Ned !

Il retira son doigt et massa son clitoris. Elle émit un râle sec.

— Encore. S'il te plaît.

Il introduisit de nouveau son doigt et utilisa son pouce pour caresser son bouton. Elle accompagnait son mouvement et gémissait sur un rythme sublime qui alimentait son désir. Ses muscles se contractèrent sur son doigt et il sut qu'elle était proche de son pic. Il augmenta sa cadence et la pression de son pouce. Elle cria et il l'embrassa profondément.

Il continua à la caresser, attendant qu'elle redescende, et elle interrompit le baiser quand elle se détendit sur le matelas. Il retira son doigt mais laissa sa main effleurer sa chair enfiévrée. Elle respirait rapidement, et son halètement était des plus sensuels.

Elle leva vers lui des yeux embrumés, la bouche infléchie par la satisfaction.

— C'était agréable mais je sais que nous n'avons pas terminé

S'il avait eu un doute sur le choix de sa femme, il s'évanouit complètement.

— Non, pas encore.

Elle leva une main pour saisir sa nuque.

— Très bien. Passons aux choses vraiment indécentes.

CHAPITRE 11

*R*egarder les yeux couleur de pluie de Ned se changer en argent liquide était peut-être la plus belle chose qu'Aquilla avait jamais vue. Elle savait qu'elle était un peu ridicule de parler autant alors que les circonstances étaient plutôt solennelles, mais elle ne pouvait s'en empêcher. Depuis son plus jeune âge, elle parlait quand elle souhaitait apaiser la tension dans une pièce. Il lui avait fallu des années pour comprendre d'où provenait cette tension, mais à ce moment-là il était trop tard.

Elle présumait que son intention ce soir était aussi de diminuer la tension. Malgré cela, elle craignait d'être agaçante. Bien qu'il n'ait pas l'air agacé. Non, il semblait prendre du plaisir, spécialement quand elle touchait son membre. Ce mot lui donna envie de glousser. C'était le nom que lui avait révélé Lucy et, oui, elles avaient gloussé. Elle rejetterait la faute sur Lucy, alors.

— Tu as une drôle d'expression, remarqua Ned.

Elle s'aperçut qu'il l'avait prise en flagrant délit de rêverie, ce qui était peut-être son deuxième pire défaut après le bavardage.

— J'espérais juste ne pas t'indisposer avec ma conversation.

— Bien au contraire, dit-il avant de fondre sur elle pour prendre sa lèvre entre ses dents.

Un délicieux frisson remonta son échine et, alors qu'elle s'était sentie rassasiée un instant plus tôt, une nouvelle faim naquit en elle. Elle commença à comprendre ce que Lucy voulait dire quand elle parlait d'être insatiable.

— Sais-tu, dit-il d'une voix entrecoupée de baisers, que je trouve ta bouche extrêmement attirante… Quoi qu'elle fasse… Qu'elle parle… Qu'elle m'embrasse… Ou n'importe quoi d'autre.

Elle se remémora tout ce que Lucy lui avait raconté et se demanda s'il faisait allusion à sa bouche sur son membre. Aimerait-il ça ? Lucy disait que son mari appréciait. Beaucoup.

L'extrémité de son penis frôlait son sexe, qu'elle sentait toujours chaud et frémissant de sa dernière expérience. Un « orgasme », comme Lucy l'avait appelé.

Aquilla était heureuse d'avoir une amie qui l'avait rensei-gnée, mais elle devait reconnaître que la pratique était bien plus satisfaisante. Elle glissa une main entre leurs deux corps et trouva le bout de son manche. Il était étonnamment humide.

— Cette moiteur provient de moi ?

Il avait abandonné sa bouche et commencé à lécher le bord de son oreille avant de mordiller son lobe, faisant courir un frisson le long de son cou.

— Peut-être, mais c'est plus vraisemblablement la mienne. Sais-tu ce qui vient ensuite ?

— Oui, tu mets ton membre en moi.

Il recula brusquement et la fixa.

— Pourquoi suis-je surpris ? Je ne devrais pas.

Elle lui fit un grand sourire.

— Probablement pas.

— Tu es unique et je suis très chanceux.

Il déposa un nouveau baiser sur sa bouche avant de descendre vers son sein. Oh, comme elle aimait sa bouche sur sa poitrine, surtout quand il tirait sur son mamelon – elle haleta – de cette manière.

Il la caressa de ses doigts et la faim qu'il venait d'assouvir refit surface. Elle avait aimé ce qu'elle venait d'expérimenter mais elle savait qu'il y avait plus à venir, et pas seulement parce que Lucy le lui avait dit. Elle soupçonnait que ce serait même meilleur.

Il positionna son manche à son orifice.

— Je dois avouer que je n'ai pas… l'habitude des vierges.

— Moi non plus.

Il sourit.

— Incomparable.

Il la regarda au fond des yeux.

— Accroche-toi et, *je t'en prie,* dis-moi si tu veux que je m'arrête.

Il s'introduisit en elle et sa chair s'étira pour l'accepter. La sensation était différente de celle de son doigt. Pas désagréable mais pas franchement plaisante non plus. Du moins pas encore.

— Pourrais-tu t'arrêter ? demanda-t-elle, même si elle pensait qu'il en serait dépité.

— Mince. Oui.

Sa voix paraissait tendue, comme s'il devait ôter une écharde de son pouce. Il fit une pause, à mi-chemin selon son estimation.

— Tu veux vraiment que je m'arrête ?

Elle secoua la tête.

— Es-tu complètement à l'intérieur ?

Il soupira et elle entendit son soulagement.

— Pas tout à fait.

Il s'enfonça plus avant et son doigt effleura son clitoris, cet endroit qu'il avait stimulé plus tôt et qui avait causé des sensations plutôt spectaculaires. Elle gémit, réclamant qu'il recommence à la toucher.

— Ned, pourrais-tu refaire ça ?

Il la caressa d'un mouvement circulaire du pouce, appliquant davantage de pression. Quelque chose en elle se relâcha et elle se détendit, laissant ses cuisses s'écarter.

Il la pénétra totalement, l'emplissant.

— Voilà. J'y suis, maintenant.

Il écarta une mèche de sa tempe.

— Comment te sens-tu ?

— C'est… étrange. Mais plaisant. Je crois.

— Ce sera peut-être mieux comme ça.

Il se retira, pas entièrement toutefois, avant de replonger dans sa moiteur. Cette seconde intrusion fut beaucoup plus agréable, et plus rapide bien que toujours lente. Il s'enfonça profondément et de nouveau, quelque chose remua en elle. Ce qui avait paru bon avant paraissait délicieux maintenant.

—Recommence, demanda-t-elle

Il se retira puis s'enfonça de nouveau en elle..

— La friction est divine, dit-elle d'une voix qu'elle ne reconnut pas. Encore. Plus vite, plus profond.

— Puis-je proposer un léger changement ? suggéra-t-il.

Elle hocha la tête et il continua. Elle vit les fines gouttelettes de transpiration sur son front et la tension des veines de son cou. Il faisait de gros efforts pour conserver son contrôle. Elle voulut soudain qu'il le perde.

— Oui, tout ce que tu veux.

Elle désirait le pousser à bout et ferait le nécessaire pour y parvenir. Il saisit ses hanches et fit glisser ses mains le long de ses cuisses pour les amener autour de sa taille.

— Si tu plies les jambes, je pourrai te pénétrer plus profondément.

Il termina sur un grognement, s'enfonçant encore davantage.

— Oh oui, je vois ce que tu veux dire.

Elle saisit sa taille et l'entoura de ses jambes. Il plongea en elle, inondant son centre d'un plaisir qui irradia dans tout son corps. Elle s'agrippa à sa nuque et l'attira vers elle pour l'embrasser.

Il prit sa bouche avec une passion semblable à la sienne. Leurs langues s'affrontèrent alors qu'il continuait son va-et-vient. Elle voulait qu'il perde le contrôle mais elle craignait d'être partie trop submergée par le plaisir pour en être témoin.

Son excitation grandit et déchaîna son désir. Elle mit fin au baiser pour pouvoir respirer.

Il accéléra sa cadence, générant davantage de friction, et la pression sur son centre atteignit ses limites. Elle explosa en millions de pièces qu'elle espérait pouvoir retrouver plus tard. Elle ne voulait plus que cette extase s'achève.

Il continua à aller et venir, et chaque mouvement augmentait son plaisir. Puis il cria son nom et s'enfouit dans son tréfonds, les lèvres soudées aux siennes. Elle l'embrassa, consciente qu'il s'était perdu. Et que de nombreuses étreintes de ce genre les attendaient.. Elle avait hâte.

Il ralentit, pour finalement s'arrêter. Elle poussa ses doigts dans ses cheveux et déposa des baisers sur ses lèvres et sa mâchoire, pendant qu'il cherchait à calmer le cœur qu'elle sentait galoper contre sa poitrine en respirant profondément.

Après un moment, il l'embrassa tendrement, en s'attar-dant sur ses lèvres. Puis il roula sur le côté et descendit du lit. Il revint rapidement avec un linge.

— C'est quelquefois salissant.

Elle s'assit et lui prit la serviette pour s'essuyer.

— Oui. J'en ai entendu parler. Mais ça en vaut la peine, à mon avis.

Il rit et l'embrassa une nouvelle fois.

— Tu as dépassé toutes mes attentes, Madame.

Madame.

Oui, elle était désormais comtesse. Sa comtesse. Ça sonnait bien.

Il se leva de nouveau et elle termina de se nettoyer. Quand il revint, il lui prit le linge sans un mot et s'en débarrassa quelque part. Puis il lui tendit la chemise de nuit qu'il lui avait ôtée plus tôt. Elle prit le vêtement en détaillant sa poitrine nue. Il était magnifique. La prochaine fois, elle prendrait son temps pour l'explorer, et l'apprécier.

— Tu remets ton peignoir aussi ? demanda-t-elle.

— Non, répondit-il. J'ai pensé que tu préférerais enfiler ta chemise pour retourner dans ta chambre.

Oh. Lucy lui avait dit qu'elle dormait dans le même lit que Dartford. Ce n'était pas habituel, du moins dans l'esprit d'Aquilla, mais maintenant qu'elle était là, elle n'avait pas envie de partir. En tout cas pas ce soir. Elle plaça la chemise devant sa poitrine.

— Tu veux que je parte ?

Il cilla, l'air surpris.

— Je… non. Pas si tu ne le désires pas.

— Je préférerais rester. Et si tu ne mets pas ton peignoir, je ne porterai pas ma chemise de nuit.

Elle la laissa tomber à côté du lit. Il prit une brusque inspiration.

— Tu es une femme à part, Aquilla.

Il se coula lentement sur elle, la pressant contre le matelas.

— Et tu es à moi.

Ses mots, prononcés en grognant, la réchauffèrent et ravivèrent son désir.

— Allons-nous recommencer ? demanda-t-elle avec espoir.

Il soupira et lui répondit avec regret.

— Pas tout de suite. Je ne veux pas que tu sois trop endolorie. C'est nouveau pour ton corps.

— Mais pas pour le tien.

Ce n'était pas vraiment une question, car elle connaissait la réponse.

— Non, mais je dois avouer que je suis un peu rouillé.

Il arqua un sourcil et lui adressa un sourire malicieux.

— Bien.

Elle l'embrassa et ils se perdirent dans les bras l'un de l'autre pendant plusieurs minutes. Il roula ensuite sur le côté et la serra contre lui.

— Nous devrions dormir.

Elle bailla, subitement épuisée. La journée avait été longue. Il était difficile de croire qu'elle était encore la pauvre Miss Aquilla Knox la veille. Et maintenant, elle était la comtesse de Sutton. Et la Duchesse Malhonnête. Elle rit doucement.

— Que se passe-t-il ? chuchota-t-il.

— Je pensais juste à l'étrangeté de la situation, à quelle vitesse tout s'est enchaîné.

— Et moi je pensais à la chance que j'ai.

Elle se sourit à elle-même et s'endormit avant que son sourire ne s'efface.

Des bruits étouffés la réveillèrent quelque temps plus tard. Elle se retourna et ne trouva qu'un lit froid. Elle s'assit en clignant des yeux. Le feu ne donnait plus beaucoup de lumière, mais assez pour qu'elle puisse voir la forme de son mari assis sur le banc au pied du lit.

— Que fais-tu ? croassa-t-elle.

La forme indistincte se leva et fit le tour du lit.

— Je dois partir, dit-elle tout bas. Il est très tôt, le jour n'est pas encore levé.

— Où vas-tu ?

— Je dois me rendre à Sutton Park.

— Pourquoi ? Je vais venir avec toi.

Elle repoussa le couvre-lit et entreprit de se lever, réalisant un peu tard qu'elle était nue. Elle haussa les épaules. Cela n'avait pas d'importance, il avait déjà tout vu.

— Non, dors. Je te promets d'être rentré ce soir.

Il l'embrassa et entortilla une mèche de cheveux autour de son doigt. Puis il recula en lui souriant, et son cœur chavira.

— Dors bien.

Elle le regarda partir et retomba sur le lit, le couvre-lit tiré sous son menton. Elle se roula en boule et attendit que le sommeil l'emporte.

Mais son esprit ne l'entendit pas de cette oreille. Au lieu de dormir, elle se remémora la cérémonie et le petit-déjeuner du mariage. Ce qui la conduisit à penser à ses parents. Puis à la mise en garde de sa mère. Sa nuit de noces avait-elle été comme la sienne ? Quand Père s'en était-il pris à elle, dévoilant sa vraie nature ? Elles n'étaient jamais entrées dans les détails. D'ailleurs, Mère aurait peut-être gardé le secret si Aquilla ne l'avait pas surpris en train de la battre trois ans auparavant.

Elle avait toujours enjoint Aquilla de ne pas tomber amoureuse de son mari et de l'éviter dès que possible. Après ce jour, Aquilla avait compris pourquoi. Mais maintenant qu'elle était mariée avec Ned, elle n'était plus sûre d'avoir à suivre ce conseil. Quoi que… Le connaissait-elle si bien ? Une nuit d'extase ne signifiait pas qu'elle savait tout de lui.

Elle se souvint de leur conversation sur la terrasse. Il lui avait promis qu'ils partageraient tout. Cela pouvait signifier qu'il avait ses propres secrets ou qu'il énonçait simplement l'évidence : qu'ils ne se connaissaient pas bien mais apprendraient à le faire.

Elle bailla avant de finalement succomber au sommeil. Au moment où elle s'assoupissait, elle songea qu'il n'avait pas répondu à sa question. Il ne lui avait pas dit pourquoi il se rendait à Sutton Park.

∿

L'ombre des taillis entourait Ned dont l'anxiété commençait à croître. George avait réussi à sortir de la maison pendant la nuit et, des heures plus tard, ils ne le trouvaient toujours pas.

Aidés par Ned et le Dr Paget, tous les domestiques disponibles fouillaient la propriété, mais Sutton Park s'étendait sur plus de quatre-vingts hectares de collines et de bois. Ned avait écumé une partie de la forêt et espérait que quelqu'un d'autre l'avait trouvé.

Un vieux souvenir lui traversa soudain l'esprit. Une vision de George escaladant un arbre pour venir le rejoindre. Ned se mit à courir. Il lui fallut plusieurs minutes pour arriver en vue d'un grand chêne. Il ne ralentit pas avant d'en atteindre le pied. Essoufflé, il leva la tête et vit George, assis sur une branche, les jambes pendantes.

George éclata de rire.

— Enfin ! Je pensais que tu ne me trouverais jamais.

La peur que Ned avait ressentie fit place à la colère, mais il se contint et céda au soulagement.

— C'est un jeu ?

— Oui, c'est à toi de te cacher.

George commença à descendre. Ned l'observa avec la crainte qu'il ne tombe, avant de se souvenir qu'il avait toujours adoré grimper aux arbres. Quand George atterrit à côté de lui, il eut l'impression d'être redevenu un gamin.

— Je ne veux pas me cacher à l'extérieur, dit Ned. Il va encore pleuvoir.

Il leva les yeux vers le ciel gris. Il ne pleuvrait peut-être pas mais il voulait faire rentrer George, qui était dehors depuis des heures simplement vêtu de sa chemise et son gilet.

— Tu n'as pas froid ? lui demanda-t-il en remarquant son nez rougi.

— Un peu. D'accord, nous pouvons retourner à la maison. Mais tu dois me promettre que nous jouerons, même si c'est à l'intérieur.

— Je te le promets.

Ned se souvint qu'il avait fait une autre promesse ce matin, celle de rejoindre son épouse ce soir. Il espérait pouvoir la tenir.

Ils se mirent en route vers la maison et le vent se leva, ébouriffant les cheveux de Ned.

— Brrr ! s'exclama George en s'entourant de ses bras. Je crois que j'ai froid, finalement.

Ned constata que son frère semblait être lucide. Il adorait ces moments.

— C'est ce que tu gagnes à sortir sans être correctement vêtu.

— Oui, oui, répliqua George, exaspéré. On croirait entendre Nanny.

Ned sourit, heureux que George se soit souvenu de quelqu'un.

— Elle nous aurait interdit de sortir aujourd'hui.

— Sans doute. Et nous nous serions faufilés dehors malgré tout.

— C'est vrai.

C'était si bon, si normal. Ned fut tenté de lui parler d'Aquilla mais il n'avait pas encore eu l'occasion d'en discuter avec le Dr Paget.

— Ned, pourquoi ne restes-tu pas ici tout le temps ?

Ned se crispa alors qu'ils grimpaient la colline près de la maison.

— J'ai des responsabilités à Londres. Je dois les assumer. Je rentre à la maison aussi souvent que possible.

— Qu'y a-t-il de plus important que moi ?

— Rien n'est *plus* important, répondit Ned avec précaution. Je dois accorder autant d'attention à différentes choses. Tu te souviens que je suis comte ?

George s'arrêta, l'air interrogatif, le nez et les yeux plissés.

— Comte ?

Il se tut et son regard se perdit au loin. Ned attendit un moment à côté de lui avant de poursuivre.

— Oui, je suis comte et j'ai des obligations à Londres. Mais j'ai bon espoir de pouvoir passer un peu plus de temps ici, comme je le fais pendant l'automne et l'hiver. Cela te ferait-il plaisir ?

— Oh oui !

George sortit de sa contemplation, ou de ce qu'il faisait, et reporta son attention sur Ned avant de se remettre en route.

— Tu restes ici ce soir, n'est-ce pas ?

Ned retint la grimace qui lui montait aux lèvres. Il allait décevoir quelqu'un ce soir.

— En fait, je devrais retourner à Londres.

George donna un coup de pied dans un caillou.

— Aïe !

Il se baissa pour le ramasser et le lança en direction de la maison. Quand il se tourna vers Ned, ses yeux bleu-gris irradiaient le froid et la fureur. Ned tenta de l'apaiser.

— Je vais rester.

— Vraiment ?

La colère fut remplacée par l'espoir dans le regard de George.

— Et nous pourrons dîner ensemble ?

— Bien sûr.

En les apercevant, un valet de pied en faction sur la terrasse arrière actionna une grosse cloche pour avertir tous les autres que George avait été retrouvé. Le Dr Paget accourut de la gauche.

— Vous l'avez trouvé, constata-t-il, hors d'haleine.

Son regard voyageait entre les deux hommes. Ned s'arrêta pour lui répondre.

— Oui, il jouait à se cacher. Ce sera mon tour plus tard. À l'intérieur, pour que nous n'ayons pas froid.

— Pourquoi ne monterions-nous pas nous réchauffer à l'étage ? demanda le médecin, une main prête à se poser au bas du dos de George, mais sans le toucher pour autant.

George acquiesça.

— J'ai faim. Ned, puis-je avoir de la soupe ?

— Mais oui. Je vais en faire monter tout de suite.

George regarda par-dessus son épaule en se dirigeant vers les escaliers avec le Dr Paget.

— Tu viens aussi ? demanda-t-il à Ned.

— Oui, je monte bientôt.

Dès qu'il aurait écrit une note à sa femme pour l'informer qu'il ne rentrerait que le lendemain. Il espérait qu'elle ne serait pas affreusement déçue. Lui l'était.

Il donna des ordres aux cuisines pour que l'on serve à manger dans les quartiers de George et commença à écrire sa lettre. Quand il parvint à l'étage, George finissait sa soupe. Le Dr Paget s'assit également à la table et George leur raconta son aventure par le menu. Il termina par un gigantesque bâillement et déclara qu'il voulait s'allonger.

— Je n'en suis pas surpris, tu as été dehors une bonne partie de la nuit.

George se traîna jusqu'à sa chambre et s'écroula sur le lit. Ned le suivit et borda son couvre-lit.

— Dors bien.

Les légers ronflements de George emplissaient déjà la

chambre. Ned revint dans le salon en fermant la porte derrière lui. Il interrogea du regard le médecin, qui s'était levé de sa chaise.

— Avez-vous appris comment il a été capable de quitter la maison sans être vu ?

Le Dr Paget secoua la tête.

— Je l'ai questionné, mais il a refusé de me répondre. En revanche, je sais que le valet de pied s'était endormi.

Il y avait toujours un valet en faction à l'extérieur des appartements de George.

— Cela s'est déjà produit. Mais ils l'entendent, en général.

Pas toujours. George s'était déjà sauvé à plusieurs reprises dans le passé, allant même une fois presque jusqu'au village.

— J'organiserai une réunion avec les domestiques cette après-midi.

— J'y participerai avec joie, si vous voulez bien, offrit Paget. Retournerez-vous à Londres ensuite ?

— J'en avais l'intention mais George m'a supplié de rester.

Ned s'interrogea sur le bien-fondé de mentionner la colère de George. Il ne voulait rien lui reprocher mais il était important que le Dr Paget soit au courant de tout.

— Il s'est emporté quand j'ai évoqué mon départ. Il a jeté un caillou gros comme mon poing.

Le Dr Paget se rembrunit.

— C'est fâcheux.

— Lui avez-vous parlé de la famille ? De mon éventuel mariage ?

— Je ne suis pas entré dans les détails mais oui, nous avons discuté de la famille. Il m'a demandé si je m'attendais à ce qu'il se marie.

Le Dr Paget gloussa.

— Il a fait la grimace et a ajouté qu'il préférerait l'éviter.

Ned sourit mais ressentit également une certaine tristesse à l'idée que son frère soit privé d'une femme et d'enfants.

— Mon épouse sera très déçue que je ne rentre pas à la maison ce soir.

Le docteur parut chagriné.

— Je suis désolé, Monsieur. Lui avez-vous parlé de George ?

— Je n'ai pas… Nous ne nous sommes mariés qu'hier.

— Que ferez-vous si elle refuse de vivre ici avec lui ?

— Je ne la vois pas refuser, dit-il froidement.

Les questions du médecin le mettaient sur la défensive. Le Dr Paget resta silencieux un moment avant d'enchaîner :

— Et si George la rejetait ? S'il se montrait violent ou colérique ? Je crois que vous allez devoir vous demander qui vous choisiriez, si vous deviez prendre parti.

Sacredieu.

Ned s'aperçut qu'il plagiait sa femme. Comment pourrait-il faire un choix entre eux ?

— Je n'ai pas besoin de choisir. Au pire, George pourra rester ici tandis que mon épouse et moi-même résiderons à Londres.

Elle lui avait assuré qu'elle aimait Londres. Mais il savait bien qu'il s'en lasserait. De plus, il voulait amener Aquilla ici, car c'était son foyer. Ce qui signifiait qu'il devrait déplacer George, comme l'avait suggéré tante Susannah. Pourrait-il s'y résoudre ?

— J'espère que votre épouse comprendra, déclara gentiment Paget.

— Je sais qu'elle comprendra, affirma Ned avec plus de confiance qu'il n'en ressentait. Continuez à préparer George à l'idée que je me marie, s'il vous plaît.

— J'y travaillerai, Monsieur. Je vous remercie pour votre patience.

Ned espérait simplement que cela dure.

CHAPITRE 12

*A*quilla avait du mal à croire à la quantité d'objets récoltés aujourd'hui. Elle avait organisé une réunion dans sa nouvelle demeure pour collecter des dons pour l'hôpital de Bethlem. Les tables alignées contre le mur du grand salon croulaient sous les vêtements, les chaussures, les couvertures et les livres.

Ivy, Lucy, Nora et Lady Satterfield, assistées par quelques autres bénévoles, étaient restées pour aider à organiser les dons. Nora rejoignit Aquilla qui en faisait l'inventaire. Les yeux de la duchesse brillaient de fierté.

— Quelle réussite, Aquilla. Et quelle cause admirable. J'ignorais que Sutton avait un tel intérêt pour Bethlem.

— Il n'en fait pas étalage.

— Mais c'est tellement passionnant. Comment l'appelez-vous déjà, le Duc Malhonnête ? Le Duc Dissimulateur lui aurait certainement mieux convenu, dit-elle en riant.

Aquilla sourit.

— Je ne dirais pas qu'il est trompeur.

Mystérieux ? Certainement. Il s'était déjà rendu à Sutton Park deux fois en dix jours depuis leur mariage et ne l'avait pas emmenée avec lui. Il avait prétexté qu'il devait s'occuper des affaires du domaine et qu'elle s'ennuierait. Mais, les deux fois, il y avait passé la nuit et elle pouvait imaginer un tas de raisons pour lesquelles elle ne se serait pas ennuyée. En fait, c'était sans lui qu'elle s'était embêtée ici. Enfin, peut-être pas, mais il lui avait manqué.

— Non, pas plus que je ne traiterais mon mari « d'inaccessible ».

Elle fixa Aquilla droit dans les yeux.

— J'en déduis que votre nouvelle vie vous convient ?

— Oui, je suppose.

Aquila se rendit compte qu'elle paraissait hésitante.

— Les choses se passent bien, merci. Bien sûr, cela fait à peine plus d'une semaine.

Voilà qui ne semblait pas très positif non plus. C'était la voix de sa mère, plus faible mais toujours présente dans un coin de son esprit, qui lui rappelait toujours d'être prudente.

— C'est exact, dit Nora. Vous prendrez vos marques. Avez-vous prévu un voyage de noces ?

Ils n'en avaient pas discuté. Aquilla aurait déjà été heureuse de voir son domaine à la campagne. Elle avait aussi pensé qu'ils pourraient se rendre à l'abbaye de Tintern au Pays de Galles puisqu'ils admiraient tous les deux Wordsworth.

— Je ne sais pas. En avez-vous fait un ?

— Oui, Kendal m'a emmenée à Brighton, puis au nord dans la région des lacs.

— Ce n'est pas dans le même secteur, dit Aquilla en riant.

— Pas du tout. Nous avions tellement apprécié notre séjour à Brighton que nous avons décidé de faire un deuxième voyage, dans le nord cette fois. Nous avons pris l'habitude de découvrir une nouvelle région chaque été. Les enfants adorent.

Le duc et la duchesse avaient deux jeunes enfants, un garçon et une fille.

— Quelle merveilleuse tradition.

Aquilla tenta d'imaginer sa propre famille et, pour la première fois, l'entraperçut.

Lady Satterfield les rejoignit et félicita Aquilla pour sa réussite.

— Avez-vous prévu une date pour une nouvelle visite à l'hôpital ?

— Oui, j'ai hâte de m'y rendre, dit Nora.

Aquilla aussi. Elle n'y était pas retournée depuis son mariage et elle avait une robe jaune à livrer. Elle avait réparé celle qu'elle avait porté ce jour-là et était impatiente de la donner à Mary.

— Pas encore, mais j'en parlerai à Sutton dans la journée.

— Excellent.

Lady Satterfield s'adressa ensuite à Nora.

— Êtes-vous prête, très chère ?

Nora acquiesça.

— Oui.

Elle se pencha pour embrasser la joue d'Aquilla.

— À bientôt.

Lady Satterfield l'embrassa aussi et ajouta :

— Je suis très fière de vous.

Aquilla entendit la fierté contenue dans sa voix et songea qu'elle ne s'était jamais sentie aussi à l'aise et protégée que depuis qu'elle était venue vivre avec la comtesse. Lady Satterfield recula et lui sourit.

— Et je vous aime aussi.

Aquilla ne sut que répondre. Personne ne lui avait jamais dit ça. Elle ravala le sanglot qui menaçait de l'étouffer.

— Merci.

Lady Satterfield hocha la tête avec compassion, comme si elle comprenait qu'Aquilla ne savait pas encore comment lui répondre. Aquilla l'embrassa à son tour et les deux femmes quittèrent les lieux.

Au bord des larmes, Aquilla réalisa qu'elle aimait Lady Satterfield. Il était étrange d'admettre ressentir une émotion dont on avait peu d'expérience.

Les autres participantes partirent peu après, à l'exception de Lucy et Ivy, qu'Aquilla soupçonnait de s'être attardées intentionnellement. Dès qu'elles furent seules, elles se précipitèrent vers Aquilla.

— Enfin ! attaqua Lucy en souriant. Maintenant nous pouvons te questionner sur Sutton et toi. Quelles nouvelles ?

Aquilla éclata de rire. Elle s'était attendue à être cuisinée par ses amies.

— Tout se passe bien, merci.

— Mes conseils t'ont-ils aidée ? continua Lucy.

— Oui, merci, répondit Aquilla, toujours hilare. Mais c'est tout ce que j'en dirai.

Lucy rit avec elle et Ivy leva les yeux au ciel.

— Je vais faire semblant de ne pas savoir de quoi vous parlez.

Lucy lui adressa un regard intéressé.

— Et tu le sais ?

Ivy serra les lèvres et se tourna vers Aquilla, ce qui piqua sa curiosité. Elle se demanda si Ivy savait vraiment de quoi elles parlaient et, dans ce cas, comment elle le savait. Elle était dame de compagnie, n'avait aucun projet et encore moins d'espoir matrimonial. C'était une autre bizarrerie de leur amie.

— Es-tu heureuse ? demanda Ivy, ignorant complètement la question de Lucy.

— Oh oui, répondit Aquilla. Même si… peu importe.

Elle avait failli leur raconter ses déplacements à Sutton Park sans l'emmener mais elle ne voulait pas leur laisser croire qu'il y avait un problème. Ce n'était pas un problème. Pas encore.

— Même si quoi ? l'encouragea Lucy. Tu peux nous le dire.

Elle jeta un regard à Ivy avant qu'elle n'ouvre la bouche.

— Si tu veux. Nous sommes là pour te soutenir.

Aquilla aurait souhaité leur avoir avoué la vérité bien plus tôt. Elles l'avaient soutenue, alors pourquoi ne pas se confier maintenant ?

— Même s'il s'est rendu à Sutton Park deux fois sans m'emmener. Il est même parti avant le lever du soleil le lendemain de notre mariage.

— A-t-il dit pourquoi ? s'enquit Lucy.

— Simplement qu'il devait s'occuper des affaires du domaine.

— Je crois qu'elle demandait pourquoi il ne t'a pas emmenée, clarifia Ivy.

— Il a dit que je m'ennuierais. Mais je ne lui ai pas posé la question directement.

Aquilla se sentit soudain idiote. Lucy la regarda avec compassion.

— J'ai encore assez peu d'expérience mais j'ai remarqué que des questions directes obtiennent souvent des réponses directes. Les hommes ne semblent pas doués pour fournir des informations. Du moins, pas mon mari.

Elle jeta un regard vers la porte.

— Oh, j'aurais aimé que Nora soit encore là. Elle doit disposer d'une foule de conseils avisés.

— *Tu* m'as été utile, dit Aquilla.

Elle se tourna vers Ivy.

— Vous m'avez aidée toutes les deux.

Ivy agita la main.

— Je ne peux t'apporter aucun autre conseil matrimonial

que celui de rester à l'écart du mariage, mais tu l'as ignoré, alors…

Elle sourit pour souligner l'humour de sa boutade. Aquila lui sourit en retour.

— Lucy et moi sommes la preuve que le mariage peut arriver à n'importe qui. Si j'étais toi, je resterais sur mes gardes.

Ivy frissonna.

— Jamais, au grand jamais !

Ses deux amies partirent et Aquilla décida de descendre pour voir si Ned était rentré de sa réunion. Skern, le major-dome, l'informa qu'il était dans son bureau.

Elle traversa la salle de séjour à l'arrière de la maison et se dirigea vers le bureau, dont la porte était entrouverte. Elle posa une paume sur le battant en bois et poussa pour l'ouvrir. Elle le vit alors, assis derrière sa table de travail qui faisait face à la porte. Il avait retiré son gilet, et elle put se repaître de son apparence en bras de chemise.

— Tu es de retour, dit-elle, appuyée au chambranle et admirant la vue.

Il leva la tête, abandonnant ce qu'il lisait sur le bureau.

— Oui.

Son regard la balaya de la tête aux pieds, déclenchant un brasier coutumier dans son ventre. Malgré ses voyages à Sutton Park, ils avaient fait bon usage du lit nuptial. Il se leva de sa chaise et fit le tour du bureau pour s'asseoir sur le bord.

— Je lisais une lettre de ma tante. Son amie de Bath commence à se remettre mais elle pense y rester encore au moins quelques jours.

Aquilla fut contente d'avoir des nouvelles de tante Susan-nah. Elle était partie pour Bath quelques jours après le mariage, quand elle avait appris qu'une de ses amies proches était malade.

— J'ai hâte qu'elle revienne.

— Moi aussi, même si c'était agréable d'avoir la maison pour nous seuls.

Ses yeux se plissèrent irrésistiblement quand il tendit la main pour prendre la sienne, puis l'attirer contre sa poitrine.

— En fait, je pensais que nous devrions *explorer* d'autres parties de la maison.

Elle appuya sa main sur sa cravate et inspira son parfum épicé qui ne manquait jamais de la mettre dans tous ses états.

— À quoi pensais-tu ?

Ses yeux s'étaient assombris pour prendre cette couleur d'étain qu'elle associait désormais avec le désir. Il se pencha sur elle comme pour l'embrasser, mais n'en fit rien. L'anticipation et la déception engendrée firent palpiter son cœur et frémir son corps d'envie.

Il incurva les lèvres en un sourire paresseux et séducteur.

— Un instant.

Il la relâcha et gagna la porte. Aquilla était trop excitée pour l'attendre, elle le suivit alors qu'il fermait la porte et la verrouillait. Quand il se retourna, ses yeux brillèrent de surprise et de plaisir. Sans un mot, il la saisit par la taille et la fit pivoter pour la placer dos à la porte. Elle hoqueta en sentant son corps se presser contre elle. Il poussa son nez dans son cou.

— T'ai-je déjà dit que je pense que tous les gentilshommes de Londres sont stupides ? demanda-t-il d'une voix basse et séductrice.

— Euh, non ?

Elle n'avait aucune idée de ce qu'il voulait dire.

Il déposa des baisers le long de sa gorge. Un, deux… puis il la lécha.

— Je n'arrive pas à comprendre comment ils ont pu croire que tu n'es pas intéressante ou intelligente.

Il lui était difficile de suivre la conversation.

— Je les ai bien bernés.

— Oui.

Il suçota gentiment sa clavicule, taquinant sa peau et mettant le feu à son corps.

— Et tu sembles en être plutôt fière.

La chaleur qui envahit son centre fit descendre des frissons le long de son échine.

— Je dois admettre que j'ai trouvé ça parfois divertissant. La Saison peut être terriblement fade. Contrairement à ceci, qui ne l'est pas… du tout.

Il pouffa contre sa poitrine avant de descendre plus bas.

— Je suis d'accord. Heureusement pour nous, nous n'avons plus à subir un tel ennui.

Il saisit un de ses seins et le poussa vers le haut, pour l'embrasser à la lisière de son corsage.

— Les vêtements sont quelquefois tellement gênants, murmura-t-il.

Il desserra le lien qui fermait le haut de sa robe et plongea la main sous le vêtement. Il trouva un mamelon, le caressa et le pinça jusqu'à la faire crier son nom.

En souriant, il fondit sur sa bouche et l'embrassa, bouche ouverte pour dévorer tout ce qu'elle avait à offrir. Elle lui donna tout. Il avait éveillé en elle une passion dont elle ignorait l'existence.

Elle s'agrippa à lui, une main dans son dos et l'autre enfoncée dans ses cheveux à sa nuque. Ils s'embrassèrent sauvagement, lèvres soudées et langues bataillant.

Il fit bouger ses hanches contre les siennes, avivant son désir. Elle gémit dans sa bouche et il s'arracha au baiser, la laissant hors d'haleine.

Mais il ne l'abandonna pas pour autant. Il couvrit sa mâchoire et sa gorge de baisers tout en tirant sur ses jupes. Il trouva son chemin sous les couches de vêtements et fit courir ses doigts le long de sa cuisse nue. Elle tremblait d'excitation.

— Qu'as-tu à l'esprit ?

— Un grand nombre de choses, répondit-il entre deux baisers.

— Le divan ne paraît pas assez large pour nous accueillir tous les deux.

— Pas allongés, non.

Elle tenta d'imaginer comment ils pourraient s'organiser et elle se souvint de ce qu'ils avaient essayé quelques nuits plus tôt. Elle l'avait chevauché... Ce serait possible s'il s'asseyait sur le divan.

— Tu fais de moi une totale dévergondée.

— Oh, parfait.

Il réclama sa bouche une fois encore, la transperçant de sa langue avec une ardeur sauvage qui l'électrisa. Sa main atteignit son entrejambe et elle écarta les cuisses pour lui faciliter la tâche. Il la toucha délicatement, pour la taquiner.

Elle interrompit le baiser et mordilla son menton.

— J'en veux plus.

Ses doigts répondirent à sa plainte et l'envahirent. Le plaisir la submergea, lui faisant perdre toute notion. Elle s'accrocha à lui et rejeta la tête contre le bois.

— Il y a le bureau, dit-il, pénétrant le brouillard de luxure qui l'avait privée de ses esprits.

— Le bureau ?

Elle cessa de l'embrasser le temps de comprendre sa déclaration. Il mordilla son oreille et tira sur le lobe avec ses dents.

— Nous pourrions utiliser le bureau.

— Il paraît inconfortable.

Mais à cet instant, elle n'était pas sûre de s'en préoccuper. Il la rendait presque folle.

— Pas pour nous allonger dessus, expliqua-t-il, alors que ses doigts continuaient à bouger en elle en alternant les allures – lentement, plus vite, moins vite… – et elle souhaitait juste qu'il arrête de la tourmenter.

— Te souviens-tu quand je t'ai dit que je te prendrai par derrière ?

Ils en avaient discuté la nuit d'avant et avaient prévu de tenter l'expérience… la prochaine fois. Eh bien, c'était la prochaine fois !

Ses doigts prirent un rythme indolent qui la rendit folle.

—J'ai l'intention…

Il massa son clitoris avec son pouce et elle vit des étoiles.

— *Ned.*

— J'ai l'intention, reprit-il en ponctuant chacun de ses mots d'une pression du pouce, de te pencher sur le bureau…

Il appuya un peu plus fort et ses jambes menacèrent de se dérober.

— …de soulever tes jupes…

Il la caressa sans merci.

— …et de te faire oublier ton nom.

Elle n'était pas sûre de s'en souvenir a cet instant. Son corps était lourd de désir, tous ses membres tremblaient d'un besoin désespéré.

— Tu peux le faire rapidement, s'il te plaît ?

— Tes désirs sont des ordres.

Elle se rappela vaguement cette conversation sur leurs désirs les plus chers et fut ravie d'apprendre qu'elle était devenue le sien. Car il était le sien aussi. Un éclair d'appréhension la traversa – c'était un peu effrayant de vouloir quelqu'un à ce point – et tempéra un peu sa faim. Mais rien qu'un instant. Il l'embrassa et retira sa main, laissant retomber sa jupe.

Elle gémit dans sa bouche et il l'écarta de la porte pour la guider jusqu'au bureau, qui n'était qu'à quelques pas. Il la fit pivoter et se pressa contre son dos, chaud et solide. Il remonta les mains vers ses seins, les prit en coupe et la lutina à travers ses vêtements. Ce ne fut pas suffisant pour apaiser le désir ardent qu'elle ressentait absolument partout.

Elle se pressa contre lui, cherchant autant de contact que possible. Il tendit la main pour pousser sur le côté les objets qui encombraient son bureau. Puis il la pencha en avant.

— Attrape l'autre côté.

Il prit sa main et lui montra comment s'accrocher au bord du plateau.

Il embrassa ensuite l'arrière de son cou et recommença à caresser son sein avec une main pendant que l'autre soulevait ses jupes par derrière.

Le volume du tissu, avec tous ses plis, lui donna du fil à retordre mais elle sentit enfin un courant d'air frais sur son postérieur. Puis elle sentit la chaleur de sa main caressant sa peau nue. Elle prit une brève inspiration, plus excitée qu'elle ne l'avait jamais été. Il l'avait amenée au bord de la délivrance où il la laissait en suspens.

— Ned, s'il te plaît.

— Écarte les jambes, mon amour, chuchota-t-il à son oreille.

Il fit glisser sa langue sur l'ourlet de son oreille et elle s'effondra en avant sur le bureau. Il la rattrapa par la cage thoracique avant de glisser sur le côté puis de la quitter totalement.

Elle desserra les cuisses et attendit nerveusement qu'il la touche. Le bruit de vêtements que l'on retire et la sensation de ses mains qui s'activaient augmentèrent son excitation. Sa main retourna finalement entre ses jambes et elle gémit.

— Pourquoi est-ce si long ? demanda-t-elle.

Il émit un petit rire rauque.

— Mon insolente épouse est de retour. Ta grande bouche était trop silencieuse.

— Oh, j'ai une grande bouche, maintenant ?

Elle tendit une main derrière elle et trouva son érection, chaude et dure contre ses fesses.

— Je crois me souvenir que tu l'aimes bien.

Elle faisait allusion à la nuit précédente, quand elle avait posé sa bouche sur son membre.

— Attention Aquilla, je risque de me répandre avant même d'avoir débuté.

Il se coucha sur elle et mordilla sa nuque en introduisant un doigt en elle. La sensation, nouvelle et différente, était absolument merveilleuse. Elle arqua le dos pour l'encourager à la combler davantage.

— Je veux plus que ça, grinça-t-elle.

— Je sais. Et je vais te le donner.

Il fit encore plusieurs va-et-vient qui la propulsèrent vers l'extase. Puis son doigt disparut et fut remplacé par son manche. Elle se sentit instantanément, formidablement et merveilleusement remplie. Et elle bascula dans l'abîme.

Pendant que son orgasme tourbillonnait en elle, il saisit un sein et s'agrippa à sa taille pour s'enfoncer plus avant. Alors qu'il l'avait taquinée et tourmentée auparavant, il plongeait maintenant dans son intimité avec une précision impitoyable et exigeante, chaque poussée plus puissante et profonde que la précédente.

C'était sauvage et décadent mais, Dieu, qu'elle aimait ça. Oui, elle était devenue pire qu'une dévergondée. Qu'y avait-il de pire qu'une dévergondée ?

Son esprit la réprimanda de tenter de réfléchir à un tel moment, alors que les sensations l'assaillaient de toutes parts et que les orgasmes se succédaient rapidement. Elle ferma les yeux et mima ses mouvements, perdue dans l'extase. Le meuble protesta sous elle, secoué par la force qu'il mettait à la pilonner.

Il cria son nom, une main toujours agrippée à sa hanche, quand il s'enfonça une dernière fois dans sa chaleur. Leurs halètements résonnèrent dans la pièce. Puis leur respiration s'apaisa alors que le déchaînement de leur union laissait place à une satiété béate. Elle posa la tête sur le bureau et se sourit à elle-même.

Ned se redressa finalement et sa chaleur lui manqua immédiatement. Elle se tourna et s'assit sur le bord du meuble, le corps toujours tremblant. Ses yeux avaient pris une teinte d'argent lumineux et un sourire jouait sur ses lèvres.

— Pardonne-moi, j'ai oublié de te demander comment était ta réunion.

Elle défroissa ses jupes.

— Un véritable succès. J'ai des quantités de choses à apporter à l'hôpital, dont une robe pour Mary. Quand irons-nous ?

Il rajusta son gilet qui s'était un peu bouchonné au cours de leurs ébats.

— Mardi ?

Elle tendit les mains pour redresser sa cravate, qui avait souffert aussi.

— Nous avons une soirée musicale mardi, mais ça devrait aller.

— Allons-y plutôt lundi. Je m'arrangerai pour rentrer de Sutton Park à temps.

Sa tâche accomplie, elle retira ses mains. C'était sa chance de lui demander de l'emmener avec lui.

— Oh ? Tu pars quand ?

— Dimanche.

Elle le regarda attentivement, guettant sa réaction.

— Tu pourrais peut-être m'emmener avec toi, cette fois.

L'éclat de ses yeux diminua et son sourire s'effaça complètement.

— Ce ne sera pas possible, je le crains.

Il fit le tour du bureau pour le mettre entre eux. Elle se leva et se tourna pour lui faire face.

— Pourquoi pas ?

— Parce que ma visite sera brève et que je devrai passer tout mon temps à régler les affaires du domaine. Je te l'ai déjà dit, tu t'ennuierais.

Elle avait la sensation dérangeante qu'il n'était pas complètement honnête.

— Comment pourrais-je m'ennuyer chez toi ? J'imagine qu'il y a de quoi *explorer*.

Elle avait répété à dessein le terme qu'il avait employé plus tôt.

Il revint près d'elle et repoussa une boucle égarée sur sa joue.

— Je fais réaliser quelques travaux d'amélioration avant de t'y emmener. Notre mariage a été si rapide que Sutton Park n'est pas prêt. Je jure que tu y viendras bientôt.

Il déposa un baiser délicat sur sa joue.

— Très bientôt.

Ses yeux étaient si francs et prometteurs qu'elle ne put s'empêcher de le croire. Pourquoi mentirait-il ? Ce qu'il disait semblait logique. Et, comme elle l'avait expliqué à Nora, il n'était pas vraiment le Duc Malhonnête. C'était juste un surnom qu'elle lui avait donné.

Elle laissa sa joie et son optimisme étouffer ses doutes et son appréhension.

— J'ai vraiment hâte.

CHAPITRE 13

*L*e mardi soir, Ned aida Aquilla à monter dans le carrosse. Il n'avait pas vraiment envie de sortir, mais Lady Satterfield et Miss Breckenridge seraient présentes à la soirée musicale. De plus, c'était une excellente excuse pour admirer sa femme vêtue d'une stupéfiante robe rouge pompéien qui mettait en valeur ses formes exquises. Il lui avait offert un collier en perles et corail assorti et maintenant, en la regardant dans la voiture obscure, il rêvait de la contempler parée uniquement de ce bijou.

— Tu as de nouveau ce regard.

Le ton chantant de sa voix ne manquait jamais d'exciter son corps, bien sûr, mais aussi son esprit et même ses sentiments. Ce qu'il ressentait pour elle dépassait l'attirance et la gratitude. Il tenait beaucoup à elle. Le fait qu'elle ait dépassé toutes ses espérances et la patience dont elle faisait preuve face à ses fréquentes absences le touchaient. Il en était venu à soupçonner que l'amour qu'il n'avait jamais cherché pouvait fort bien le regarder dans les yeux.

Il aurait préféré être assis à côté d'elle plutôt que sur la banquette opposée.

— Quel regard ?

— Celui qui dit que tu veux m'arracher mes vêtements et me faire l'amour.

Faire l'amour… Avait-il employé ces mots ? Il ne s'en souvenait pas, ce qui devait signifier qu'il ne l'avait pas fait. Il s'en souviendrait certainement. Quoi qu'il en soit, c'était exactement ce qu'il avait en tête.

— Tu me dépeins comme une brute. Je n'ai jamais déchiré tes vêtements, n'est-ce pas ?

Elle pencha la tête sur le côté et le regarda avec humour. Avec ses cheveux rassemblés en un chignon haut dont s'échappaient quelques anglaises qui effleuraient son cou, elle avait une allure majestueuse mais aussi indéniablement séduisante.

— Eh bien, parlons de cette chemise la semaine dernière.

Comment avait-il pu l'oublier ? Le souvenir fit durcir son membre.

— Hum, oui, tu as raison. Pour ma défense, ce sous-vêtement était fragile. En revanche, je me rappelle le bouton que tu as fait sauter de mon gilet.

Ils avaient été pris d'une envie subite et portaient bien trop de vêtements. Il avait dû les lui ôter couche après couche. Son érection s'intensifia.

— Tu es trop tentante, dit-il en descendant de la banquette pour se mettre à genoux sur le sol.

Elle se redressa sur son siège, abandonnant tout semblant de badinage.

— Ned, que fais-tu ?

Il haussa une épaule et ôta ses gants avant de les jeter sur le siège derrière lui. Il glissa une main sous l'ourlet de sa robe et trouva une cheville. Il sourit quand elle sursauta. Le regard fixé sur son visage, il fit courir sa main le long de son mollet couvert de soie.

Elle plissa légèrement les yeux.

— Tu es un vilain garçon.

— Oui.

Il dépassa son genou et la jarretière, puis rencontra la peau nue de l'intérieur de sa cuisse.

— *Nous nous rendons à un concert.*

Sans raison, elle chuchota. Elle était encore très audible, mais l'effort valait la peine d'être noté.

— Je ne crois pas que le cocher nous entendra.

Il se remémora certains bruits qu'elle pouvait émettre et se ravisa.

— À bien y réfléchir, il serait peut-être bon que tu essaies de ne pas crier.

— *Ned !*

Il lui sourit quand ses doigts trouvèrent son fourreau humide. Et oui, elle était bien humide.

— Tu es toujours prête pour moi, dit-il doucement en caressant son clitoris.

Il se délecta du ballet que l'anticipation et le plaisir dansaient sur son visage.

— Ned, ça ne peut pas attendre ?

Il lui cita William Blake : « Ceux qui répriment leur désirs sont ceux dont le désir est faible assez pour être réprimé. »

— Me mettez-vous au défi, Monsieur ?

Elle haussa un sourcil.

— Mon désir n'est pas faible.

Il poussa son doigt dans son intimité et la regarda dans les yeux en le faisant bouger.

— Prouve-le.

Elle lui retourna son regard en levant lentement ses jupes, se dénudant pour lui. Elle écarta plus largement les cuisses et exposa ce qu'il désirait.

— Prends-moi avec ta bouche, exigea-t-elle, sans parler fort mais sans murmurer non plus.

Son membre était tellement dur que c'en était douloureux.

— Ne t'arrête jamais de parler, s'il te plaît.

Il fit ce qu'elle avait réclamé et s'installa entre ses jambes pour lécher ses plis. Il lui avait déjà procuré cette attention une fois, à sa grande satisfaction. Il était impatient de la regarder sourire et flotter pendant le concert, sachant qu'il l'avait satisfaite juste avant d'entrer.

Elle tira sur ses cheveux alors qu'il se servait de ses lèvres et de sa langue. Entre gémissements et halètements, elle remua les hanches quand le plaisir fondit sur elle. Il sentit ses muscles se contracter et continua à bouger ses doigts en suçant son clitoris. Elle se cabra en criant son nom, la force de son orgasme secouant tout son corps.

Quand elle s'immobilisa, il recula et remit ses jupes en place.

— Que fais-tu ? demanda-t-elle d'une voix sombre et positivement démoniaque.

Il reprit sa place sur la banquette opposée.

— Nous sommes presque arrivés.

Elle plissa les yeux avec malice.

— Presque. Je ne peux pas te laisser assister à la soirée avec ça.

Elle désigna du menton son membre rigide, qui tendait l'avant de son pantalon.

— Ça va… se calmer avant que nous arrivions.

Elle se leva de sa banquette et s'agenouilla devant lui, ses jupes étalées autour d'elle. Elle ôta ensuite ses gants, ce qui n'était pas une mince affaire.

— Oh que oui !

— Aquilla, nous avons déjà assez froissé ta robe.

Sa main était déjà sur sa braguette et, avant qu'il ne s'en rende compte, elle avait libéré son vit et le caressait de ses mains expertes.

— Le voile de gaze masquera les plis.

— Alors pense aux taches. Tu sais que mon plaisir n'est pas aussi… propre que le tien.

Elle leva les yeux vers lui sans cesser de le frotter.

— Me fais-tu confiance ?

Confiance. Pourquoi avait-elle besoin de prononcer ce mot ? Il lui rappelait le mensonge qu'il lui servait, la culpabilité qu'il ressentait à chaque fois qu'il se rendait à Sutton Park. Ce n'était pas juste, car il lui faisait confiance. Il n'arrivait pas encore à partager avec elle ce qu'il voulait partager. Pas encore.

— Oui, répondit-il d'une voix éplorée et désespérée.

Elle le couvrit de sa bouche, ses lèvres et sa langue maîtrisant une technique qu'elle avait apprise seulement quelques jours auparavant. Sa main travaillait la base alors qu'elle le suçait profondément. Il n'eut besoin que de peu de temps pour se perdre totalement dans les sensations qu'elle déclenchait.

Il avait envie d'enfouir ses mains dans sa chevelure, mais c'était impossible. Il n'osait pas la toucher de crainte d'abîmer quelque chose.

Elle le prit si loin qu'il atteignit l'arrière de sa gorge. Puis elle déglutit, et les muscles de sa gorge le massèrent et l'amenèrent au bord du précipice. Ses testicules se contractèrent de plaisir.

— Aquilla, je vais jouir.

Il tenta de se libérer mais elle le tenait fermement, sa main et sa bouche œuvrant de concert. Il comprit son intention. Il ne put se retenir une seconde de plus. Il se souleva de la banquette, palpitant sur sa langue et s'abandonnant aux exigences de son corps. Elle le tenait toujours, l'accompagnant jusqu'au bout.

Il s'avachit sur le siège, le corps cotonneux et exténué. Et il n'avait quasiment rien fait. Le carrosse s'arrêta et elle regagna sa place en vitesse.

— Juste à temps, murmura-t-elle. Lance-moi mes gants, s'il te plaît.

Il dut ciller et secouer la tête pour comprendre pleinement sa requête. Il tâtonna à la lueur de la lanterne et trouva ses gants. Non, ceux-ci lui appartenaient.

— Les miens sont de l'autre côté, offrit-elle obligeamment.

Il chercha sur la banquette et les repéra enfin, puis se pencha pour les déposer sur ses genoux.

— Merci. Je…

Il ne trouva rien d'autre à dire. Elle lui répondit par un regard à la fois guindé et résolument provocateur. Comment réussissait-elle ce tour de force ?

La porte de la voiture s'ouvrit au moment où elle finissait d'enfiler son second gant. Ned s'aperçut un peu tard qu'il devait aussi remettre les siens, et reboutonner son pantalon. Il s'en chargea rapidement et sauta du carrosse pour lui offrir sa main.

Il l'escorta jusqu'à la maison, convaincu qu'il n'avait jamais assisté à un meilleur concert, même s'il ne se souvenait plus de qui jouait. Ils entrèrent et trouvèrent des places. C'était en effet un excellent programme, mais il l'aurait apprécié même si les musiciens avaient utilisé une batterie de cuisine.

Quand la musique s'acheva, les invités furent conviés à se regrouper autour de rafraîchissements. Aquilla retrouva Lady Satterfield, puis son amie Miss Breckenridge les rejoignit et elles se lancèrent dans une discussion animée sur leur visite de la veille à l'hôpital de Bethlem. Mary avait accepté la robe d'Aquilla avec un grand plaisir, mais moins grand que celui qu'Aquilla avait pris à la lui donner.

Ned saisit cette opportunité pour se rendre sur la

terrasse. Il avait un peu trop chaud depuis sa descente du carrosse. Il se sourit à lui-même, persuadé qu'il chérirait longtemps ce souvenir, peut-être même toute sa vie.

— Vous semblez content de vous. Ceci dit, vous en avez probablement le droit.

Lindsell tituba sur la terrasse, les yeux vitreux. Ned examina le jeune homme.

— Et vous semblez ivre.

Lindsell retroussa les lèvres.

— Vous osez m'insulter.

— Je crois que vous avez commencé. Mais vous avez raison, je vaux mieux que ça. Excusez-moi.

Il amorça sa retraite mais Lindsell lui envoya son coude dans le flanc quand il le croisa. Lindsell se retourna, le front plissé par la colère.

— Vous m'avez insulté le premier. En volant ma fiancée.

— Je n'ai volé personne, elle m'a choisi.

Il aurait bien ajouté qu'il n'y avait jamais eu de match, mais il ne voulait pas frapper un homme à terre. Il avait peut-être tenu à Aquilla. Mais non, Ned savait que ce n'était pas le cas, pas avec la manière dont il avait parlé d'elle.

— Je pense qu'elle préférait un époux qui l'estimait.

— Vous êtes une crapule !

Lindsell se jeta sur lui mais Ned fit simplement un pas de côté et le regarda s'étaler face contre terre. Ned lança un regard vers la porte mais vit que personne ne les observait. En soupirant, il s'accroupit à côté de l'homme allongé au sol.

— Vous êtes vraiment imbibé, Lindsell. Vous ne voulez pas déclencher de bagarre. Laissez-moi vous aider.

Il prit le bras du baron. Lindsell lui permit de le redresser à moitié avant de lui arracher son bras et de le fusiller du regard.

— J'aurais dû vous défier. J'avais déjà fait lire les bans à mon église paroissiale. Ce que vous avez fait était méprisable.

Ned secoua la tête mais ne ressentit aucune pitié.

— Vous aurez vraisemblablement oublié cette conversation demain matin, ce qui est fort dommage car vous reviendrez sans doute me harceler. Je prie pour que vous n'en fassiez rien. Ma patience a des limites.

Lindsell remit de l'ordre dans sa tenue.

— Me menacez-vous ?

— Je vous rappelle que c'est vous qui avez mentionné un duel. Vraiment, Lindsell, rentrez chez vous. Voulez-vous que je demande à un valet de pied de vous aider, pour vous éviter une nouvelle chute ?

— Vous aimeriez ça, n'est-ce pas ?

Énormément. Ned se tourna vers la maison.

— Je vais en quérir un.

Lindsell tenta un nouvel assaut du coude mais Ned fut plus prompt et l'envoya franchir le seuil de la maison en trébuchant. Avant d'avoir pu retourner sur la terrasse pour prendre quelques profondes inspirations, Ned rencontra le regard rétréci de Forth-Hodges. Il s'apprêta à subir les récriminations d'un autre gentilhomme mécontent. Forth-Hodges, qui rendait quelques bons centimètres à Ned, sortit à grands pas, les traits crispés par la contrariété.

— Je constate que je ne suis pas le seul à souhaiter vous corriger.

Ned ne pouvait pas savoir ce qu'il avait vu, mais cela semblait suffisant. Plus qu'un peu irrité lui-même après son altercation avec Lindsell, il ne prit pas la peine de modérer ses propos.

— Je suis navré d'entendre que vous me voulez du mal.

Il ne prit pas non plus la peine de demander pourquoi.

— Je vous prie de m'excuser.

— Attendez un instant, dit Forth-Hodges en lui lançant un regard noir. Je crois que vous me devez une explication. En fait, vous la devez à Emmaline. Elle s'attendait à une proposition de votre part, et voilà que vous épousez *quelqu'un d'autre*.

— Je ne lui ai jamais rien promis, et je n'ai même pas mentionné l'éventualité d'un mariage. Si elle nourrissait des attentes, c'était uniquement dans son imagination.

Les yeux de Forth-Hodges lui sortirent de la tête.

— Vous accusez ma fille de raconter des mensonges ? cracha-t-il avec véhémence.

Ned se tirait très mal de la situation. Il tenta d'évacuer sa colère en secouant les épaules.

— Non, j'essaie seulement de vous fournir l'explication que vous demandez.

— Vous êtes une vermine, Sutton. Et un menteur.

Forth-Hodges le foudroya d'un regard cinglant.

— Oui, Duc Malhonnête vous sied à la perfection.

— Comment m'avez-vous appelé ?

La question de Ned, sèche et mordante, stoppa net Forth-Hodges qui repartait vers la maison.

— Le Duc Malhonnête. Un surnom charmant et très approprié, n'est-ce pas ? Vous n'êtes qu'un menteur doublé, à ce qu'il semble, d'un voleur. Bon débarras.

Il retroussa les lèvres avant de se tourner pour se diriger vers la maison.

Le regard de Ned resta fixé sur l'espace vide où Forth-Hodges s'était tenu pour l'insulter. À plusieurs reprises. Mais tout ce qui comptait, c'était que cet homme l'avait appelé le Duc Malhonnête. Ce surnom n'avait cours qu'entre Aquilla et ses amies. L'une d'elles l'avait-elle divulgué ?

Quoi qu'il en soit, on parlait de lui. Il n'aimait pas être le sujet de ragots. Cela signifiait que les autres faisaient attention à lui, plus que d'habitude. Et il ne détestait rien plus qu'une attention malvenue. Quand il avait tant à cacher.

Arrête, se dit-il. *Ton secret est à l'abri*. Il prit une profonde inspiration pour calmer son cœur galopant. Oui, il l'était, mais la culpabilité était aussi présente, menaçant sa stabilité mentale.

Il retourna dans la maison à la recherche d'Aquilla. Dès qu'il l'eût trouvée, il lui annonça qu'il était temps de rentrer à la maison. Quand ils furent dans la voiture, elle l'examina avec inquiétude, le front plissé.

— Que se passe-t-il ? Tu semble contrarié.

— Lindsell et Forth-Hodges m'ont pris à partie.

Elle sursauta, écarquillant les yeux avant de ciller.

— Physiquement ?

— Lindsell a essayé. Il avait bu.

Ned pianota sur la banquette à côté de sa jambe.

— Il m'a accusé de t'avoir volée.

Elle prit une profonde inspiration, l'air toujours concerné.

— Et Forth-Hodges ?

—Il m'a traité de menteur.

Il parlait d'un ton saccadé, de nouveau en colère.

— Juste avant de m'appeler Le Duc Malhonnête. Saurais-tu par hasard comment il est au courant de ça ?

Elle porta brièvement une main à sa bouche, et le choc apparut dans ses yeux avant d'être remplacé par le regret.

— Je n'en ai aucune idée. C'est toujours resté entre Lucy, Ivy et moi. Et Nora.

— Apparemment pas.

Il regarda vers la fenêtre, incapable de supporter l'angoisse dans ses yeux.

— Elles n'auraient jamais rien dit. Et, de toute façon, c'est idiot.

Il tourna brutalement la tête dans sa direction.

— Je t'ai dit dès le début que je n'aimais pas être au centre des racontars.

— Et je t'ai répondu que personne n'aimait ça, contra-t-elle en blêmissant. Je me souviens que Nora a mentionné ce nom à notre réunion l'autre jour. Quelqu'un doit l'avoir entendu.

Elle se pencha en avant.

— Franchement, Ned, tu ne peux pas penser que l'une d'entre nous l'aurait fait exprès.

— Peu importe. C'est fait, maintenant.

Elle le toisa et croisa ses bras sur sa poitrine.

— On parlait de toi avant cela. Ta réputation était notoire.

— Oui, mais je n'ai jamais trompé personne.

Hormis qu'il l'avait fait, qu'il continuait à le faire et qu'il le ferait toujours.

Le carrosse s'arrêta enfin. Sans attendre le cocher, il ouvrit la porte et sauta à terre. Il aida Aquilla à descendre et l'accompagna jusqu'à la maison. Elle commença à gravir les escaliers mais il ne la suivit pas. À mi-chemin, elle se retourna pour le regarder.

— Tu ne viens pas ?

— Pas tout de suite.

Il se dirigea vers le séjour pour rejoindre son bureau. Et probablement la carafe de whisky.

— Et ne m'attends pas.

Il ne voulait pas de compagnie. Pas quand il ne la méritait pas.

CHAPITRE 14

I l lui avait dit de ne pas l'attendre, mais Aquilla ne l'avait pas écouté. Elle s'était couchée dans son propre lit, ce qu'elle ne faisait que les nuits où il dormait à Sutton Park. Qu'il soit dans la maison et la laisse seule toute la nuit lui faisait mal.

Elle avait dormi par intermittence mais, maintenant que le soleil s'était levé, elle pouvait cesser de faire semblant. Elle pourrait aussi faire irruption dans sa chambre. Elle rejeta les couvertures, sauta de son lit et s'arrêta net avant de se précipiter la tête la première vers un désastre potentiel.

Il avait été furieux la veille et elle ne l'avait jamais vu dans cet état. Lindsell et Forth-Hodges l'avaient clairement provoqué et elle ne pouvait pas le blâmer d'en avoir pris ombrage. Mais ensuite, il s'en était pris à elle. Elle avait décelé quelque chose dans son regard, une douleur qui lui avait brisé le cœur. Une douleur qui lui avait fait prendre conscience qu'elle ferait n'importe quoi pour la faire disparaître. Parce qu'elle l'aimait.

Elle avait vraiment essayé de l'éviter. Garder son cœur

intact était son dernier rempart. La dernière miette d'indépendance qu'elle conservait. Elle l'avait mis à l'abri pendant si longtemps que c'en était devenu une habitude, non, un instinct de survie. Mais avec attention, humour et tendresse, il avait fait exploser toutes ses défenses.

Maintenant, elle était en colère. Mais aussi folle de joie. Elle passa de la mine renfrognée au rire jubilatoire et plaqua une main sur sa bouche en se jugeant totalement incohérente. Carrant les épaules, elle se dirigea d'un pas déterminé vers sa chambre et s'arrêta devant son lit vide. Il n'avait même pas été défait.

Un frisson glacial parcourut son échine et elle fit demi-tour en se tenant les épaules. Elle trouva sa robe de chambre au pied de son lit et l'enfila, ainsi que ses pantoufles, avant de descendre. Dans le hall, elle passa devant un valet de pied. Elle se dirigea vers le bureau de Ned, vide lui aussi.

Elle retourna dans le hall et s'adressa au valet :

— Savez-vous où se trouve Monsieur ?

— Oui Madame. Il est parti pour Sutton Park tard dans la soirée.

Bien entendu. Sa moitié en colère prit le dessus. Elle fut tentée de s'y rendre à son tour. Mais une petite voix dans les confins de son esprit lui chuchota d'être prudente. Il y avait peut-être une raison pour qu'il la tienne éloignée de Sutton Park. Elle remonta à l'étage en traînant les pieds et passa le temps en attendant qu'il soit convenable de rendre visite à Lady Satterfield.

La comtesse fut ravie de la voir et s'aperçut immédiatement que quelque chose ne tournait pas rond. Elle entra dans le salon, arborant un sourire qui disparut instantanément quand elle prit la main d'Aquilla pour la conduire au divan.

— Dites-moi, ma chère. Que se passe-t-il ?

Aquilla lui raconta la nuit précédente et Lady Satterfield

l'écouta patiemment. Elle termina en expliquant qu'il était parti pour Sutton Park.

— Eh bien, c'est sans doute pour le mieux. Il arrive que les hommes aient besoin de se rafraîchir les idées. Vous ne me croirez peut-être pas, mais même Satterfield en a besoin de temps en temps.

— Oui, mais c'est la quatrième fois qu'il s'y rend depuis que nous sommes mariés et il ne m'a jamais invitée. Il dit qu'il fait des améliorations avant de m'y emmener mais je m'en moque. Je veux voir son foyer.

Non, c'était plus que ça.

— Je ne peux pas m'empêcher de penser qu'il me cache quelque chose.

Lady Satterfield plissa le front.

— Je vois. C'est compréhensible.

— Je me demande s'il a une maîtresse.

Aquilla émit l'idée qui avait pris racine dans la matinée et l'avait minée depuis lors.

— Je ne le connais pas aussi bien que vous, mais il ne me paraît pas être ce genre d'homme. De plus, quand je vous vois ensemble, je dirais que vous êtes amoureux. Ai-je tort?

Le cœur d'Aquilla se serra si fort qu'elle eut peur qu'il n'explose.

— Non, dit-elle d'une voix à peine audible. Du moins pas pour ma part. Nous n'en avons… pas discuté.

Lady Satterfield tapota la main d'Aquilla et son regard se fit compatissant.

— Vous devriez. J'espère que vous lui accorderez le bénéfice du doute. Son passé est empreint de tant de tristesse.

Cette remarque attira l'attention d'Aquilla. Était-ce une allusion à la perte de ses parents?

— Parce que ses parents sont morts ?

— Oui, et cet affreux incendie.

La peur lui glaça l'échine. Elle n'avait aucune idée de ce que racontait la comtesse.

— Quel incendie ?

Lady Satterfield parut étonnée.

— Sutton Park a pris feu il y a longtemps. Au moins quinze ans, selon moi. Le frère de Sutton y a perdu la vie.

Aquilla eut le souffle coupé et sa colère s'envola. Elle voulait partir pour Sutton Park sur le champ, mais pas pour l'affronter. Non, elle souhaitait lui avouer qu'elle l'aimait et lui demander pourquoi diable il ne lui avait jamais parlé de ces événements.

— Vous n'étiez pas au courant, continua la comtesse, surprise puis inquiète. Oh, mon Dieu, j'espère n'avoir rien révélé de grave.

Elle agita une main.

— Non, c'est absurde. Ce n'est pas un secret. C'était de notoriété publique à l'époque.

Elle secoua la tête.

— Quelle tragédie !

Aquilla se leva.

— Je dois me rendre à Sutton Park.

Lady Satterfield en fit autant.

— C'est évident.

Aquilla grimaça.

— Mais il a pris le carrosse.

— Alors vous prendrez le mien. Venez, il faut vous mettre en route.

Après un court arrêt à Sutton House pour prendre quelques affaires, Aquilla prit la direction du sud vers Sutton Park. Elle était submergée par ses émotions et les questions se bousculaient dans son esprit. Elle espérait seulement que Ned soit prêt à y répondre.

∾

*N*ed n'avait pas dormi du tout. Il était arrivé à Sutton Park au milieu de la nuit. C'était une heure inepte pour voyager mais il n'avait pas eu les pensées claires. Il avait seulement souhaité s'y rendre au plus tôt. Il en avait fini de mentir à sa femme. Il devait mentir au monde entier, mais ne voulait pas être le bon sang de Duc Malhonnête avec elle.

Il avança silencieusement dans le couloir de l'aile est vers les appartements de George. Le valet de pied de service était assis sur une chaise et lisait un livre. Il se leva à l'approche de Ned.

— Bonjour, Monsieur

— George est-il réveillé ?

— Je n'en sais rien, Monsieur. Je n'ai entendu aucun bruit.

Habituellement, George sonnait quand il se levait, mais quelquefois il oubliait. Il lui arrivait de bricoler dans ses quartiers pendant des heures. Cependant, depuis l'arrivée du Dr Paget, quelqu'un pénétrait dans la chambre à dix heures, qu'il y ait eu du bruit ou non. Le docteur estimait qu'une routine était bénéfique pour la stabilité mentale de George. C'était une des raisons pour lesquelles lui présenter l'épouse de Ned serait crucial, car cela chamboulerait son quotidien et ses perspectives.

Il n'était pas encore dix heures mais Ned ne pouvait plus attendre. Il avait prévu de parler d'Aquilla à George au cours d'un petit-déjeuner composé de ses plats préférés, du hareng fumé et des œufs

— Merci, dit Ned. J'ai fait monter le petit-déjeuner. Il devrait être là d'un moment à l'autre.

Le valet fit mine de partir mais Ned lui intima de rester en poste avant d'entrer dans le salon. La porte de la chambre à coucher était ouverte et George passa la tête dans l'entrebâillement avant que Ned ne soit à mi-chemin.

— Ned ! Tu es là !

Il bondit de sa chambre, courut droit vers Ned et l'étreignit avec tant de force qu'il manqua de le renverser. Ned sourit et tapota le dos de son frère.

— Bonjour. As-tu faim ?

— Tu prends le petit-déjeuner avec moi ?

— Évidemment.

George sourit à son tour et sa joie apparente fit fondre les craintes de Ned.

— J'ai commandé du hareng et des œufs, expliqua Ned en se dirigeant vers la table où George prenait ses repas.

Un valet entra, chargé d'un plateau et suivi par celui qui montait la garde dehors. Ils mirent le repas en place, puis l'un des deux demanda :

— Aurez-vous besoin d'autre chose, Monsieur ?

Ned secoua la tête.

— Puisque je suis ici, descendez et prenez votre déjeuner aussi, s'il vous plaît.

— Merci Monsieur.

Ils s'inclinèrent tous les deux et quittèrent la pièce, laissant Ned seul avec George, qui était déjà assis et avait entamé les harengs avec délectation.

Ned s'assit et prit quelques bouchées en réfléchissant à la manière d'aborder le sujet de son épouse. Après un moment, il se lança.

— Le Dr Paget t'a parlé de la famille, n'est-ce pas ?

George, la bouche pleine, hocha la tête.

— As-tu le moindre souvenir de Père et Mère ?

George ne leva pas le nez de son assiette.

Ned ne pouvait pas affirmer qu'il ne s'en souvenait pas, mais il devait le présumer. Depuis que George était revenu de l'hôpital, il n'avait jamais évoqué aucun des deux. Il parlait de Chef, des gâteaux au citron et de leurs chiens. Ils avaient eu deux chiens de chasse, un pour chacun, et celui de George s'appelait Falstaff.

Ned tenta une autre approche.

— Te souviens-tu de Falstaff ?

George leva les yeux, les traits crispés par la concentration.

— Falstaff… mon chien ?

Son regard se chargea de nostalgie

— Ce chien me manque.

— Je me demandais si tu en voudrais un autre. Pour te tenir compagnie.

Ned souhaita y avoir pensé plus tôt. Les yeux de George s'illuminèrent.

— Comme Falstaff ?

— Oui.

— Oh oui, Ned !

— Excellent, je vais voir ce que je peux trouver. Ce sera agréable d'agrandir notre famille, ne crois-tu pas ?

La lumière diminua dans les yeux de George.

— Tu parles comme le Dr Paget. Il dit que notre famille est forcément amenée à s'agrandir, que tu vas prendre une épouse.

Il fit la grimace.

— Je lui ai dit que tu ne le ferais pas. Après tout, *je* n'en ai pas besoin.

Ned conserva une voix égale.

— Mais moi, j'aimerais bien en avoir une.

Il se força à continuer. Il ferait face aux conséquences, quelles qu'elles soient.

— En fait, je me suis déjà marié.

George le fixa, puis recommença à manger ses œufs. Ned attendit, le corps tendu et l'esprit en alerte. Mais rien ne se produisit. George termina tranquillement son petit-déjeuner, puis il se leva.

— Pourquoi aurais-tu envie d'une femme ? demanda-t-il enfin. Je suis là. Tu n'as pas besoin d'une femme. Elle comprendra quand tu lui diras que tu as changé d'avis.

Il hocha la tête, comme s'il considérait que la discussion était close.

Ned se leva lentement, ne sachant pas trop à quoi s'attendre. George ne semblait pas agité, mais il ne comprenait pas non plus que Ned ne pouvait plus rien y changer, quand bien même il l'aurait souhaité. Ce qu'il ne voulait absolument pas.

— Je ne peux pas, George. Nous sommes mariés. Elle s'appelle Aquilla. Je pense que tu vas beaucoup l'aimer.

Les yeux de George virèrent à la glace, comme l'étang lorsqu'il était gelé pendant l'hiver.

— Non, je vais la détester.

Dans un accès de rage, il balaya la table d'un revers de la main et envoya les assiettes s'écraser au sol.

— Et je te détesterai aussi, cracha-t-il, le regard débordant maintenant d'hostilité.

Ned fit un pas en arrière. Lorsque George était en colère – bien qu'il ne l'ait jamais été autant qu'à cet instant – il lui laissait de l'espace. Au pire, il avait brisé une chaise ou déchiré ses vêtements. Non, il avait mis le feu à la maison. Mais il n'était pas en capacité de le faire, il n'avait plus le matériel nécessaire, à moins de l'avoir dissimulé quelque part.

Ce qui était impossible. Ils s'étaient assurés qu'il soit surveillé en permanence. Même s'il avait réussi à sortir de la maison dernièrement, sans qu'ils sachent comment. La seule explication plausible était que le valet de garde se soit endormi si profondément qu'il n'avait pas entendu George passer devant lui.

— Tu ne me détestes pas, dit Ned, d'un ton aussi calme que possible alors que son pouls s'emballait.

— Si ! Tu me laisses tout seul ici tout le temps et maintenant tu ne reviendras sans doute plus jamais!

Il fonça dans sa chambre et claqua la porte. Une servante
pénétra dans le salon à cet instant, les yeux exorbités et la
bouche béante quand elle découvrit le carnage.

— Je reviens immédiatement nettoyer tout ceci, Monsieur.

Ned ne répondit pas. Toutes ses pensées étaient tournées
vers George. Il gagna la porte avec précaution et écouta
attentivement. Il entendit des grommellements, puis le
silence. Il resta un long moment, peut-être plusieurs minutes,
à tendre l'oreille pour capter le moindre bruit. Finalement, il
se détourna de la porte et se mit à faire les cents pas, soupe-
sant son prochain mouvement.

— Monsieur, j'ai appris qu'il y avait eu du grabuge.

Le Dr Paget se précipita dans l'antichambre, les traits tirés
par l'inquiétude. Son regard se déplaça des plats brisés sur le
sol à la porte fermée de la chambre de George.

— Que s'est-il passé ?

— Je lui ai dit que j'étais marié.

Le Dr Paget prit une grande inspiration et grimaça.

— Il l'a mal pris.

— Manifestement. Je lui ai promis un chien.

Ned considérait toujours que c'était une bonne idée, mais
cela n'avait pas suffit à tempérer la réaction de George à l'en-
contre d'Aquilla. Le Dr Paget y réfléchit pendant un moment.

— C'est une idée brillante. J'aimerais que nous en discu-
tions davantage. Mais avant cela, voyons si je peux lui parler.

Il se dirigea vers la porte et Ned remarqua qu'il avait une
tasse fumante dans les mains.

— Vous lui avez préparé un posset ? demanda-t-il.

— Oui, dès que j'ai entendu parler de l'incident.

La servante avait vraisemblablement prévenu tout le
monde, ce qui était la bonne décision. Tout le personnel

connaissait les débordements de George et était prêt à aider quand c'était possible. Ned avait pris de grandes précautions pour engager des domestiques discrets, attentionnés et, par-dessus tout, dignes de confiance.

Le Dr Paget frappa doucement à la porte.

— George ?

Rien. Il frappa de nouveau, un peu plus fort cette fois.

— George ? C'est le Dr Paget. Puis-je entrer ?

Un grognement lui répondit cette fois. Le médecin échangea un regard inquiet avec Ned et tenta d'actionner la poignée.

— Je vais entrer.

Étonnamment, ce n'était pas verrouillé, même s'ils avaient une clef au besoin. Le Dr Paget entra dans la chambre avec des gestes lents et précautionneux. Ned le suivit, nerveux et indécis. Depuis son lit, adossé à ses oreillers, George fusilla Ned du regard. Il accueillit le Dr Paget beaucoup plus amica-lement, avec un demi-sourire.

— Je vois que vous m'avez apporté un posset.

Le Dr Paget marcha jusqu'au lit.

— Oui, pour vous aider à vous détendre. J'ai entendu dire que vous étiez contrarié.

George pointa un doigt en direction de Ned.

— À cause de lui ! C'est un traître ! Mais je suppose que vous le saviez déjà.

Il croisa ses bras sur sa poitrine en leur adressant un regard rebelle.

— Ned m'a appris que vous allez avoir un chien. Pensez-vous prendre plutôt un chiot ?

La colère disparut du regard de George et fut momenta-nément remplacée par de l'excitation. Mais il reprit rapide-ment son expression butée, décroisa les bras et tendit une main.

— Donnez-le moi, que je puisse rendormir et essayer d'oublier mon traître de frère.

Le Dr Paget lui donna la tasse et glissa un regard inquiet vers Ned. George but lentement la boisson et s'enfonça davantage dans son lit.

— Inutile de rester à me surveiller. Je serai sage. En fait, je préférerais que vous me laissiez seul.

Il paraissait triste et désabusé, et Ned en eut le cœur brisé. Il avait traversé tant d'épreuves et Ned avait horreur de lui faire de la peine. Les yeux de George se rétrécirent quand il vit qu'ils ne bougeaient pas.

— Allez-vous-en ! Sinon je te lance ça à la tête, ajouta-t-il à l'intention de Ned.

Le cœur lourd, Ned quitta la pièce. Le Dr Paget le suivit, fermant la porte derrière lui. Le Dr Paget gagna l'autre extrémité du salon et fit signe à Ned de le rejoindre. Il dit à voix basse:

— Je suis préoccupé. Il est plus perturbé que d'habitude, il recommence à vous appeler son frère.

Ned avait pris grand soin de faire passer George pour un cousin, qui se trompait parfois et le prenait pour son frère. Toute la maisonnée l'avait accepté, et seuls le majordome et sa tante étaient dans le secret.

Ned se dit qu'il aurait dû en parler plus tôt au docteur, mais révéler leur vrai lien de parenté était toujours un risque. Il aurait probablement dû faire confiance à Paget au vu de ses succès récents. George avait fait moins de crises et, quand il en faisait, le Dr Paget le calmait rapidement.

En général avec une soupe. Ou un posset. De plus, George l'avait bu en s'attendant à dormir ensuite. Ned fixa le médecin avec une désagréable sensation le long du dos.

— Qu'y avait-il dans la mixture que vous lui avez donnée ?

Le Dr Paget ne réussit pas à cacher sa culpabilité, ou peut-être qu'il n'essaya même pas.

— J'avoue y avoir mis du laudanum, Monsieur.

Ned fut envahi par la colère à la même vitesse que George, mais il se retint de briser quoi que ce soit.

— Je vous ai dit lorsque je vous ai engagé que je ne voulais pas que vous ayez recours au laudanum.

Le visage du Dr Paget se colora.

— J'ai essayé, Monsieur. Et je ne l'utilise qu'avec parcimonie.

— Vraiment ?

Ned n'en savait rien puisqu'il était absent la majeure partie du temps.

— Oui, et c'est efficace.

Le Dr Paget carra les épaules et regarda Ned dans les yeux.

— Je ne peux pas vous empêcher de me renvoyer, mais je crois avoir été utile. La routine quotidienne donne de merveilleux résultats et je pense que l'arrivée d'un chien sera particulièrement bénéfique.

Ned ne fut pas convaincu. Il n'appréciait pas que l'homme lui ait menti. L'hypocrisie de cette pensée ne lui échappa pas.

— Je peux trouver quelqu'un d'autre pour organiser ses journées et l'aider à prendre soin du chien.

— Vous pouvez, répondit calmement Paget, mais nous avons une bonne relation.

Ses traits s'adoucirent.

— Je me suis beaucoup attaché à George. Et je crois qu'il m'aime bien. Si je reste, je vous promets de vous consulter systématiquement. J'aimerais aussi avoir la possibilité d'aider à l'insertion de Lady Sutton. Ma présence au cours de ce bouleversement assurera une certaine stabilité à George.

Il s'exprimait d'un ton persuasif et chargé d'espoir. Ned se sentit soudain épuisé. Toute sa vie avait tourné autour de George et il semblait ne pas être capable de s'en occuper convenablement. Tout comme il avait manqué à tous ses devoirs envers sa femme.

Pourquoi, puisqu'ils étaient les deux personnes qu'il aimait le plus au monde ? La joie remplaça la mélancolie dans son cœur quand il s'aperçut qu'il aimait Aquilla. Elle lui manquait. Il n'aurait jamais dû la laisser à Londres. Pas aussi tôt après leur mariage et certainement pas la nuit précédente.

— Je vais envisager de vous laisser rester, dit-il. Maintenant, je vous prie de m'excuser.

Il quitta le petit salon et s'assura qu'un valet était en poste. La servante le croisa, parée pour tout nettoyer, et fit un signe de tête dans sa direction.

Ned informa le majordome qu'il désirait rentrer à Londres dans l'heure. Il aurait préféré ne pas quitter George dans un tel moment de détresse mais tante Susannah avait raison, il était temps qu'il saisisse son bonheur à pleines mains. Même si l'accepter ne faisait qu'augmenter la culpabilité qui rongeait déjà son âme.

Quand ses affaires furent prêtes, il remonta pour jeter un dernier coup d'œil à son frère. Il passa devant le valet de pied et entra dans le petit salon, où tout était de nouveau en ordre. Le Dr Paget n'était pas en vue.

Sans faire de bruit pour ne pas déranger George, Ned ouvrit la porte intermédiaire et pénétra furtivement dans la chambre obscure. Il tenta de discerner la forme de George dans le lit, mais sans succès. Plus il approchait du lit, plus il devait se rendre à l'évidence : George n'était pas là.

Ned examina le lit, qui était complètement vide. Il s'agenouilla pour regarder dessous, là où ils se cachaient quand ils étaient gamins. Personne. L'appréhension se mua en peur tandis qu'il fouillait la pièce. George était parti. Ned explora aussi le petit dressing. Vide également.

À grandes enjambées, il retraversa l'antichambre et se retrouva devant le valet de pied assis dehors. C'était Wilkes, le même que lorsque Ned était parti plus tôt.

— Êtes-vous resté ici tout le temps ? Depuis que je suis parti ?

Ned était déjà en train d'organiser une équipe de recherche dans son esprit. Inquiet, Wilkes se leva quand il saisit l'urgence dans le ton de Ned.

— Oui Monsieur. Que s'est-il passé ?

— George est parti.

—C'est impossible, Monsieur. Je n'ai pas bougé, je vous le jure.

Comment diable était-il sorti, alors ? Ned fit demi-tour et retourna rapidement dans la chambre à coucher, Wilkes sur les talons. Ned commença à examiner la pièce sous un autre angle. Il devait y avoir une autre issue. Il se tourna vers le valet.

— Allez chercher de l'aide, nous devons trouver comment il s'échappe.

Après un bref hochement de tête, Wilkes quitta la chambre en vitesse. Ned sonda les murs à la recherche d'une sorte de passage secret. Il savait qu'il y en avait un, mais il était dans l'autre aile. Dans le dressing de Père. Il l'avait trouvé avec George quand ils étaient petits.

Il se précipita dans le dressing et tenta de se souvenir comment ils l'avaient découvert et où il était situé. Ils avaient joué avec les cravates de Père, les nouant les unes aux autres pour en faire une corde qui leur permettrait de se jeter de l'arbre dans l'étang. Se repassant la scène, il se souvint qu'ils avaient senti un courant d'air. Quand ils en avaient cherché la source, ils avaient trouvé un loquet en haut du lambris qui ouvrait une petite porte donnant sur un couloir étroit. Ils n'avaient jamais su où il menait car leur père les avait découverts à cet instant précis. Toutes leurs tentatives d'exploration ultérieures ayant été contrecarrées efficacement, ils avaient fini par abandonner.

Ned s'agenouilla et chercha un courant d'air. Il fit le tour de la pièce à genoux, ce qui s'avéra malaisé, lent et plutôt laborieux. Quand il atteignit l'armoire, il glissa la main derrière. De l'air froid balaya sa main. Il entendit une autre personne entrer dans la chambre.

— Monsieur, dit le Dr Paget, d'une voix plus aiguë que la normale. On me dit que George a disparu.

Ned se leva et se plaça d'un côté de l'armoire.

— Aidez-moi à l'éloigner du mur.

Paget le regarda comme s'il souffrait à son tour de démence, mais fit ce qu'il lui demandait. Ils déplacèrent le meuble d'un bon mètre puis Ned en fit le tour, avant de s'arrêter net. L'arrière de l'armoire était en grande partie manquant. Même s'il était contrarié, Ned ne put s'empêcher de s'incliner devant l'ingéniosité de George.

— Il n'avait même pas besoin de la bouger.

Paget le rejoignit et fut impressionné par le trou au dos du meuble.

Ned s'agenouilla de nouveau et palpa le haut du lambris à la recherche du déclencheur. Il entendirent un clic et le mur s'ouvrit, exactement comme il l'avait fait dans le dressing de leur père toutes ses années auparavant. L'estomac retourné, Ned tourna la tête et regarda le médecin.

— Je ne crois pas que George ait bu votre posset. Vous devriez vérifier.

Le docteur courut pratiquement hors du dressing et revint presque aussi vite en secouant la tête.

— J'ai été complètement stupide.

— Nous l'avons tous été.

Ned jeta un regard noir au couloir sombre qui s'ouvrait devant lui. Combien de passages secrets cette maison abritait-elle ? Il devrait tous les trouver et les sceller. Mais avant cela, il devait trouver George.

— Allez chercher des lanternes, que nous découvrions où ceci conduit.

CHAPITRE 15

*L*a journée avait été nuageuse mais, à l'approche du village de Sutton, une fine pluie se mit à crépiter sur le toit du carrosse. Aquilla avait laissé les rideaux ouverts pour regarder le paysage, qui était maintenant un peu flou à cause de la bruine.

Une des roues de la voiture heurta un nid-de-poule et le livre qu'elle avait oublié sur des genoux rebondit sur le sol. Elle se pencha pour le ramasser, se demandant pourquoi elle avait pris la peine de l'apporter alors que son esprit était en ébullition, et se retrouva empêtrée dans ses jupes quand le carrosse stoppa brutalement.

Après être remontée sur la banquette, elle épousseta sa robe. Elle entendit des voix à l'extérieur et reconnut celle du cocher. L'autre était trop lointaine pour qu'elle puisse la distinguer mais elle entendit clairement un glapissement féminin. Elle ouvrit la porte et le valet de pied posté à l'arrière du carrosse sauta pour l'aider. Il se présenta à la porte ouverte, presque aveuglé par la pluie.

— Madame, quelqu'un bloque le chemin. Mais nous reprendrons notre route dans un instant.

D'après le hurlement qu'elle avait entendu, Aquilla supposa qu'il s'agissait d'une femme.

— Est-elle seule ?

— Il semblerait, Madame.

Aquilla se pencha à l'extérieur et tendit le cou. Elle aperçut la femme, qui portait un chapeau à larges bords agrémenté d'un voile masquant son visage, discutant avec le cocher qui lui demandait de bouger à grand renfort de gestes.

— Que peut-elle bien faire dehors par ce temps ? Nous devons lui offrir de l'emmener.

Le valet fronça les sourcils.

— Je ne suis pas certain…

Aquilla pinça les lèvres.

— Mais moi, je le suis. Invitez-la à monter sur le champ, s'il vous plaît.

Un moment plus tard, le valet avait tiré le marchepied et aidé la femme à monter dans le carrosse. Elle portait une robe en lainage dont le bas était trempé, et également boueux. Elle s'installa dos à la route, se laissant tomber sur la banquette sans délicatesse.

— Oh mon Dieu ! Je suis tellement contente que vous vous soyez arrêtés.

Elle transportait un petit sac qu'elle posa au sol devant ses pieds. Aquilla adressa un regard au valet de pied qui attendait à côté de la porte toujours ouverte.

— Donnez-nous une seconde et je vous dirai quelle direction prendre.

Elle ferma la porte pour éviter d'être mouillée.

— Oui, j'en suis heureuse aussi. Où allez-vous ? Je me ferai une joie de vous y conduire. Je suis Lady Sutton.

La femme, qui s'était affairée à essorer ses jupes, releva brusquement la tête.

— Vous êtes la nouvelle comtesse ?

Bien qu'Aquilla ne puisse pas voir son visage, son ton exprimait clairement la surprise.

Ils avaient donc entendu parler d'elle ? Évidemment. Pensait-elle que Ned avait gardé son existence secrète ? Comment l'aurait-elle su, puisqu'il la tenait complètement à l'écart de ce qu'il faisait à Sutton Park. C'était comme s'il vivait deux vies séparées.

— Oui, répondit Aquilla. Venez-vous du village ?

— Oh oui, oui.

Elle tripota encore un peu ses jupes avant de se pencher légèrement en avant.

— Puis-je vous offrir mes condoléances ?

Un frisson glacial parcourut l'échine d'Aquilla.

— Pourquoi ?

La femme se rassit dans le fond du siège et croisa ses mains dans son giron.

— Le comte a mauvaise réputation mais vous devez déjà le savoir.

Aquilla se détendit.

— Oui, mais on ne peut pas vraiment le blâmer. Il n'avait fait aucune promesse à ces jeunes femmes.

— Vous vous moquez de moi ?

La voix de la femme monta très haut dans les aigus.

— C'est un immonde débauché. Bien sûr qu'il ne fait aucune promesse. Il prend ce qu'il veut et ne se soucie pas des conséquences. Il a essayé de me séduire aussi, ajouta-t-elle en reniflant. Mais je suis trop futée pour cette engeance.

Aquilla ne pouvait pas y croire. L'homme qu'elle connaissait, l'homme qu'elle aimait, qui la faisait rire, la traitait avec tendresse et l'excitait au plus haut point ne pouvait pas être le même que celui que cette femme décrivait. Aquilla s'obligea à demander :

— C'est sa réputation à Sutton ?

La femme hocha la tête. Son chapeau pencha dangereusement et elle en resserra les rubans sous son menton, qui était complètement masqué par le voile.

— Depuis des années. Je ne peux pas croire que vous n'en sachiez rien.

— Non, murmura Aquilla. Je dois dire que j'ai du mal à y croire. Mon mari n'est pas connu pour… badiner à Londres.

— Vous venez de Londres ? demanda la femme d'un ton pincé. Sutton dit qu'il se conduit bien là-bas. C'est son valet, Connor, qui en a parlé un jour où il était descendu au village. Sutton prend bien soin de garder ses conquêtes secrètes, même si tout le monde ici connaît la vérité.

Cela pouvait-il être la vérité ? Pouvait-il être malhonnête à ce point ? Elle faillit rire à cette évocation du surnom qu'elle lui avait attribué mais rien de ceci n'était drôle.

— J'espère qu'il ne sera pas trop tard pour que vous obteniez une annulation, continua la femme. Vous venez juste de vous marier, n'est-ce pas ?

Aquilla se sentit mal. Elle était certaine qu'il était trop tard. Avec leur… enthousiasme, elle pouvait déjà être enceinte.

— Je crains d'être piégée, chuchota-t-elle.

— C'est dommage.

La femme resta silencieuse un moment. Aquilla était sous le choc et son cœur saignait. Elle sursauta quand sa compagne reprit la parole.

— Vous devriez vous enfuir ! Je vous le conseille vivement.

Elle se pencha en avant et continua à voix basse, comme pour lui confier un secret.

— C'est aussi une brute. J'ai entendu des histoires à vous faire dresser les cheveux sur la tête.

Son malaise s'intensifia et Aquilla couvrit sa bouche de sa main. Elle n'arrivait pas à croire qu'elle s'était trompée sur son compte. Une partie d'elle voulait le nier. Ce ne pouvait pas être vrai.

— Cela ne ressemble tellement pas à l'homme que je connais, dit-elle, incapable d'accepter les accusations de l'autre femme.

— Oh, c'est un véritable escroc. J'en sais quelque chose, railla-t-elle. Quand je l'ai éconduit, il a séduit ma sœur et l'a mise enceinte, avant de l'abandonner. Mon neveu est le portrait craché du comte. Il a les mêmes cheveux blonds, les mêmes yeux gris et la même attitude. Il n'a que quatre ans, mais il dégage une confiance et une grâce qui ne peuvent être dues qu'à la noblesse.

Elle cracha ce dernier mot comme une insulte. Aquilla ne pouvait plus respirer. L'avertissement maintes fois répété par sa mère résonnait dans son esprit et elle crut qu'elle allait être malade.

— Comprenez s'il vous plaît que je vous raconte tout ceci pour votre propre bien, reprit la femme voilée. Je réalise qu'il est trop tard puisque vous avez épousé ce scélérat, mais vous pouvez au moins vous protéger et peut-être rester à Londres, loin de ses... penchants. Je n'ai plus qu'à prier pour que mon neveu ne devienne pas comme lui en grandissant, bien qu'il soit déjà grand amateur de sport, comme son père. Il déteste également la soupe de tortue.

Tout cela ressemblait assurément au Ned qu'elle connaissait, jusqu'à la soupe de tortue. Mais que savait-elle réellement de lui ? Il ne lui avait même pas dit qu'il avait un frère, encore moins qu'il était mort. Ses fréquents voyages à Sutton Park s'expliquaient maintenant. Il y entretenait peut-être une maîtresse.

— A-t-il une maîtresse ? demanda-t-elle malgré sa crainte de la réponse.

— Plusieurs.

Aquilla s'affaissait contre le dossier du siège quand on frappa à la porte.

— Madame ? s'enquit le valet de pied.

Elle ouvrit la porte mais ne fit pas confiance à sa voix. Elle détestait cette sensation de faiblesse. Elle cessa de retenir sa respiration et décida d'être en colère plutôt que blessée. Elle n'était *pas* sa mère. Si Ned croyait qu'il pouvait être odieux avec les femmes, il se trompait grandement.

— Devons-nous continuer vers Sutton Park, Madame ? demanda le valet.

— Je suis désolée de vous avoir fait attendre, répondit Aquilla.

Elle interrogea la femme du regard.

— Où pouvons-nous vous déposer ?

— En fait, je me rendais à Londres pour régler une affaire importante. Votre arrivée est une bénédiction. Sans vous, je pataugerais sous la pluie.

Quelque chose chez cette personne dérangeait Aquilla, mais c'était peut-être à cause de ce qu'elle venait d'annoncer.

— Vous vous y rendiez à pied ? s'étonna-t-elle.

— Nous ne sommes pas toutes mariées à des comtes, répondit la femme d'un ton dégoulinant de sarcasme. Je savais qu'une bonne âme me prendrait à son bord. J'imagine que vous n'y allez pas ?

Elle avait été sur le point de dire qu'elle venait de Londres mais ravala sa réponse. Elle n'avait plus vraiment envie de voir Ned. Elle se força à sourire.

— Je serais heureuse de vous y emmener.

Elle se tourna vers la porte et interpella le valet de pied.

— Ramenez-nous à Londres, je vous prie.

Elle lança un regard à la femme.

— Dans quel quartier de Londres ?

— Oh, je ne veux pas vous déranger. N'importe où. Je vous remercie mille fois.

Aquilla ordonna au valet de les emmener à Satterfield House. Elle ne voulait pas rentrer à la maison. Mais était-ce vraiment la maison après seulement deux semaines de mariage ? La voiture démarra et fit rapidement demi-tour.

— Quel est votre nom ? demanda-t-elle.

Au lieu d'une réponse, elle entendit des ronflements. Aquilla s'interrogea sur l'âge de sa passagère, dont elle n'apercevait rien, et sur les affaires qui l'appelaient à Londres. Ces questions devraient attendre, en compagnie de toutes celles qui se bousculaient dans l'esprit d'Aquilla. Elle se sentait tellement stupide. Dans le même temps, elle était toujours dans le déni.

Une petite voix au fond de son cerveau lui chuchotait que cette étrangère pouvait mentir, bien qu'elle en sache long sur Ned. Et pour quelle raison mentirait-elle ? Pour obtenir un voyage à Londres ? Cela n'avait pas de sens. Aquilla posa la tête sur le dossier du siège et s'accrocha à sa colère. De peur de fondre en larmes.

～

*E*n début d'après-midi, Ned était quasiment désespéré. Il se tenait près de l'arbre où il avait trouvé George deux semaines auparavant. Il avait écumé toute la zone au cours des dernières heures mais il revenait toujours au même endroit. Il avait essayé de deviner où son frère avait pu aller et avait fouillé toutes les cachettes auxquelles il avait pensé, à l'extérieur comme à l'intérieur. Mais il avait peur qu'une autre, ou plusieurs, n'existe sans qu'il le sache, comme le passage secret.

Ils avaient suivi le couloir jusqu'à un placard dans l'arrière-cuisine. À partir de là, la voie était libre. Ils avaient interrogé le personnel et une jeune servante avait affirmé avoir vu une femme quitter l'arrière-cuisine par la porte de derrière.

Même si la servante n'avait pas pu donner de détails sur la femme autres qu'elle portait un voile, Ned était convaincu qu'il s'agissait de George. L'horaire était cohérent et qui d'autre cela aurait-il pu être ? La manière dont George s'était procuré des vêtements féminins était un mystère. Avait-il prémédité de se sauver ? Ned n'y croyait pas. Selon lui, George n'avait réagi avec colère qu'en apprenant son mariage. Mais peut-être était-ce plus profond qu'il ne le pensait. Il commençait à se dire qu'il aurait dû écouter tante Susannah. George pouvait avoir besoin de plus d'attention qu'il n'était capable de lui donner.

Quelles que soient les motivations de George, Ned avait l'impression d'avoir négligé son frère.Tout comme il avait négligé sa femme. Il l'avait quittée sans un mot, et maintenant il était coincé ici. À moins de retourner à Londres. Il secoua la tête. Non, il ne pouvait pas abandonner les recherches. George pouvait être n'importe où, et il devenait de plus en plus évident qu'il n'était même plus à Sutton Park.

La cloche qu'ils avaient utilisée lors de leur précédente battue sonna subitement. Ned partit en courant, martelant la terre humide de ses bottes et projetant des gerbes de boue. Ned se précipita vers son majordome qui l'attendait sur la terrasse. Le domestique lui tendit une lettre.

— Monsieur, ceci vient d'arriver.

Ned ouvrit le parchemin et parcourut son contenu.

Sutton,

J'ai enfin compris pourquoi vous passiez autant de temps à Sutton Park. Je ne souhaite pas rivaliser avec vos nombreuses femmes, j'ai donc décidé que nous devrions vivre séparément. Vous aviez accepté de me laisser partir si je n'étais pas heureuse.

La note était signée simplement Aquilla.

Ned, qui tentait toujours de reprendre sa respiration, eut la sensation d'être frappé au plexus. Avec un marteau. Il devait partir. Le Dr Paget apparut sur la terrasse en haletant, le visage rouge.

— Que se passe-t-il ? demanda-t-il, les yeux pleins d'espoir.

Ned secoua la tête.

— Je dois retourner à Londres.

Les yeux de Paget s'agrandirent sous le choc.

— Maintenant ? Vous ne pouvez pas partir.

Et comment !

— Je peux le faire et je dois le faire. Vous continuerez les recherches et me tiendrez au courant du résultat. Je reviendrai dès que possible.

— Monsieur, mais si nous ne le trouvons pas ?

— Si nous ne le trouvons pas aujourd'hui, nous devrons mobiliser davantage de personnes pour chercher demain.

Ned ne savait pas quoi faire de plus. Le poids des responsabilités ne lui avait jamais paru aussi lourd. Le docteur le dévisagea longuement avant de hocher la tête.

— Nous le trouverons, Monsieur.

Ned avait commencé à en douter, mais son tout premier souhait était que George soit sain et sauf. Il priait pour qu'il soit en sécurité. En cas contraire, Ned n'était pas sûr qu'il pourrait se le pardonner.

Un peu plus tard, Ned était en route pour Londres. Il avait décidé de voyager à cheval pour aller plus vite. La pluie tombait de nouveau mais il n'en avait cure. Il traverserait l'enfer pour retrouver Aquilla. Il n'avait aucune idée de ce qui avait pu la convaincre qu'il avait d'autres femmes, mais il la détromperait de ce mensonge.

Et il lui dirait la vérité sur tout le reste. Y compris

combien il l'aimait, et à quel point il avait besoin d'elle dans sa vie. Il espérait sincèrement qu'il n'était pas trop tard.

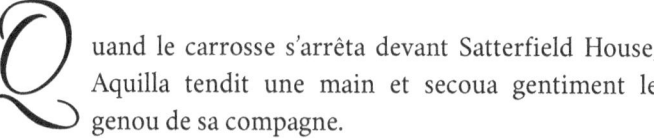

Quand le carrosse s'arrêta devant Satterfield House, Aquilla tendit une main et secoua gentiment le genou de sa compagne.

— Nous sommes arrivées, dit-elle.

La femme se redressa brusquement sur le siège. Son chapeau et son voile penchaient sur le côté et elle les remit en place.

— Mon Dieu, j'ai dormi pendant tout le trajet, n'est-ce pas ?

— Oui. Nous sommes dans Mayfair mais je peux vous emmener à destination.

Le valet de pied ouvrit la porte et offrit sa main à Aquilla, qui fit signe à l'autre passagère.

— Après vous.

— Eh bien, merci ! dit-elle jovialement.

Elle ramassa son sac et descendit de la voiture assez gauchement. Elle tentait peut-être de se débarrasser des derniers vestiges du sommeil. De son côté, Aquilla se sentait plutôt tendue, les nerfs mis à vif par le désarroi. Aquilla descendit à son tour et se tourna pour inviter la femme à entrer.

Cependant, celle-ci s'éloignait déjà d'une démarche plutôt rapide. Aquilla l'appela :

— Attendez !

Elle ne connaissait même pas son nom. Toutefois, la femme ne s'arrêta pas.

— Dois-je la suivre ? demanda le valet.

— Ce ne sera pas nécessaire, répondit Aquilla d'un ton sombre. Quelle personne étrange.

Elle monta les escaliers et Harley la fit entrer dans la maison.

— Bonjour, Madame. Madame la comtesse vous attend-elle ?

— Non, est-elle là ?

— Oui, elle est dans la salle de séjour. Puis-je prendre votre chapeau et vos gants ?

Elle acquiesça et les lui tendit avant de se traîner jusqu'au séjour. La colère qui l'avait soutenue pendant une grande partie du voyage s'était envolée, laissant une plaie béante à la place de son cœur.

Lady Satterfield leva les yeux du journal qu'elle lisait et dévisagea Aquilla.

— Grand Dieu, vous semblez bouleversée. Et vous êtes de retour bien trop tôt. Que s'est-il passé avec Sutton ? Venez vous asseoir.

La comtesse tapota le canapé à côté d'elle. Aquilla n'avait pas besoin d'autre encouragement. Elle se laissa tomber sur le coussin et souffla pour tenter d'évacuer un peu de sa tension. Sans succès.

— Je n'ai jamais atteint Sutton Park. Il pleuvait et nous avons croisé une femme qui se rendait à Londres. Elle était originaire du village et m'a raconté… des choses sur Sutton.

— Je devine à votre ton que ces choses n'étaient pas plaisantes.

Lady Satterfield pinça les lèvres avant de froncer les sourcils.

— Qui était cette femme ?

— Je ne sais pas, dit Aquilla, se sentant idiote de n'avoir pas obtenu l'identité de la voyageuse. Elle a affirmé que Sutton est un coureur de jupons, qu'il est père de plusieurs enfants.

La voix d'Aquilla se brisa.

— Que c'est une brute.

— Je ne peux pas y croire.

— Je n'ai pas pu non plus.

— Comment savez-vous qu'elle a dit la vérité ?

Aquilla se sentit de nouveau un peu bête, mais elle avait passé une grande partie du trajet à examiner les raisons que cette femme aurait eues de mentir et n'avait rien trouvé.

— Elle n'avait aucune raison de me tromper. Pourquoi échafauder de telles histoires pour quelqu'un que vous venez de rencontrer ?

— Elle jouait peut-être avec vos émotions pour garantir son voyage jusqu'à Londres. Où est-elle maintenant ?

— Partie. J'imagine qu'elle aurait pu inventer l'histoire quand elle a appris mon identité.

La comtesse regarda Aquilla avec compassion.

— Que comptez-vous faire maintenant ?

— Je me suis arrêtée dans une auberge sur le chemin du retour et j'ai fait porter une lettre indiquant à Sutton que je ne retournerais pas chez lui. Puis-je rester ici ?

La comtesse se pencha vers elle et tapota sa main.

— Bien entendu, ma chère. Vous pouvez rester aussi longtemps que vous le souhaitez.

Aquilla n'avait jamais été aussi soulagée d'avoir le soutien de sa bienfaitrice.

— Merci.

— Je pense qu'il vous faut du thé, dit Lady Satterfield.

Le thé aida un peu mais Aquilla se sentait toujours à la dérive. Elle n'avait jamais eu l'impression d'appartenir à sa famille mais elle s'était sentie chez elle avec Lady Satterfield, puis avec Ned. Maintenant qu'elle l'avait vécue, elle souffrait profondément de la perte de ce lien si fort.

La comtesse avait fait préparer son ancienne chambre et Aquilla n'avait qu'une seule envie : monter pour essayer de dormir. Elle se sentirait peut-être mieux après s'être reposée. Elle s'excusa et se leva du canapé, persuadée qu'elle ne se sentirait pas mieux avant longtemps. Quand elle pénétra dans le hall, le majordome ouvrait la porte.

Aquilla tourna la tête et se figea. Sur le seuil, copieusement trempé, se tenait son mari. Il entra comme un ouragan sans accorder un regard à Harley et ôta son chapeau d'un grand geste qui envoya des gouttes d'eau voler dans toute l'entrée.

— Aquilla, Dieu merci, je t'ai trouvée.

Son cœur se serra à sa vue.

— J'ai entendu d'inquiétantes rumeurs dont nous devons discuter.

Il écarquilla les yeux.

— Nous devons discuter de nombreux sujets. Je dois te dire la vérité.

Elle entendit la requête désespérée dans sa voix et en fut bouleversée. Malgré cela, selon ses propres mots, il avait bien menti.

— Je ne t'avais nommé le Duc Malhonnête que pour m'amuser avec mes amies. Je ne pensais pas être tombée juste, surtout après avoir appris à te connaître.

Son regard, intense et assuré, la fit frémir.

— Je *suis* le Duc Malhonnête.

Il n'aurait rien pu dire qui la surprenne plus. Il détestait ce surnom. Elle se remémora la première fois qu'elle l'en avait affublé ; c'était elle qui dégoulinait de pluie ce soir-là. Il s'en était offusqué, mais avait aussi été curieux. Elle avait été attirée par lui dès cet instant. Que ne donnerait-elle pas pour qu'il soit l'homme qu'elle pensait qu'il était ?

Elle leva le menton et lui adressa un regard destiné à exprimer un détachement et une insouciance qu'elle ne ressentait pas.

— Je crois qu'il n'y a plus rien à ajouter.

Il vint vers elle.

— Il y a beaucoup à dire. À commencer par *Je t'aime.*

Elle avait eu tort, ces mots-là étaient encore plus choquants.

— Monsieur, intervint Harley, je crois que Madame a déclaré qu'elle ne souhaitait pas vous parler.

— S'il te plaît, Aquilla, écoute ce que j'ai à te dire et, si tu veux que je parte après cela, je partirai. Définitivement, si tu le désires.

Son cœur, déjà roué de coups, se brisa en deux. Elle le regretterait peut-être mais elle ne pouvait pas ignorer sa requête.

— Très bien.

En les entendant, Lady Satterfield était venue dans le hall et elle interrogeait maintenant Aquilla du regard, lui proposant silencieusement son aide. Aquilla fit un infime signe de dénégation avant de se diriger vers la salle à manger, où elle serait seule avec Ned.

Ned la suivit et ferma la porte derrière lui. Il jeta son chapeau sur la table et s'avança vers elle, mais elle se déplaça à l'opposé. Il s'arrêta, semblant comprendre qu'elle voulait garder de la distance entre eux. Il ôta ses gants et les posa sur la table à côté de son chapeau.

— Tout d'abord, je veux m'excuser pour la nuit dernière. J'ai été impoli et indélicat. J'étais en colère, et c'était stupide de ma part.

Aquilla hocha la tête.

— Oui, tu as été stupide.

Il souleva brièvement un coin de sa bouche mais ses yeux restèrent sombres et anxieux. Elle regarda avec insistance l'eau qui gouttait sur le sol.

— Retire ton pardessus et donne-le à Harley avant de faire une flaque.

Ned s'en débarrassa, projetant davantage d'eau sur le tapis, puis ouvrit la porte et le remit au majordome. Il ferma ensuite la porte et se tourna vers elle, le front profondément plissé.

— Tu veux que je t'explique ma tromperie.

Pas vraiment. Elle voulait plutôt faire comme si de rien n'était. Elle voulait retrouver l'homme qu'elle avait épousé. Mais qui n'existait pas.

— Oui, parle-moi des autres femmes.

Il la dévisagea d'un air plus que confus.

— Ta missive mentionnait des femmes mais je n'ai pas compris lesquelles. Je ne comprends toujours pas.

— Celles avec qui tu couches et que tu engrosses.

Sa bouche s'ouvrit brièvement et il fit quelques pas vers elle. À son tour, elle gagna l'autre côté de la table pour la maintenir entre eux.

— Il n'y a pas de femmes. Il n'y a que toi. D'où tiens-tu cette bêtise ?

— Tu prétends que c'est une bêtise alors que tu as admis m'avoir trompée ?

Il agrippa le dos de la chaise devant lui.

— C'est une bêtise. Qui te l'a racontée ?

Une onde d'appréhension remonta lentement son échine.

— J'ai rencontré une femme. Sur la route. Sous la pluie.

Elle avait du mal à former des phrases, ce qu'elle aurait trouvé absolument hilarant si elle n'avait pas été aussi nouée.

— Quelle femme ? Où ?

— Un peu avant Sutton. J'étais venue te retrouver. À Sutton Park. J'en avais assez d'être seule à Londres.

Il parut accablé.

— J'ai une bonne raison…

— Oui, tes femmes.

Ses phalanges blanchirent.

— Il n'y a pas de femmes !

Il grogna, puis prit une grande inspiration en lâchant la chaise.

— Il n'y a aucune autre femme. Vraiment. Tu as rencontré une femme sur la route et elle t'a débité ces sornettes ?

— Oui.

— Elle t'a menti.

Ses sourcils se touchaient quasiment au-dessus de ses yeux ombrageux.

— Qui était-ce ?

Aquilla dut admettre que son indignation semblait sincère.

— Je ne sais pas. Elle venait du village. Elle m'a dit que ta réputation était bien établie alentour.

— C'est faux. Je n'ai aucune réputation. De quoi avait-elle l'air ?

L'impression d'être idiote qu'elle avait éprouvée plus tôt revint en force.

— Je n'en ai aucune idée, elle portait un voile.

Il se figea et ses yeux fixèrent… le vide.

— Ned, demanda-t-elle doucement, subitement inquiète. Que se passe-t-il ?

Ned secoua la tête et marmonna quelque chose avant de ramener son regard sur clle.

— Ce n'était pas une femme, c'était mon frère.

Aquilla ressentit soudainement le besoin de s'asseoir.

— Ton quoi ? Je croyais que ton frère était mort. Bien que tu ne m'en aies jamais fait part.

Elle le fusilla du regard, en proie à la colère. Il n'y aurait donc pas de femmes ? Et son frère lui aurait menti ? Habillé comme une femme ? Oui, elle avait besoin de s'asseoir. Elle tira une chaise de sous la table et s'affala sur le siège.

— Tu ferais mieux de commencer par le début.

— Oui.

Il fit le tour de la table alors qu'elle l'observait avec méfiance.

— Puis-je m'asseoir avec toi ?

Elle se tourna sur son siège quand il tira la chaise à côté d'elle, qu'il orienta ensuite pour lui faire face.

Il s'assit et fixa ses mains, comme s'il voulait les prendre dans les siennes. Elle les serra entre ses genoux car elle n'était pas prête pour ça. La confusion et la frustration bataillaient dans son esprit. Il plongea son regard dans le sien.

— Je ne t'ai pas parlé de mon frère parce que tout le monde le croit mort. À seize ans, il est devenu fou et il a mis le feu à Sutton Park. Mon père, contre l'avis de ma mère, a décidé qu'il serait opportun que mon frère, Peregrine Bishop, décède dans cet incendie. Et c'est ainsi que « George », un lointain cousin dont nous avions accepté de nous occuper, a été admis à l'hôpital de Bethlem, où il est resté huit ans jusqu'à la mort de mon père.

Aquilla avait conscience de ses yeux exorbités et des larmes qui menaçaient de l'étouffer. Elle était absolument sans voix. Voilà pourquoi il portait autant d'intérêt aux déments.

Il porta son regard sur les fenêtres encadrées de rideaux dorés mais elle ne pensait pas qu'il les voyait. Ses yeux étaient vitreux. Hagards.

— Son placement m'horrifiait mais mon père ne voulait pas entendre parler de son retour à la maison. Ma mère et moi l'avons supplié mais peu lui importait. Ma mère a eu le cœur brisé, d'abord par la folie de Peregrine, ensuite par le refus de mon père de le garder avec nous.

— Je suis désolée, murmura-t-elle d'une voix si faible qu'elle était couverte par le martèlement de son cœur.

Ned continua.

— Ils l'ont torturé sans merci. Mon père ne m'a pas autorisé à lui rendre visite avant mes dix-sept ans. Même à ce moment-là, il ne voulait toujours pas. Quand je l'ai revu au bout de trois ans, il avait tellement changé que je n'ai pas reconnu mon frère. J'ai juré de le sortir de là, mais mon père refusait toujours. Je n'ai été capable de ramener George à Sutton Park qu'après sa mort. Mais les dommages étaient irrémédiables. Il n'avait quasiment plus aucun souvenir de sa vie d'avant. Les deux premières années ont été très dures mais il en est venu progressivement à me reconnaître.

Il sourit tristement.

— Il ne se souvient pas de grand-chose d'autre. Depuis lors, il est devenu George, mon cousin. Peregrine est mort dans cet incendie. Je te montrerai sa pierre tombale à l'église de Sutton.

Aquilla laissa échapper une larme.

— Je ne peux pas imaginer ce que tu as enduré.

— Il y a autre chose.

Il tourna la tête et la fixa avec intensité.

— Peregrine était mon frère *aîné*. L'héritier. C'était lui le futur comte.

Elle comprenait maintenant pourquoi il avait prononcé ces paroles : il était bien le Duc Malhonnête. Toute sa vie était un mensonge.

— Tu ne dois pas te sentir coupable. Tout est la faute de ton père. Et même si Peregrine n'était pas mort, il aurait été déclaré inapte, n'est-ce pas ? Tu serais quand même le comte.

L'angoisse présente dans son regard ne s'estompa pas.

— C'est probable. Mais si on ne l'avait pas envoyé à Bedlam ? Le cours de sa vie a été altéré de manière irrévocable par les traitements qu'ils lui ont infligés. Je ne saurai jamais ce que sa vie aurait pu être si elle ne lui avait pas été volée.

Elle ne pouvait plus supporter son désespoir. Elle se pencha vers lui et prit ses mains, si froides, entre les siennes.

— Pourquoi ne m'en as-tu rien dit ?

Il secoua la tête, les yeux voilés.

— Je ne sais pas. Je voulais te faire confiance mais j'ai eu peur. Je garde ce secret depuis l'âge de quatorze ans. Les seules personnes à savoir qu'il est mon frère sont tante Susannah et le majordome de Sutton Park. J'avais besoin de trouver une épouse digne de confiance, mais quand l'heure est venue... je ne savais pas comment faire pour t'avouer la vérité.

Elle porta une de ses mains à ses lèvres et posa un baiser sur sa peau glacée.

— Je comprends ce que tu ressens. Il est difficile de renoncer aux pensées et aux idées qui nous ont bercés si longtemps. Et c'est peut-être encore plus dur de s'ouvrir à quelqu'un d'autre.

Elle en avait pleinement conscience.

— Je n'aurais pas dû croire ce que cette femme, George, m'a raconté dans le carrosse. Mais j'ai vu ce qu'il y a de pire chez les hommes avec mon père et mon frère. Tout comme toi, j'avais peur d'accorder ma confiance. Et je craignais également d'avoir choisi un mari qui leur ressemble.

Sa gorge se serra.

— Mais maintenant, j'ai compris. Tout ce que tu as fait pour ton frère... Tu es incroyablement attentionné.

Il sourit avec ironie.

— Tu parles comme ma tante. Je suppose que vous avez raison... jusqu'à un certain point. C'était surtout extrême-ment indélicat de ma part de te laisser dans l'ignorance à propos de George et de t'abandonner à Londres quand je venais le voir. Je me rends à Sutton Park le plus souvent possible car il ne supporte pas que je m'absente trop longtemps.

Il plissa le front.

— Son médecin était inquiet de la manière dont George t'accueillerait. D'après les mensonges qu'il t'a racontés, il semblerait qu'il ait voulu t'éloigner.

Oui, tout ce que la femme voilée lui avait décrit prenait un sens dans ce contexte. Malgré cela, Aquilla n'éprouvait pas de colère envers George, elle comprenait ce qui l'avait poussé à mentir : il avait besoin de son frère.

— Il dépend de toi.

Elle constatait qu'ils formaient une famille unie, en dépit de la folie de George, et cela la rendait heureuse. Mais elle était aussi triste d'être laissée à l'écart.

— Tu penses qu'il réussira à m'accepter ?

— Honnêtement ? Je n'en sais rien.

Il lui reprit une de ses mains et la passa sur son visage.

— Je l'espère. Il est… difficile et complexe.

Leurs regards se croisèrent et elle put voir tout son amour pour son frère. Il caressa le dos de sa main avec son pouce.

— Je sais que tu m'en veux et tu en as le droit, mais j'espère que tu en viendras à me pardonner.

Le cœur d'Aquilla se gonfla d'amour pour cet homme qui s'avérait encore plus merveilleux qu'elle l'avait imaginé. Elle se pencha en avant et prit son visage entre ses mains.

— Il n'y a rien à pardonner. Je t'aime.

Elle prit conscience qu'elle prononçait ces mots pour la toute première fois. Elle en éprouva un sentiment d'émerveillement et de… plénitude.

— Je t'aime aussi.

Il pencha la tête et l'embrassa. Leurs lèvres se rencontrèrent simplement pour partager leurs sentiments. Elle ne s'était jamais sentie aussi heureuse de sa vie. Ou plus stupide.

Elle se redressa sur sa chaise et s'exclama :

— Nous devons retrouver George. Je l'ai amené à Londres et il s'est envolé dès que nous sommes arrivés. Je suis navrée, Ned.

Ned se redressa à son tour, les yeux écarquillés.

— Comment cela ?

— Quand nous sommes parvenus à Satterfield House, il

est simplement parti en marchant. Je n'ai aucune idée d'où il est allé.

Elle posa une main sur sa joue.

— J'ai vraiment tout gâché.

Ned se leva.

— Mais non, nous le retrouverons, dit-il en déposant un baiser sur son front.

Aquilla trouvait son optimisme difficile à concevoir. En fait, non, elle savait d'où il le tirait. Elle connaissait cette sensation d'être écrasé et sans espoir. L'optimisme était tout ce qu'elle avait eu pour s'en sortir.

Ils se tournèrent tous les deux vers la porte quand on cogna sèchement.

— Entrez, répondit Aquilla.

Lord Satterfield pénétra dans la pièce, immédiatement suivi de son épouse. Ils avaient l'air extrêmement inquiets tous les deux et le cœur d'Aquilla fit un bond dans sa poitrine.

Satterfield s'arrêta au bout de la table.

— Sutton, j'arrive de chez vous. Je ne savais pas que vous seriez ici, mais c'est tout à fait providentiel.

— Que faisiez-vous chez moi ? demanda Ned.

Aquilla entendit l'appréhension sous-jacente et prit sa main. Satterfield les examina tour à tour avant de fixer son regard sur Ned.

— J'étais dans un café sur King Street quand un homme est entré en déclarant qu'il était le comte de Sutton.

— Oh mon Dieu, souffla Ned, en serrant la main d'Aquilla.

Satterfield pencha la tête sur le côté et prit un air pensif.

— Je dirais qu'il vous ressemblait un peu, Sutton, mais en plus mince et avec moins de cheveux.

— C'est vraisemblablement mon cousin, dit-il avec assurance. Il est dément et a échappé à notre surveillance. Je suis à sa recherche, savez-vous où il se trouve ?

— Bon sang, répliqua Satterfield, visiblement surpris. Je ne savais pas que vous aviez un cousin aliéné.

Aquilla toussota.

— Oui, et il est assez inquiet à son sujet.

— J'entends bien. Il vociférait qu'il était le véritable comte et réclamait qu'on lui rende son siège à la Chambre des Lords. Un client a ramené un gardien de la paix pour le faire sortir mais les choses se sont envenimées. Votre cousin a…. cassé un peu de vaisselle et tenté de frapper le gendarme.

Aquilla sentait que Ned tremblait à côté d'elle. Elle pressa sa main et se rapprocha de lui.

— Comment va-t-il ? demanda Ned d'une voix un peu ténue.

— Je ne sais pas. Il me semble que le gendarme l'a emmené au tribunal. C'est alors que j'ai décidé d'aller vous voir, au cas où vous connaîtriez cet homme. Je n'aurais jamais imaginé qu'il puisse être votre cousin.

— Je m'en occupe. Je me rends chez le juge de ce pas. Merci.

Ned lâcha la main d'Aquilla et récupéra son chapeau et ses gants. Lady Satterfield fit un pas vers lui et le considéra avec compassion.

— Vous êtes venu à cheval, n'est-ce pas ? Prenez notre carrosse.

Il hocha la tête.

— Merci, j'apprécie votre prévenance.

Aquilla le rejoignit.

— Je viens avec toi.

Ned fit juste un demi-sourire. Elle voyait bien qu'il s'inquiétait, et qu'il était pressé de partir. Lady Satterfield se détourna et annonça :

— Je vais chercher vos affaires.

Ned s'adressa à Satterfield.

— Pourriez-vous envoyer un message à Sutton House ? J'aimerais que quelques-uns de mes valets me retrouvent au tribunal. Qu'ils prennent mon carrosse, et je vous renverrai le vôtre.

Satterfield acquiesça.

— Bien entendu.

— Pourriez-vous aussi lui prêter un de vos pardessus ? demanda Aquilla. Le sien est trempé.

— J'envoie Harley en chercher un.

Satterfield quitta la salle à manger. Quelques minutes plus tard, Ned escortait Aquilla vers le hall d'entrée, où Lady Satterfield l'attendait avec son chapeau et ses gants.

— Tenez, prenez ça.

Elle lui tendit une cape.

— Le temps est glacial et il fera bientôt nuit.

Aquilla embrassa sa joue.

— Merci.

Harley revint avec un manteau et aida Ned à l'enfiler. Le comte et la comtesse leur demandèrent de les tenir informés du déroulement des événements, puis Aquilla et Ned montèrent dans la voiture, où ils s'assirent côte à côte. Elle s'inquiéta de sa pâleur et du désespoir qui rôdait dans ses yeux.

— Ned, parle-moi.

— Je prie pour qu'il aille bien.

Elle prit sa main entre les siennes.

— Il s'en sortira.

Elle n'avait jamais eu autant besoin de son optimisme qu'en cet instant.

CHAPITRE 16

À leur arrivée au tribunal, les choses s'étaient plutôt bien présentées. L'agent qui les avait accueillis les avait informés que George attendait dans une pièce à l'étage. Mais il n'y était plus quand ils l'avaient envoyé quérir. Après que Ned avait menacé de détruire le bâtiment, ils avaient trouvé quelqu'un qui leur avait appris qu'il avait été transféré à Bedlam, car il était manifestement dément.

Le carrosse de Ned, arrivé entre-temps, emmena rapidement le couple et les trois valets à l'hôpital de Bethlem.

— Ned.

La voix d'Aquilla le tira de ses sombres pensées, celles de George en ces lieux où il avait été torturé pendant des années. Elle était assise à côté de lui, la cuisse pressée contre la sienne, et caressait sa main.

— Tout se passera bien.

Ned ne répondit rien, le corps si tendu qu'il avait peur de se briser. Ils atteignirent l'hôpital après ce qui leur sembla un voyage interminable. Ned n'attendit personne pour ouvrir la porte et descendre de voiture. Il sauta dans la cour en pierre, conscient qu'un valet aiderait Aquilla.

Il courut pratiquement jusqu'à la porte, qui était fermée à clef. Il cogna sur le battant et appela le directeur en hurlant :

— Malster, ouvrez la porte ! C'est Sutton !

Une minute plus tard, la porte s'ouvrit. Malster se tenait de l'autre côté, l'air bouleversé et inquiet.

— Monsieur, je n'avais pas idée que vous veniez ce soir.

Ned força le passage, Aquilla sur ses talons, elle-même suivie des valets. Malster s'inclina devant la jeune femme.

— Madame. Nous sommes honorés de votre visite conjointe.

— Ce n'est pas une visite normale, aboya Ned, anxieux de voir son frère. Un homme a été amené ici plus tôt. Un peu plus grand que moi, mince avec des cheveux clairs implantés en V.

— Oui, oui. Il est arrivé depuis peu.

Ses sourcils se froncèrent.

— Vous le connaissez ?

— C'est mon cousin. Je dois le voir immédiatement.

La pomme d'Adam de Malster fit un aller-retour et il jeta un regard à Aquilla.

— Monsieur, je crains qu'il ne soit contenu dans l'une des cellules de l'étage. Il est très agité.

Ned n'attendit pas que l'homme ait terminé pour se précipiter dans les escaliers. Il entendit une galopade derrière lui, ainsi que des excuses émanant de Malster. Quand Ned fut en haut des escaliers, il se tourna vers le directeur, les lèvres retroussées.

— Vous savez que la contention ne doit être utilisée qu'avec parcimonie. Si je découvre qu'il lui a été fait le moindre mal, vous m'en répondrez *personnellement*.

Malster hocha la tête, les yeux agrandis par la peur. Ned fit demi-tour et prit à gauche vers la galerie des hommes. Malster le devança pour déverrouiller la porte et le laissa passer.

— Juste là, Monsieur.

Malster le conduisit jusqu'à une porte au milieu de la rangée. Elles étaient toutes situées sur la gauche, face à un mur dont les fenêtres fournissaient de la lumière pour la galerie et les cellules.

Ned pouvait entendre les cris et les pleurs de son frère, ravivant le souvenir d'un horrible passé. Combien de fois avait-il visité George pour l'écouter se rebeller contre sa situation ? Sans doute autant de fois qu'il l'avait trouvé prostré, enchaîné au mur et le regard dans le vague.

Malster indiqua la cellule.

— Il est à l'intérieur, Monsieur.

La rage envahit Ned.

— Ouvrez la porte.

Malster lui tendit la clef.

— Je vous laisse faire, Monsieur.

Ned entendit la peur dans la voix du directeur et lui arracha la clef. Il s'avança d'un pas puis s'arrêta. Il vaudrait peut-être mieux essayer de calmer George avant d'ouvrir la porte, au cas où il attaquerait. Ned ne savait pas s'il le ferait mais, à sa place, il serait tenté. Il passa la tête à la fenêtre de la porte, où les barreaux l'isolaient de la cellule, de son frère.

— George ?

George cessa de hurler. Son visage apparut à la fenêtre. Ses yeux bleu-gris étaient baignés de larmes, il était rouge et sa bouche s'ouvrait pour aspirer de l'air. Il observa Ned mais semblait confus. Ned craignit qu'il soit déjà parti trop loin.

— George, c'est moi, Ned.

George lui cria dessus, puis se tourna et courut à l'autre bout de la pièce. Ned s'aperçut qu'il portait une camisole. Si c'était la contention mentionnée par Malster, au moins il n'était pas enchaîné.

Ned se détourna pour demander doucement à Malster d'apporter du laudanum. Celui-ci hocha frénétiquement la tête et partit le chercher. Aquilla s'approcha de lui, les mains jointes et le visage marqué par l'angoisse.

— Que comptes-tu faire ?

— Je vais essayer de lui faire prendre du laudanum pour le faire dormir. Ensuite, nous pourrons le transporter à Sutton Park où il a ses habitudes.

— Cela l'aidera-t-il ?

Ned avait tenté de se souvenir des recommandations du Dr Paget, d'où l'utilisation du laudanum. De plus, Paget insisterait sur la nécessité d'un environnement familier et d'actions routinières. Ned ne pouvait qu'imaginer le choc pour George de se retrouver ici. Même si l'endroit était différent puisque l'hôpital avait déménagé, il avait forcément dû se souvenir de l'enfer qu'il avait traversé, surtout quand ils lui avaient enfilé la camisole. Ned ne voulait pas savoir comment ils y étaient parvenus.

Il se rappela qu'Aquilla lui avait posé une question.

— Oui, le laudanum l'aidera. À condition que nous arrivions à le lui faire avaler.

Il jeta un œil sur les trois valets de pied, content de pouvoir compter sur leur aide si le besoin s'en faisait sentir. Et il craignait que ce ne soit le cas. George cessa brusquement de vociférer. Ned retourna à la fenêtre alors que George s'en approchait de nouveau.

— Qui êtes-vous ? demanda-t-il d'une voix cassée.

Un sanglot menaça d'étouffer Ned. Il s'éclaircit la gorge.

— C'est Ned. Je suis venu pour te ramener à la maison.

— La maison ? L'endroit où il y a le feu ?

Il souriait mais ses yeux restaient vagues.

— Le feu était tellement chaud.

— C'est pour cela que tu as allumé le feu ? demanda-t-il tout bas.

George acquiesça.

— J'avais froid. Et c'était joli.

Ils avaient eu cette conversation à maintes reprises. Ned était conscient que George n'avait pas voulu faire de mal.

— J'en suis certain. Mais le feu est éteint maintenant.

— C'est triste.

George plissa le front, puis il regarda Ned.

— Je vous connais.

— Oui.

Les yeux de George perdirent progressivement de leur rage.

— Les gâteaux au citron ?

— Oui, George, les gâteaux au citron.

Ned était au bord des larmes, mais il refusait de les laisser couler à cet instant. Le regard de George passa au-delà de Ned.

— Est-ce que je la connais ? Son visage m'est familier.

Ned ne savait pas ce que le Dr Paget aurait préconisé mais il ne voulait pas dissimuler la vérité.

— C'est mon épouse, Aquilla.

— Elle est très jolie.

Il s'appuya contre la fenêtre, le front posé sur les barreaux.

— Savez-vous faire les gâteaux au citron ?

Aquilla fit un pas en avant.

— Je ne peux pas vous affirmer que je sais, mais je peux vous dire que je suis prête à essayer.

Elle lui adressa un sourire empreint de chaleur et d'encouragement. Et Ned tomba amoureux une nouvelle fois.

— Aimez-vous les gâteaux au citron ?

— Ce sont nos préférés, répondit George. N'est-ce pas, Ned ?

Ned poussa un soupir bruyant, qui se transforma en pur rire de soulagement et de joie.

— Oui, ce sont nos préférés.

George examina ses vêtements.

— Ned, pourquoi est-ce que je porte ce manteau ? Il est affreux.

— Veux-tu l'ôter ? Je peux t'aider.

George acquiesça avec ferveur et se cogna la tête sur les barreaux.

— Aïe. Oui, s'il te plaît.

Ned déverrouilla la porte et lança un regard à Aquilla.

— Attends ici.

Il entra dans la cellule sombre et étreignit son frère.

— Tu m'as manqué. Tourne-toi.

George se retourna et Ned délaça la camisole, puis l'aida à s'en extraire. George la jeta sur le sol et la piétina.

— Bon débarras !

Puis il quitta la cellule. Malster revint avec la laudanum. Son regard oscilla de Ned à George, puis de nouveau vers Ned.

— Monsieur ?

— Nous n'en aurons pas besoin, finalement.

— Besoin de quoi ? demanda George.

Il pencha la tête vers la tasse que Malster tenait.

— M'a-t-il apporté un posset comme le Dr Paget ?

— Je ne crois pas que ce soit un posset.

— C'est du laudanum ?

L'étendue des connaissances de George stupéfiait parfois Ned. Il était peut-être fou, mais il n'était pas stupide.

— Oui.

— Le Dr Paget en met dans le posset ou dans ma soupe de temps en temps. Ça me fait dormir. Je ne le bois pas quand je n'ai pas envie de dormir. Cependant, je dormirais bien, maintenant.

Il regarda Malster.

— Puis-je l'avoir ?

Malster interrogea Ned du regard, lequel lui signifia son accord d'un mouvement de tête. Si George désirait dormir, il ne l'en dissuaderait pas. Le directeur tendit la tasse à George, qui en avala le contenu avant de la lui rendre. Malster adressa ensuite un faible sourire à Ned.

— Vous pouvez l'emmener, Monsieur. Je m'excuse pour le... quiproquo.

— Vous faisiez votre travail, Malster. Aussi ingrat et horrible soit-il.

Ned prit son frère par le coude.

— Viens, George. Est-ce que tu aimerais passer ta nuit à Londres dans ma maison de ville ?

— J'aimerais beaucoup, Ned. Merci.

George souriait et ses yeux étaient vifs. C'était un beau moment de lucidité, un de ceux pour lesquels Ned était extrêmement reconnaissant. Il était aussi heureux que ce souvenir soit le dernier de ceux qu'ils partageraient de Bethlem.

Plus tard dans la soirée, alors que George ronflait bruyamment, bien installé dans une chambre d'amis, Ned mit son personnel au fait de son état. Le trio de valets qui l'avait accompagné prendrait des tours de garde pendant la nuit pour s'assurer que George reste dans sa chambre. Ils avaient ordre de prévenir Ned immédiatement s'il se réveillait.

Quand Ned fut enfin en mesure de se traîner jusqu'à sa chambre, il était exténué. Mais la vue de sa femme se levant d'un chaise placée devant la cheminée le réveilla.

— Veux-tu boire ou manger quelque chose ? lui demanda-t-elle gentiment.

Il ôta sa veste et la déposa sur la chaise qu'elle venait de libérer.

— J'imagine que nous pourrions manger.

Son estomac gronda, lui rappelant qu'il n'avait presque rien avalé de la journée.

— Je vais faire monter un en-cas.

Elle commença à se diriger vers sa chambre mais Ned fit quelques pas et saisit son coude, la faisant pivoter.

— Ne pars pas. Pas encore.

Elle s'approcha de lui et glissa son bras autour de sa taille, puis posa sa joue sur sa poitrine.

— Je suis tellement heureuse que nous l'ayons trouvé.

— Dieu merci.

Il déposa un baiser sur le dessus de sa tête. Elle leva les yeux vers lui.

— Que va-t-il se passer, maintenant ? Crois-tu que quiconque accordera du crédit à ses déclarations ?

— Qu'il est le comte de Sutton ?

Dès qu'ils avaient quitté l'hôpital, Ned s'était repassé le film des événements de la journée. Et en premier lieu, ce que George avait fait.

— Je ne sais pas si quelqu'un le croira.

Aquilla reposa la tête sur son torse et le serra fort dans ses bras.

— J'ai envoyé une note aux Satterfield pour les prévenir que tout était rentré dans l'ordre. Tu pars pour Sutton Park demain matin ?

Ned saisit son menton et pencha sa tête en arrière pour se noyer dans ses merveilleux yeux bleus.

— *Nous* partons pour Sutton Park dans la matinée.

— Uniquement si tu veux que je vienne. Je comprends que tu aies besoin de te concentrer sur George pour l'instant. C'est comme ça que tu l'appelles ?

Ned repoussa une boucle égarée derrière son oreille.

— Le nom de Peregrine n'a pas de signification pour lui.

— Il a beaucoup de chance de t'avoir.

Un coup à la porte les fit se retourner. Ned la laissa pour y répondre. Le majordome se tenait sur le seuil.

— Je suis navré de vous déranger, Monsieur, mais un certain baron Lindsell demande à vous voir.

Ned regarda Aquilla, qui fronçait désormais les sourcils. Il fit un signe de tête à Skern.

— Je descends. Faites-le patienter dans le hall, il ne restera pas longtemps.

— À vos ordres, Monsieur.

Skern repartit. Ned prit sa veste sur la chaise et la remit.

— Je reviens dans quelques minutes.

Aquilla vérifia sa coiffure.

— Je descends avec toi.

Ils prirent les escaliers main dans la main. Lindsell attendait dans l'entrée. Ses cheveux, noirs et bouclés, étaient hirsutes et ses yeux injectés de sang. Il fusilla Ned du regard.

— Je n'imagine pas pour quelle raison vous nous rendez visite à cette heure, dit Ned depuis la dernière marche. N'avez-vous personne d'autre à ennuyer ?

Les lèvres de Lindsell s'incurvèrent en un sourire qui ne gagna pas ses yeux. Ils étaient trop occupés à détailler Aquilla de manière lubrique. Ned lâcha sa main et traversa le hall à grandes enjambées, s'arrêtant à quelques pas de Lindsell.

— Continuez à regarder ma femme et je vous rosserai jusqu'à ce que mort s'ensuive.

Lindsell se redressa et plissa les yeux.

— Vous ne ferez rien de tel. Parce que vous serez en prison.

Il lança ce dernier mot comme une flèche mal empennée. Son haleine empestait l'alcool.

— Où cela ?

Ned soupçonnait ce qui allait suivre et avait du mal à croire à l'audace du bonhomme.

— *En prison.* Quand vous aurez été arrêté pour avoir usurpé le titre de votre frère. Vous comprenez, j'ai fait quelques recherches après que le *vrai* comte est venu au café aujourd'hui. Vous aviez un frère aîné qui aurait son âge s'il n'était pas mort dans un incendie.

Ned serra les poings pour éviter de laisser éclater sa fureur.

— Si ce n'est qu'il *est mort* dans cet incendie.

Lindsell pencha la tête sur le côté et fit mine de réfléchir à la déclaration de Ned.

— Vraiment ? Je me demande si je trouverais des preuves de sa mort ?

Ned avait toujours haï ce mensonge. Il s'était senti coupable que son père l'ait orchestré et ait volé la vraie identité de George. Bien sûr, il n'aurait vraisemblablement pas eu le titre de comte, mais il serait resté Peregrine, son frère. Mais maintenant, il était heureux que cette fripouille n'ait pas la possibilité de semer le trouble.

— Allez à l'église St Nicholas de Sutton. Vous y trouverez tout ce dont vous avez besoin.

— Comme c'est pratique. Cet aliéné vous ressemble beaucoup trop. Je crois qu'il ne sera pas difficile de convaincre les personnes compétentes qu'il est votre frère, et bien vivant.

Les yeux rougis de Lindsell étaient hagards et il semblait lui-même frappé de folie. Malgré cela, la véracité de ses propos fit son chemin dans l'esprit de Ned ; l'instant de vérité tant redouté était arrivé. Ned fit un pas en avant, réduisant l'écart entre eux.

— Et s'il était réellement mon frère ? Vous seriez incapable de le prouver. Ce que je vous ai affirmé est exact : son décès est enregistré à St Nicholas.

Ned respira profondément pour tenter de calmer sa colère et sa culpabilité.

— L'homme que vous avez vu, celui qui prétend être le comte, est mon cousin, et il est vraiment fou.

Lindsell le regardait fixement, la mâchoire serrée.

— Rentrez chez vous et reprenez vos esprits.

Ned le toisa avec froideur.

— Vous semblez avoir un problème avec l'alcool.

Lindsell ouvrit la bouche mais la referma de suite. Ses yeux s'assombrirent de colère.

— Cette affaire n'est pas terminée, cracha-t-il. Je trouverai le moyen de vous priver de quelque chose comme vous l'avez fait pour moi.

Le regard qu'il posa sur Aquilla était éloquent. Elle le lui retourna en plissant les yeux.

— Je ne vous ai jamais appartenu.

L'élan de fierté et d'admiration que Ned ressentit à cet instant se dissipa quand Lindsell s'avança vers elle. Son sang-froid le déserta, il saisit le baron par le col de sa chemise et le traîna jusqu'à la porte, que Skern se précipita pour ouvrir.

Lindsell se débattit pour échapper à sa poigne.

— Lâchez-moi !

— Vous avez de la chance que je ne vous réduise pas en charpie. Je ne pense pas vous avoir jamais vu chez Jackson, et j'en suis un visiteur régulier.

Il baissa la voix.

— Au cas où vous ne comprendriez pas, cela signifie que je peux vous tailler en pièces sans trop transpirer.

Ned poussa Lindsell dehors. Il perdit l'équilibre et dévala les escaliers.

— Ne revenez pas nous ennuyer, lui cria Ned. Vous en seriez navré.

Ned se retourna et Skern ferma la porte. Aquilla, debout sur la dernière marche de l'escalier, applaudit.

— Ce fut un spectacle remarquable. Merci.

Ned s'inclina.

— Tout le plaisir était pour moi.

Il demanda ensuite à Skern de leur faire servir le dîner dans leurs appartements. Alors qu'ils montaient les escaliers, Ned secoua la tête.

— Je ne comprendrai jamais pourquoi ton père a accepté

de te marier à ce freluquet. J'imagine qu'il voulait vraiment cette parcelle de terre.

— Ce n'est qu'une partie de ses raisons. Il aurait surtout adoré savoir que j'étais malheureuse.

Ils atteignirent le palier, et Ned fit une pause. Il se tourna vers elle.

— Que veux-tu dire?

— C'est un homme cruel.

Son épaule tressauta.

— Il prend plaisir à faire du mal aux autres et à les regarder souffrir.

Les yeux de Ned s'arrondirent et il saisit ses mains.

— Dis-moi qu'il ne t'a jamais blessée.

Elle secoua la tête, mais ses yeux brillaient de larmes contenues.

— Non, jamais. Pas physiquement, du moins. J'ai appris très jeune à l'éviter autant que possible. En tant que fille, je ne lui étais d'aucune utilité avant d'avoir atteint l'âge de me marier. Et ensuite, j'étais un épouvantable échec.

Ned réalisa qu'elle gardait pour elle une partie de la vérité. Les secrets qui doivent rester dans la famille.

— Tu n'as rien d'un échec. Tu es tout ce dont j'ai rêvé et bien plus encore.

Elle renifla et lui sourit.

— Merci. Je ne sais pas ce que je serais devenue si nous ne nous étions pas trouvés.

— Nous devons remercier la pluie.

Il se tourna et l'entraîna dans sa chambre à coucher, dont il ferma la porte avant de la prendre dans ses bras et de l'embrasser. Quand ils reprirent leur respiration un moment plus tard, elle enroula ses bras autour de son cou.

— La pluie ?

— Sans cela, nous ne nous serions peut-être pas rencontrés.

Il sema des baisers sur sa joue et sa mâchoire.

— Bien sûr, comment ai-je pu oublier ? Je crains que tes baisers ne me fassent perdre la raison.

Il lui lécha le cou.

— C'est précisément mon but.

— Ned, penses-tu que je pourrais inviter ma mère à venir vivre avec nous ? Je ne suis pas sûre qu'elle acceptera mais je voudrais le lui proposer.

Il s'arrêta de l'embrasser juste le temps de la regarder dans les yeux.

— Si tu peux supporter George, j'aurai plaisir à accueillir ta mère aussi longtemps que tu le souhaiteras.

Elle le considéra avec exaspération.

— Il n'est pas question de supporter George. Il fait partie de ta famille, et de la mienne maintenant. J'en voudrais une qui en vaille la peine.

Il l'embrassa, sur la bouche cette fois, avec tout l'amour que son cœur contenait.

— Je t'adore.

Elle repoussa les cheveux qui tombaient sur son front.

— Moi aussi. Je suis désolée d'avoir douté de toi.

Il caressa délicatement sa mâchoire en la couvant d'un regard intense.

— Je suis encore plus désolé de ne pas t'avoir avoué la vérité plus tôt.

Elle planta un baiser sur ses lèvres, puis lui adressa un regard coquin.

— Combien de temps avons-nous avant que le dîner n'arrive ?

— Je crois que si nous nous enfermons rapidement dans mon dressing, ça n'aura pas d'importance.

Elle rassembla ses jupes et traversa la pièce en courant.

— Le dernier arrivé se déshabille en premier.

Ned pouffa en regardant s'éloigner le postérieur de sa femme.

— Tant que c'est toi qui me déshabille.

Elle se retourna sur le seuil et l'invita du doigt, le détaillant de ses yeux résolus à le séduire.

— Avec plaisir.

ÉPILOGUE

Sutton Park, Juillet 1816

utton Park était tout ce dont Aquilla avait rêvé et plus encore. Pas seulement à cause de l'époustou-flante façade palladienne, de l'élégante décoration d'intérieur signée par Kent, de l'immense parc ou des jardins soigneuse-ment entretenus, mais du fait de ses occupants. De Ned à George, en passant par tante Susannah et les domestiques, tous lui donnaient l'impression d'avoir enfin trouvé un port d'attache.

Le printemps froid et humide s'était mué en un été froid et humide. Il avait même neigé un jour de juin. Mais cette journée était chaude et ensoleillée, et ils en profitaient pour faire un pique-nique sur la pelouse.

Assise sur la couverture, Aquilla regardait Ned et George jouer au volant. George peinait à frapper le volant mais, au lieu de se frustrer, il n'arrêtait pas de tomber dans l'herbe en riant. Les efforts de son chiot pour « aider », qui consistaient principalement à courir entre leurs jambes en aboyant et à leur faire perdre leur concentration, en étaient sans doute la cause.

Ned attendait avec sa raquette à la main et souriait à son frère, lequel était penché pour caresser l'animal qu'il avait baptisé Blake en l'honneur de son poète préféré. La scène était si émouvante qu'Aquilla craignit que son cœur n'explose.

Ce qui ne voulait pas dire que tout était parfait. Aujourd'hui était un bon jour pour George. Il était lucide et ouvert, absolument charmant. Mais il y avait de nombreux autres jours où il était soit calme et renfermé, soit confus et agité. Le Dr Paget semblait avoir un don avec lui, sa présence était une vraie bénédiction.

Tante Susannah gloussa en reposant la lettre qu'elle avait reçue un peu plus tôt.

Aquilla se tourna vers celle qu'elle appelait aussi ainsi.

— Votre lettre est amusante ?

— Elle provient de mon amie Lady Chalmers, qui m'écrit que les gens commencent à douter de la santé mentale de Lindsell. Il persiste à affirmer que George est le vrai comte de Sutton.

Aquilla secoua la tête, prise de pitié pour lui malgré ses actions.

— Quel dommage.

Il campait sur ses positions depuis des semaines. Même la visite à l'église St Nicholas de Sutton, où il avait pu constater par lui-même que Peregrine Bishop était effectivement décédé, n'y avait rien fait.

Bien que les accusations de Lindsell soient ignorées, Aquilla savait qu'elles troublaient Ned. Il aurait toujours du mal à accepter que George ait perdu son identité. Aquilla le comprenait et elle trouvait appréciable que Ned soit en mesure de prendre soin de son frère et de lui offrir la meilleure vie possible, celle qu'il méritait.

— Et que dit la lettre de Lady Satterfield ? demanda tante Susannah.

Aquilla l'avait terminée quelques minutes auparavant.

— Elle se porte bien. Comme la Saison s'achève, Satterfield et elle vont passer nous voir avant de se rendre à leur maison de campagne.

Ivy et Lady Dunn viendraient aussi avant de gagner Bath pour y passer le reste de l'été et peut-être l'automne. C'était l'époque de l'année où Aquilla et ses amies étaient généralement forcées de se séparer, ce qui engendrait une frénésie épistolaire.

Elle avait remarqué que le flux s'était un peu ralenti au cours des dernières semaines, sans doute parce que Lucy et elle étaient mariées. Elle s'aperçut qu'elle s'en voulait et se promis d'y remédier.

Tante Susannah se pencha en avant pour ramasser un biscuit sur le plateau.

— Lady Chalmers mentionne également que le duc de Clare fait encore la une des pages à scandale.

Aquilla n'en doutait pas. Ses amies et elle l'avaient surnommé le Duc Désiré à cause de ses innombrables liaisons avec des femmes mariées.

— Je vous demanderais bien ce qu'il a encore fait, mais je suppose que c'est toujours plus ou moins la même chose.

— En quelque sorte. On raconte qu'il serait le père du fils de Lady Goodwin.

— Je ne suis pas sûre de savoir de qui il s'agit.

— C'était une de ses nombreuses conquêtes, mais cela date de plusieurs années. Quelqu'un a vu son fils et a relaté qu'il avait les cheveux noir corbeau.

Tante Susannah pinça les lèvres.

— Ce qui est remarquable puisque son mari et elle sont tous les deux blonds.

— Je vois, murmura Aquilla, peinée pour Lord Goodwin.

— Au moins, le gamin n'est pas leur héritier, et Lord Goodwin ne s'en soucie apparemment pas, ajouta tante Susannah.

Qui pourrait se vanter d'en être certain, se demanda Aquilla. Elle doutait qu'il émette son opinion sur ses enfants en public. Même son père, pourtant si indélicat, ne le ferait pas.

Ses pensées se tournèrent vers ses parents. Elle avait invité sa mère à séjourner avec eux, mais elle avait refusé. Aquilla aurait préféré qu'elle accepte, mais elle présumait que son père le lui avait interdit. Le contrôle qu'il exerçait sur sa femme était effrayant, Aquilla n'en revenait pas. Surtout quand elle observait son propre mari. Ned venait de plonger pour frapper le volant et gisait à plat ventre sur la pelouse.

Aquilla fit mine de se lever.

— Ned, tu vas bien ?

Il leva une main et agita sa raquette au moment où Blake galopa vers lui pour le lécher frénétiquement. Ned roula sur le dos et caressa le chiot, puis George, hilare, l'aida à se relever. Ned se mit péniblement debout, brossa ses culottes et cria :

— Ça va !

Blake aboya pour conforter ses dires.

Ned posa une main sur l'épaule de George et ils revinrent vers la couverture, suivis du chiot. Peu après, le Dr Paget vint chercher George pour sa pause de l'après-midi, où il peignait ou écrivait des poèmes. Quelques jours auparavant, il avait fait à son frère et à Aquilla une lecture de ses derniers vers.

Tante Susannah s'excusa aussi, ce qui laissa Aquilla merveilleusement seule avec son époux. Ned attendit à peine que tante Susannah soit entrée dans la maison avant de repousser Aquilla sur la couverture et de s'allonger sur elle.

Une odeur d'herbe, mêlée de soleil et de virilité l'assaillit et elle l'inspira profondément tandis qu'il frottait son nez contre son cou. Il parsema sa gorge de baisers légers et elle soupira.

— Était-ce un soupir de contentement ?

— Très certainement. Avec peut-être un brin d'excitation.

Il leva la tête pour la regarder.

— Vraiment ?

Il délaça les rubans de son bonnet et le repoussa en arrière. Il suivit d'un doigt la lisière de ses cheveux et tira sur une mèche, qu'il tortilla en la regardant dans les yeux.

— Nous n'avons pas encore *exploré* l'extérieur.

Le sous-entendu était clair.

— Le temps n'a pas été clément.

Il embrassa sa tempe puis descendit sur sa pommette.

— Je croyais que nous étions d'accord pour aimer la pluie.

Elle les imagina faisant l'amour sous la pluie, l'eau ruisselant sur leurs corps nus, et décida que l'idée était plutôt décadente. Mais froide.

— Je pense que je préférerais une pluie chaude.

Ses lèvres coururent jusqu'à son oreille, où il joua de ses dents et de sa langue sur son lobe.

— Ah oui. Nous devrions aller en Italie un jour.

— Comment faire avec George ?

Il s'arrêta un instant.

— J'ai bon espoir que nous pourrons un jour le laisser seul. En fait, j'aimerais t'emmener à l'abbaye de Tintern en septembre, et je crois que ce sera possible. L'arrivée de Blake lui a fait du bien.

L'adorable épagneul était rentré à la maison avec George et le Dr Paget. Il passait la plupart de son temps avec George et Aquilla découvrait qu'elle avait envie d'un chien à elle.

— Crois-tu que Blake ait besoin d'un ami ? demande-t-elle.

— Il en a un, répondit Ned, qui recommençait à l'embrasser, le long de sa gorge. George.

— Non, du genre canin.

Il la chatouilla en soufflant contre sa peau.

— Ma douce épouse. Tu veux un chien ?

Elle tira sur ses cheveux pour qu'il la regarde.

— Oui ?

— Alors tu en auras un. Je ne peux pas te résister.

Elle lui sourit joyeusement.

— Pas plus que moi. Et maintenant, qu'allons-nous explorer ? Cette couverture me semble un peu trop… en vue.

— Elle l'est, en effet.

Il la saisit par l'arrière du cou et l'embrassa, se servant de sa bouche et de sa langue pour enflammer son désir. Puis il se recula, se leva et l'aida à en faire autant.

— J'ai un endroit en tête.

Elle glissa sa main dans la sienne.

— Je te suivrai où que tu ailles.

Alors qu'ils descendaient la pelouse en pente douce vers un bosquet, il cita Coleridge :

> Pour moi ce sont mille espoirs mille plaisirs,
> Mille souvenirs au goût appréciable
> Pensées sublimes grandioses mesures,
> Qui me reviennent à l'écho de tes plages

Elle reprit où il s'était arrêté :

> Des rêves (où l'Âme paraît se deserter)
> Des joies d'enfant, des ravissements de larmes ;
> Des adorations silencieuses qui font
> De notre Terre un bienheureux reflet !

Ô vous espoirs qui en moi remuez,
D'en haut vous nous apportez le salut !

Ils atteignirent les arbres et il la prit dans ses bras.

Dieu est avec moi, Dieu est dedans moi !
Si la Vie est Amour, je ne mourrai pas.

Elle se pressa contre lui et l'embrassa, les bras enroulés autour de son cou. Elle s'arrêta juste assez longtemps pour dire :

— Et je t'aime.

Découvrez ce qui se produit lorsque Sebastian Westgate, le duc de Clare, bien connu sous le sobriquet de Duc des Désirs, jette son dévolu sur Ivy Breckenridge au cours d'une partie de campagne dans LE DUC DES DÉSIRS. **Ivy saura-t-elle baisser sa garde ou laissera-t-elle les secrets de son passé l'entraver à jamais ?**

Merci beaucoup d'avoir lu Le Duc Malhonnête. J'espère que l'histoire vous a plu. Le tome suivant dans la série des Insaisissables sera Le Duc des Désirs et mettra en scène Ivy Breckenridge. Ne manquez pas son émouvante histoire d'amour avec le sexy duc de Clare !

Si vous voulez savoir quand mon prochain livre sera disponible et être averti des ventes spéciales, inscrivez-vous à ma newsletter en anglais sur https://www.darcyburke.com/join ou en français https://darcyburke.com/français.bulletin et suivez-moi sur les réseaux sociaux :

Facebook: https://facebook.com/DarcyBurkeFans

Twitter @darcyburke
Instagram darcyburkeauthor

J'espère que vous accepterez de laisser un avis sur le site de votre boutique en ligne ou de votre réseau préféré ! J'aime tellement mes lecteurs. Merci, merci, *merci*.

xoxo,

Darcy

DU MÊME AUTEUR

Les Insaisissables

Le Comte sans héritier

L'inaccessible Duc

Le Duc audacieux

Le Duc Malhonnête

Le Duc des Désirs

The Duke of Defiance

The Duke of Danger

The Duke of Ice

The Duke of Ruin

The Duke of Lies

The Duke of Seduction

The Duke of Kisses

The Duke of Distraction

The Unexpected Duke

The Charming Marquess

The Wounded Viscount

The Untouchables: The Pretenders

A Secret Surrender

A Scandalous Bargain

A Rogue's Redemption

À PROPOS DE L'AUTEURE

Darcy Burke est l'auteure à succès USA Today de romance sexy, sentimentale historique et contemporaine. Darcy a écrit son premier livre à 11 ans, une fin heureuse entre un cygne accro à la magie et une femelle cygne qui l'aimait, avec des illustrations extrêmement pauvres.

Native de l'Oregon, Darcy vit en bordure des vignes avec son mari guitariste, une fille artiste d'un incroyable talent, et un fils débordant d'imagination qui écrira sans doute un jour mieux qu'elle (et peut-être dès demain). Ils forment une famille-à-chats un peu folle, avec deux bengals, un petit chat en quête de notoriété qui porte le nom d'un fruit, un vieux maine-coon rescapé plutôt arrogant, et une collection de chats du voisinage qui trainent sur la terrasse et entrent quelquefois. Vous trouverez Darcy au chai, dans son confor-table fauteuil d'écrivain avec son portable et un ou trois chats sur les genoux, en train de plier son linge (ce qu'elle adore), ou encore devant le télévision avec sa famille. Ses havres de bonheur sont Disneyland, le week-end du Labor Day au Gorge, Le Danemark et partout au Royaume-Uni – tant que sa famille y est aussi. Retrouvez Darcy en ligne à https://www.darcyburke.com et suivez-la sur ses réseaux sociaux.